ハヤカワ文庫JA

〈JA1555〉

グラーフ・ツェッペリン あの夏の飛行船

高野史緒

ja

早川書房

8963

目次

グラーフ・ツェッペリン　あの夏の飛行船

1　夏紀はタイムリープ

いつも世界の「開け口」を探している気がする。

それは夏紀の爪の先が引っかかるくらいの何かだ。ちょっと引っ掻いて、指先でつまんで、そしてそっと引っ張ると、ただ目に見えているだけのこの世界よりももっと深い、「向こう側」とか「遠く」とかの世界が現れるのだ。それはカレールーの箱のファスナーのようなパーツ（夏紀はそれの名前を知らない）や、菓子袋の切れ込みのような正式な開け口ではなく、もっと秘密めいて裏技めいた、「そんな方法があったのか！」というような何かに違いないのだ。きっとそうだ。

そんな「何か」が、いつも自分のすぐそばにあって、自分を待っていてくれるような、そんな気持ちだ。

ただ、視界の中心で捉えることのできないかそけき星のように、何かが、いつも何かが、自分を呼んでいるような、見えないけれど必ずあるような気がするのだ。世界の小さな「開け口」。

　夏紀は夏の夕空にそっと右手を伸ばし、木々の高い梢の影をつまむように空中で人差し指と親指を合わせ、また開き、今度は夕焼けそのものを摑み取るみたいに手を握った。

ああ、何やってんだ、私……

腕が疲れる前に下ろす。夏の制服のジャンパースカートの上で、右手がぱたりと音を立てる。先月の誕生日に友人からもらった、百合の香りを薄くしたようなコロンがごくわずかに立ち上り、その香気を、夏紀のため息が震わせる。

　このくらいの時間になると、ミンミンゼミやアブラゼミは鳴くのをやめ、代わりにヒグラシが声を上げ始める。ヒグラシが鳴くのを聞くと、夏紀は中学二年まで毎年お盆を過ごした竜ケ崎の親戚の農家を思い出す。夏紀の高校受験や何かでその習慣も途切れてしまったが、続柄もよく分からない親戚の子たちと過ごした思い出は、今もノスタルジックな気持ちとなって夏紀の中に残っている。

　世界の「開け口」も、そんな切ない気持ちと連動しているような気がする。こういう気持ちになった時にこそ、きっとそれは何かを夏紀に差し出してくれる。

何か……そう、何か。今にも見えそうで見えない何かがあるような気がする。気づいてしまったら世界が一変するような、宇宙の秘密みたいなものが。

もちろん夏紀は、こういう気持ちをわざわざ誰かに言ったり書いたりしたことはなかった。思春期の女の子らしい感受性ねとか、高校二年生の中二病だとか、「いかにも」なことを言われるのが嫌だったからだ。この気持ちに名前を付けられたり、定義されたり、なんかちょっとイラっとすることを言われたりしたくない。

自分自身についても、平均的と言われるのは何となく嫌だけれど、でも、個性的と言われると何か変人に見られているような気がして落ち着かなくなる。でも平均的と言われ続けると個性的に憧れてしまう。まあその他大勢キャラだよね、アニメで言ったら。巨大ロボットがかっこよく飛んでゆくのを見守るうちの一人。颯爽とした女性宇宙パイロットの友人の一人、中堅どころの脇役声優さんが兼任するキャラのうちの一人。でも決して、私は悪役の取り巻きの一人じゃない。

はい、私は藤沢夏紀、茨城県土浦市生まれで、今も土浦に住んでいます。公立の女子高、土浦第二高等学校の生徒です。身長は……うーん、あんまり言いたくないです。百五十……ごにょごにょです。体重は絶対秘密。ほっそりしてるとは言わないけど、ちょっと丸めに見えるのは、ただ単に顔が丸顔だからに過ぎません。ショートボブの、平凡な顔立ちの、体育はあまり得意じゃない生徒です。はい。成績も、えーとまあ普通というか……悪いわけではありません。いや、ちょびっといいほうかな？　部活はパソコン部と占い同好会です。今日は夏休みですが、パソコン部の帰りで……

ああ、何考えてるんだろう、私。私を記述したところで、すごいところも個性的なところもないのにね。

太陽が低層ビルや住宅の陰に隠れようとしている頃、夏紀はその夕陽を背中に浴びながら、亀城公園の丘の上に立っていた。改装したばかりで真新しい市営プールと、遊具がたくさんあっていつも賑やかな遊び場と、ハリボテ感がすごいお城の復元部分のちょうど間の、ほんのちょっと小高くなった丘だ。まあ丘というほどの丘でもない。それでも、東西二か所の石段はどちらも十段あり、少しばかり高さを味わうにはもってこいの場所だった。史跡も遊具も何もなく、展望するほどの景色もない、あるものと言えば、木が数本と、プールのほうを向いて立っているちっぽけな時計塔が一つ。それにここからだと鉄筋コンクリート造りのなんちゃってお城は広葉樹に隠れてしまっていい具合には見えない。そんなわけでこの丘の上には、わざわざ上ってくる人もあまりいないところも良い。

と言いつつ、夏紀もここに上ったのは久しぶりだった。というか、存在を思い出したこと自体久しぶりだった。亀城公園の中を通る時は、何が書いてあるのか読めない石碑や、何が祀られているのか知らないお堂と同じく、何となくその横を通り過ぎる場所だった。木々の間に見える夏休みの夕空は、雲もほとんどない。明日から八月だ。これからもっと暑くなるのかと思うと多少憂鬱だけど、まあ三十度を超える日なんてそうそうないのだから、夕方までしのげばいいし。体育のノルマのプールも昨日で終わりだし、生理と重ならなくて済んだし、うちはお盆は新盆でもないし、宿題は……やりますよ、それなりに。ああ、そう言えば三週間後に模試だった。ちょっとやだな。

東の空もまだ充分に暗くなっておらず、夏の大三角は、多分もっと視力のいい人じゃないとまだ見えない。裁判所と、夏紀が生まれた病院の間の歩行者専用通路から、櫓門を通って、どこかの運動部の子たちのランニングの一団が駆け抜けてゆく。

夏紀はもう一度、空を仰いだ。

昔、まだずっと小さかった頃、ここで飛行船を見た記憶がある。

飛行船……そう、水素の気球で空を飛ぶという、空飛ぶ船、飛行する船だ。

ずっと忘れていたというか、記憶の底に沈んでいた。何故それを急に思い出したのかというと、話は先週の、夏休み前のホームルームに遡る。担任の菅野先生が土浦の昔話をしたからだ。世界史の先生で、授業中もしょっちゅうわき道にそれた（でもちゃんと歴史の）話をする、乗り物オタクの、青年と中年の間くらいの先生。生徒たちの間ではすごく人気があるというわけではないけれど、信頼されていて、面白い先生扱いだ。その菅野先生が、きっかけは何だったか忘れたが、黒板に絵を描きながらこんな話をしたのだった。

「みんなは『飛行船』って知らないだろうなあ。もう百年近く前に消滅しちゃった乗り物だからねえ。気球で浮かんで、プロペラの推力で進む、空の船だね。英語ではエアシップっていうんだ。昔、土浦に、世界最大の飛行船グラーフ・ツェッペリン号が来たことがあってね」

気球とは言っても、熱気球のような丸い風船と、そこからぶら下がったゴンドラがついているのではないという。グラーフ・ツェッペリン号は、全長が二三六・六メートル、最大直径三十メートルという横に細長い、金属の骨組みが入った気球に、そのお腹に一体化したゴンドラがついた形をしていた。菅野先生がすらすらと黒板に描いたイラストは（あの手慣れた様子からすると、今まで担任になってきたすべてのクラスでこの話をしているに違いない）、垂直方向と水平方向に短い四枚の尾翼がついた流線形の機体だった。流線形ではあるが、何となく、シャチやイルカを思わせる丸みもある。レトロSFに登場するロケットを横倒しにしたようにも見える。

グラーフ・ツェッペリン号の気球は、軽いアルミ合金の構造材に金属塗装の木綿の外皮をかぶせてできており、中には水素を充填した巨大な気囊が十六個あるのだという。駆動系は五百五十馬力のマイバッハ・ディーゼルエンジン五つ。しかしそれだけの壮大な仕掛けをもってしても、輸送荷重は六十トン程度らしい。今なら大型輸送ヘリコプター数機で運べる重量でしかない……夏紀はもちろん記憶しきれなかったが、メガネのずんぐりしたオタク君そのものの菅野先生は、何も見ずにとうとうと数値を並べたてた。

「グラーフ・ツェッペリン号は一九二九年、一般客を乗せた航空機体としては史上初めて、世界一周を目指してアメリカを飛び立ったんだ。東回りでドイツに寄港して、ドイツからシベリアを横断して東京に向かった。厳密に言うと、この『東京』は東京じゃない。土浦の霞ケ浦（かすみがうら）海軍航空隊基地だ。つまり、この当時世界最高のテクノロジーで作られた飛行船が、土浦に来たんだよ。しかしそこで事件は起こった」

女子高で乗り物オタクを開陳するとはなかなかの度胸だが、菅野先生は話が上手いのもあって、最初は興味なさげにしていた生徒たちも、注意を向け始めた。

「みんなは聞いたことないかな？　ツェッペリンは土浦で爆発炎上して、乗務員四十一人と乗客二十名は一人も助からなかった。運んでいた七千七百通の郵便も全て燃えてしまったんだね」

最後の興味ない組も、はっとして先生のほうを見た。

「おそらく、着陸操作時の静電気の火花が、気嚢の水素に燃え移ったんだろうと言われているけれど、今日まで真相は定かになっていない。ソ連のスパイによる破壊工作説もある」

ソ連……二十一世紀になった今でも、アメリカの同盟国である日本にとってはうっすらと仮想敵国だ。現代社会の授業をそれなりに真面目に聞いていれば、そのくらいはみんな知っていると思う。

「そのすぐ後に飛行機の時代がやって来て、一九三〇年代前半にはもう飛行船というもの自体が廃止されてしまって、それ以来、この世にはこういう古めかしい乗り物は存在しない。飛行船なんて、知らなかったって顔してるね、みんな。まあそうだよなあ。大人もこの話はあんまりよく知らないんだよね。ツェッペリン炎上事件は、みんなのひいおじいさん、ひいおばあさんが生まれる前くらいの頃のことだからね。歴史って、知っている人が少なくても、厳然として存在する。だけど、知っている人がいなくなれば、その事実はなかったのと同じになってしまうこともある。みんなも、まあまだ受験のない夏休みなんだし」

地域の歴史を学習しろという話が続く。しかし夏紀は、黒板に描かれた飛行船の絵に心を奪われていた。さっきまでただのイラストだったものが、ふとした瞬間に、突然、意味を持ったものになったのだった。

私はこれを見たことがある。

もしかしたら、私の小さい頃の最初の記憶がこれ、グラーフ・ツェッペリン号なんじゃないかと思う。今まで忘れていたわけではない。だけど、記憶って、なんか網の目のようになっていて、あの友達、この場所、その遊び道具、と、いろいろ結びついたものはこぼれ落ちないけれど、この飛行船の記憶は、そこにくっついていない、海の底の一粒の真珠みたいなもので、私の中でも拾い上げたことは今までなかった……。夏紀はホームルームが解散になって、夏休みへと通じる家路を急ぎ、両親とご飯を食べてお風呂に入って布団で眠気がやって来るその瞬間まで、ずっとそのことを考えていた。

私はグラーフ・ツェッペリン号を見ている。

誰かがあの時、夕空を見上げて、「グラーフ・ツェッペリン号だ！」って叫ばなかったっけ？

そう、あれは……あれは、そう、そう……トシオ、トシオ君？　私と同じくらいの小さい子だった。

えっ、トシオって誰？

トシオって、私の身近なトシオと言ったら、十年くらい前に亡くなった母のお父さん、つまり私のおじいちゃんの藤沢敏夫(としお)だ。

でもあの時一緒にいたのは、おじいちゃんじゃなかった。私と同じくらいの、幼稚園の頃かな、そんな感じの、小さい男の子だった。女の子とあまり変わらないような高い声で「グラーフ・ツェッペリン号だ！」って私に教えてくれた。間違いない。あれはおじいちゃんじゃない。

数日前の回想から亀城公園へと意識を戻した夏紀は、また背を反らすようにして真上の夕空を見上げた。

私はグラーフ・ツェッペリン号を見たことがある。場所はここだった。間違いない。ここ。何の時だったんだろう？　こんなふうに夕方だった。私もトシオも半袖だった。そうだ、あれはおばあちゃんのお葬式のあとじゃなかっただろうか。そう、きっとそう。空に、そう、こっちからこっち……だから、つまり、国道とか土浦一中（いっちゅう）のほうから、駅のほう、だよね？　こっちに向かって、なんかすごく大きくて、銀紙の光ってない方の面で包んだみたいな、あの飛行船が、こう……

「……おーい！　なっちゃん！　なっちゃんてばー！」

夏紀ははっとして我に返った。誰かに呼ばれている。視線を空から引き下ろすと、誰かが丘の東側の石段を上って来るのが見えた。

「あっ……リューイチ、ごめん。ちょっとぼーっとしてた」

「知ってる。なっちゃん、そういうところあるもの」

少しフリルのついた上品なブラウスにほっそりとしたジーンズの女の子が、夏紀の傍に
やって来た。同級生で占い同好会の仲間、坂本ありさだ。

「何してるの？」

「何って……いやあ、別に。何かしてるように見えた？」

「ううん、ぼーっとしてるように見えた」

「さすがリューイチ。分かってらっしゃる」

部室でのお喋りそのままに笑い合う。知らない人が見たら、このストレートの黒髪が美しい、色白で目鼻立ちのはっきりした美少女が何故リューイチと呼ばれているのか不思議に思うだろう。ピアノが弾ける坂本さんだからリューイチなのだ。この学年はそういうあだ名つけがやけに多い。家庭科の一番若い先生は板垣なのでタイスケ、化学の先生に至っては斎藤というだけでモキチだ。もう一人の斎藤である古文の先生は普通に斎藤先生なのだが。

「リューイチこそ、どこ行くの？　あ、どっかの帰り？」

「ううん、今行くところ。今日はホラ、合唱だから」

「あっそうか！　第九か！　どうかねキミ？　うちの美々子は真面目にやっとるかね？」

「もちろんだよー。なっちゃんママは私たちソプラノのパートリーダーだもん」

「あやつにパートリーダーなんて務まるのかねぇ」

「ひど」

ありさは嫌味のないソプラノの声で笑った。こういうのを「鈴を転がすような声」というのだろうか。

「なかなか厳しくしごいてくれるよー。音大の話もしてくれるし」

「あ、そっか、リューイチは音大受験組だもんね。でもさ、うちのおかんが音大に行ってたのって、二十世紀だよ？　もう二十一世紀になって二十年経つし、そんなの参考になるんかねぇ」

「なるよー。わりと保守的なところあるしね、音大って。去年進学した先輩方と、なっちゃんママの話って、わりと共通点があるしね。で、なっちゃんは？　なんで今日制服なの？」

「部活。パソコン部。三年が引退しちゃったから、もう私だけの一人部活だけど」

「今日は何かあったの？」

「あったのよー。見て！　じゃじゃーん！」

夏紀はマリンカラーの帆布トートバッグから、B５サイズの分厚い本を取り出した。あちこちから付箋(ふせん)が飛び出している。

「ついにうちのパソコン部にもWindows21がやって来たのだー!」

ありさは少し困惑したように本と夏紀を見比べたが、驚いた様子はなかった。

「パソコン本体は筑波大のお古だけどね。でも、Win21が載せられるスペックのある、なかなかいいパソコンなのよ。夏休み直前に学校に届いたんだ。今年は学校もそういう予算が組んであって、Win21はちゃんとうちの学校のものなんだ。アカデミックパックって言ってちょっと安いんだけどね。インターネットの常時接続もできるようになるし、辞書とか百科事典とか世界地図なんかもパソコンに入るようになるんだよ! ワープロも、ワープロしかできないワープロ専用機とかいらなくなるんだよ! 写真を加工したり、自分で撮った映像を編集する人もいるんだって。パソコンで絵を描く人もいるとか。すごくない? 電子メールで外国の人とほとんどリアルタイムでテキストメッセージのやり取りができるようになるんだよ! って、まず英語勉強しろって話だけど。あと何だろう? とにかく、いろいろすごくない? めっちゃめちゃ二十一世紀でしょ?! で、今日はその念願のWin21を入れに行ったの。フロッピー十二枚だよ! ちょっと一瞬わけ分かんなくなりかけたけど、今日中に終わったよ」

ありさはまだ判断を保留している様子だ。

「うぃん……何？」

「Windows21っていうOS」

「おーえす？」

「何て言うか……えーと、パソコンを動かすためのソフトウェアというか」

「そふと……？　ごめん、分かってなくて。でもなんかなっちゃんが嬉しそうでよかった。

……あっ、ごめんね、私、もうそろそろ行かなきゃ」

「あっ、こっちこそ一方的に喋っちゃってすまんね」

これじゃ乗り物オタクの菅野先生と何も変わらない。

ありさはまたねと言って一歩踏み出しかけたが、何かを思い出したように立ち止まり、楽譜が入っているらしいレッスンバッグから、一枚の紙を取り出した。

「そう、あのね、これ、来月なんだけど、うちの音楽教室の発表会」

受け取ってみると、それはピアノを弾く可愛いパンダをあしらったデザインの、コンサートのチラシだった。

「四時から小さい子たちの発表が始まって、私は最後だから、六時過ぎくらいになっちゃうかな。もちろん入場無料。いつ来てもいつ出てってもいいの」

「最後ってことは、一番上手い人の扱いだね」

夏紀が言うと、ありさは洗練された身振りで小さく手を振ってはにかんだ。

「そうでもないよ。もっと上手い高校三年生以上は発表会が別なだけ」

「でも二年以下では一番ってことじゃん。リューイチは何弾くの？　私も知ってる曲？」

「『英雄ポロネーズ』。ショパンの」

それは夏紀も知っていた。かっこよくて、素人目にもすごく難しいのが分かる曲だ。ありさはもしよかったらよろしくねと言いながら東側の階段を降りて手を振ると、小学校のほうに向かった。夏紀の母校、土浦小学校の体育館が練習場所だ。

私も帰るか。夏紀は発表会のチラシをWindowsの本に挿むと、トートバッグにしまった。

その瞬間、視界に何かが入り、夏紀は激しいめまいに襲われた。視界の端……いや違う。上だ。いや違う。トートバッグの中を覗きこんでいたのだから、上なんか見えるわけが……ああ、でも上？　どっち？　もう上下の感覚も分からなくなり、夏紀は何か摑まるものを求めて手を振り回した。耳を圧する音……正体は分からないが低くてぶんぶんいう音があたり一帯から湧き上がる。トートバッグが左肩から落ちる感触があった。

とっさにバッグの持ち手を右手で探る。上……そう、上。なんで上なんか見えるの？　しかし夏紀の視界には、梢と小さな時計塔と、大きな飛行船が見える。低い唸りが、さらに大きくなり、大きくなって、頭の中いっぱいになった。自分が回っているのか世界が回っているのか。飛行船は夕陽の中で鈍い銀色を放っており、尖った先端のほうがやや影になっている。飛行船。そう、間違いない。飛行船だ。私はその言葉を思い出すよりも前に、あれを見た瞬間、それが何なのか分かった。乗り物オタクの先生の絵より、どこかで見たかもしれない写真より鮮明に、明解に、紛うかたなく、あれは飛行船。

「グラーフ・ツェッペリン号だ！」

きれいな子供の声が叫ぶ。それとほとんど同時に、夏紀の目には、ゴンドラの横に赤のゴシック体ではっきりと描かれたGRAF ZEPPELINの文字が目に入る。そして、そのコンマ何秒かの後、尾翼寄りのところに黒字で描かれたD-LZ127という記号も見える。バリバリいう音は、飛行船を駆動している、あのゴンドラの周りについたプロペラのエンジン音なのだろうか。もう耳鳴りなのか何なのかも分からないけれど。

世界は回り、回り続けて、幼稚園児くらいの少年が見えた。黒い、少しサイズの大きい服を着て、ふわっとした髪はきれいに整えられている。そんなディテールを見ている暇もなく世界は回っているはずなのだが、夏紀にはすべてがはっきりと見えた。ほっそりとした、でもずんぐりしても見える、いぶし銀の機体。

グラーフ・ツェッペリン号だ！

あの声……そう、知っている。知っている。忘れたことはなかった。あの時の声。あの時、一緒に飛行船を見た少年の声。トシオ。そう、トシオだ！　トシオ。ずっとずっと、心のどこかでは忘れたことはなかった……

夕陽が目に入る。いや違う。世界が回りすぎて光を発し、夏紀はその中に飲みこまれた。なおも確かなものを求めて虚空に手を伸ばすが、何もつかめない。

夏紀はたまらず目を閉じようとした。

それは本当に一瞬の、まさしく刹那の出来事だった。

消えてゆく残像にしがみつくように、夏紀はぎゅっと目を閉じた。

＊

はっとしてもう一度目を開く。

目眩なんかひとかけらもなかったかのように、しっかりとした上下の感覚。

前の席の子の背中。黒板。教卓。先生。

夏紀は自分のまぶたを確認するかのように、ぱちぱちと何度か瞬きをした。

「えっ？」

「今の、何？」

「……どしたの？」

皆が口々に、独り言ともお喋りともつかないつぶやきを発する。何かが起こった気がする。何なのかは分からないが。

「えー、何？ 今の？」

「何？ 地震？」

教室の中で、皆が席についている。夏のちょっとダサい制服のジャンパースカート姿の女の子たちは、互いに顔を見合わせたり、あたりをきょろきょろ眺めまわしたりした。

「あ、蛍光灯だ。今、電気ついたよ！」

「ついたー！ 一瞬だけついた」

「びっくりしたー」

「どうした？ 何だ今のは？」

皆がざわめく中、菅野先生のくぐもっているくせになぜかよく通る声が、誰にも答えようがない質問を投げかけた。少なくとも、「何か」があったことを先生が認める形になったせいか、教室は少し落ち着きを取り戻した。

「なんか一瞬、電気がついたみたいなんです」

クラスの中の一番積極的なグループのリーダー格の子が発言すると、皆がそれを追認するようにまた口々に言った。

「ついたよね。確かに」

「本当？　見てなかった」

「ついたよー。ちらっと」

「えー、気がつかなかった」

菅野先生は右肩を持ち上げるようにして、斜めに天井を見上げる。最近首が痛くてどうのこうのと言っていたが、そのせいか、上を見上げるのはちょっと辛そうだ。

教室の電灯は消えている。時刻は十一時過ぎで、外はよく晴れており、生徒たちの手元を明るくする必要はなかった。夏紀は何かが光ったのは気がついたが、蛍光灯が一瞬ついたということには気づかなかった。

「何だろうな……。漏電なんかじゃないといいんだが」

先生はもう一度、少し顔をしかめて、今は少しも明るくない蛍光灯の列を見上げた。

「まあいい。あとでちょっと調べてみるよ。で、何の話……ああ、模試な、模試。八月二十二日。夏休み中だが忘れないで来いよ。プリントに全部書いてあるから、親にも見てもらって、君らもちゃんと読んでおくように」

何か納得しかねるように言うと、菅野先生はホームルームの最初に配った二枚のプリントを掲げた。

「今の、やっぱりなっちゃんじゃないの？」

隣の席の福富薫が、笑いを含んだ声をひそめながら右ひじで夏紀をつついてきた。

「相変わらず機械に嫌われてるねえ。テストの話聞いたとたんこれだもんね」

「やめてよー。わし何もしとらーん」

夏紀が言い返すと、薫はますます嬉しそうな顔を見せた。

「実力発揮じゃん」

「やめろって。何の実力だよー」

夏紀はそう言いながら、半ば上の空だった。今、何か夢でも見てたのだろうか。何かを摑んだような気がしたが、あっという間に消えてしまった。黒板には菅野先生が黄色いチョークで描いた飛行船のイラストがそのままのこっている。飛行船、そう飛行船だ……。何か思い出しそうだが、思い出せない。今、目眩がしたような気がした。いや寝起きだった？　ホームルーム中に居眠りをすることは、まあ無いとはいえないが、今は寝ていたような気はしない。模試の話もちゃんと記憶があるし、その前の飛行船の話も記憶がある。ただ、何かが……何かは分からないけど、今、確かに、何かが起こった。

先生の話はすぐに終わり、ホームルームの終了が告げられる。三十五人の女の子たちはまた口々にさっきの異変の話をしながら、それぞれにグループになったり帰り支度を始めたり、思い思いに夏休み前の最後の放課後に散ってゆく。

「どうしたの、なっちゃん。ごめん、なんか本当に傷ついちゃった？」

薫が、夏紀の顔を左の席から覗きこむ。薫の太いしめ縄のようなお下げ髪が揺れる。

「いや、いやいや、全然そんなのないから。気を使わせちゃってこっちこそごめん。ただ……何だろう、ちょっとぼーっとしてた……のかなあ、私。なんか今、確かになんかあった気がするよね。やっぱり地震？」

「いやー、私何も感じなかった。でも電気ついたよ、一瞬」

「なっちゃん、薫、どうかしたの？」

もうすでにホームルームが終わっていた隣のクラスから、坂本ありさが二人のところにやって来る。彼女を見た瞬間、また何か思い出しかけたが、それはするりと手の中をすり抜けていった。

七月二十一日水曜日。休業前集会も大掃除も終わり、あとは帰るだけの、本当に夏休み前の一日だ。夢でも何でもない。それは分かっている。しかし夏紀は、自分が教室を離れて一人だけどこかに出かけていたような、奇妙な違和感を感じていた。

隣のクラスや廊下では、蛍光灯がまたたいたりはしなかったらしい。夏紀と薫とありさはそのまま、いつも通りのおしゃべりに興じた。夏紀がふと思いついてありさのピアノ発表会のことを訊ねると、ありさは、まだ学校でその話は誰にもしたことがないのにどうして知っているのかと驚いた。なぜって……なぜだろう？　夏紀は自分がなぜ発表会のことを知っているのか、どうしても思い出せなかった。

「なんか変な感じだけど……なんか、何もかも知ってることのような気がするっていうか、あのほら、なんて言うんだっけ？　あれ。でじゃぶ？」

「Déjà vu ね。既視感」

ありさがさらりと言うと、嫌味がない。

「そうそれ！　なんか……今、すっごく何もかも既視感なんだよね」

しかしその奇妙な感覚さえ、三人で話していると、夏のかき氷の最後の一口のように、いつの間にか溶けてなくなってしまった。

夏紀はもちろんのこと、誰一人として、タイムリープという現象はもちろんのこと、そんな言葉さえ思いつきもしなかったのだった。

2　登志夫に量子コンピュータ

北田登志夫(きただとしお)は駅に併設されたサイクルショップで借りた自転車をウィークリーマンションの駐輪場に停めると、少し考え、スマートフォンの地図を見た。近くに処方箋薬局がある。よかった。地方都市が寂れているのは自分が生まれる前からだというが、まさか土浦市がこんなに寂しくなっているとは、登志夫はまったく知らなかった。

駅前は家の並びを見る限りもともとは商店街だったはずだが、今はもうほとんど商店街と言える状態ではなかった。駅前のショッピングモール然とした大きなビルには、土浦市役所本庁舎が入っていた(それはそれで便利そうだ)。駅ビルも大半がホテルとサイクルショップ、そして、小さな東京とも言うべき、今風のおしゃれなカフェや書店が数軒だけ入っている。市役所の地下は広いスーパーマーケットと百円ショップで、ここには表通りから想像されるのよりはたくさんの人がいた。買い物はここと、Google Map で市のほぼ中央に表示されたイオンモールに行けば何でもあるだろう。

ネットの情報によれば、土浦から霞ヶ浦周遊と、筑波山方面に延びた全長百八十キロメートルに及ぶという長大なサイクリングコースは、その筋ではなかなかの名所扱いのようだった。だが、登志夫の両親が子供の頃に見たという華やかな七夕まつりは、今はもうなかった。八月の第一土日にキララまつりという得体の知れない名前がついたイベントが行われるという。地元の人にとってはちゃんと意味のあるコミュニティのイベントかもしれないが、よそ者の登志夫にとっては、何かとても遠いものに思えた。

もっとも、茨城県南は、よそ者に厳しいところではないという。「ある種の緩さが、よそ者を特に警戒もしない、受け入れるとも受け入れないとも考えずに受け入れてしまう、独特の雰囲気を作り出している」と、登志夫の前にここに来ていた先輩がメールに書いていた。確か、土浦に帰化したアメリカ人の歌手もいたはずだ。東京や外国人の多い大きな都市ならともかく、いきなり土浦というのが不思議だったが、そういう気持ちにさせられる街なのかもしれない。着いたとたん警戒され、胡散臭（うさんくさ）いよそ者として街中に警報が行きわたるようなところよりは、もちろんずっといい。

だがそれでも、最初から地元民のような馴れ馴れしい扱いは、社交的とはいえない登志夫のような人間にとっては、それなりに試練ではあった。駅前のバス停で、おばあさんが時刻表を指さしながら「ちっとこれめえないんだけんど、読んでくれっけ？」と言われて面くらい、全体の状況からしてその意味を「ちょっとこれ、見えないので、読んでくれる？」と演繹（えんえき）してどうにか答えることができたが、これはこれでなかなかの洗礼である。しかし土浦は母の故郷だ。自分にもその血は流れている。適応できるはずだ。科学的な根拠はないが。

バスはどこに行くものも、通勤通学の時間帯でなければほぼ一時間に一本か二本だ。登志夫はそれなりに荷物の多かった到着時だけはバスに乗ったが、荷物を宿に置いてから徒歩で駅に引き返し、自転車とヘルメットを借りた。ヘルメットはやたらと格好のいいベンチレーション付きで、これをかぶるとまるでいっぱしのサイクリストのようないで立ちになるが、登志夫の自転車の用途はママチャリと変わらない。だがこれで交通の問題はだいたい解消されたと言えるだろう。問題は暑さだ。さすがに暑さがマックスの時間帯の自転車は避けたほうが身のためだ。

土浦ももちろん暑かったが、しかし、東京ほどではなかった。気象データもこの感覚を裏付けていた。登志夫は暑さのピークが終わった時間帯に、自転車で少し近所を巡ってみた。比較的新しい校舎の小学校、廃園になった幼稚園の跡地、信用金庫、ブランコと低い滑り台くらいしかない城址(じょうし)の公園、櫓門だけの史跡、市立博物館、あちこちに何かの跡地らしい駐車場、資料館を併設した土蔵の喫茶室、古い木造の天ぷら屋、つくば市に通じる高架道、地方裁判所、そして、ウィークリーマンションの近くの歴史がありそうな料亭、霞月楼(かげつろう)。この料亭は何となく気になったのでスマートフォンで検索してみたが、どうやら気軽に立ち寄れる食堂のようなものは併設していない様子だった。なかなかハードルが高い。

登志夫は遠くには行かなかった。自分にはあまり散歩の才能がない。散歩にも才能というものは必要だ。しかし登志夫は自分がそういう人間ではないことを知っていた。行き当たりばったりに動いて何か面白いものに行き当たったためしがない。そして、何でもないものに面白い感想を持つ才能もない。登志夫はウィークリーマンションの近くに戻ってくると、スマートフォンで見つけた処方箋薬局に向かった。

薬局は少しメルヘンチックな趣(おもむき)のある、白亜の漆喰(しっくい)塗りの二階屋だった。赤い三角屋根、丸いひさしのついた窓、白い格子の入った大きな窓。建物自体は古そうだったが、手入れが行き届いている様子だ。入り口の左の大窓には、「まちかどミニ展示室」の文字が入っている。なかなかに変わった薬局だ。

登志夫はヘルメットを小脇に抱え、ペットボトルのお茶を少し飲むと、薬を調達するためにその薬局に入った。昭和からずっと下げられているのかもしれないベルの音がチリンチリンと鳴る。

「うちは初めて……だよねえ？　保険証見せてもらっていいかな？　大学生さん？」

応対に出たのはもうかなりの年齢と思われるショートカットの女性だった。八十歳は超えていそうだが、言葉も目つきもはっきりとした、知的で優しげなマダムだ。何より、登志夫を一目で大学生と見抜いた。

登志夫は処方箋とともに、おずおずと保険証を差し出す。身分証を差し出すのはいつも嫌なものだ。登志夫は年齢相応に見られたことがない。みな、口に出しはしないが、内心少し驚くのを感じるらしかった。どうせみんな、もっと年上かと思っているのだ。一般的には大人っぽい、と、そして褒め言葉として「老成している」と言われることもあるが、そこにも「老」の字が入っている。自分でも十七歳には見えないのは認めざるを得ない。いつも大人や年上の生徒たちに囲まれて育つ、飛び級者の宿命かもしれない。

「えーと、あら、東京の方？　ああ、この薬……ちょっと待っててね」

マダムは奥にいた白衣の女性を呼ぶと、登志夫の処方箋を見せた。

「ごめんねえ。ちょっとその辺見て待っててくれる？　取り寄せになっちゃうかもしれないから、ちょっと調べてみるね」

マダムはそう言って、展示スペースのあたりを差した。言葉に訛りはない。地元の出身者ではないのかもしれない。

「まちかどミニ展示室」というその八畳間ほどの部屋には、時代劇でしか見たことのない（いや、そもそも登志夫は時代劇自体をほとんど見たことがないのだが）鉄製の薬研や、大きな乳鉢とすりこぎ、ガラスケースに入った小さくとても繊細な上皿天秤、手製のものらしく波打った薬瓶などがところ狭しと展示されていた。昔の薬の広告や、古い写真、桐らしい小さな簞笥、半纏、書籍なども並んでいる。天秤のガラスケースに映った自分の顔は、まさに「育ち過ぎた少年」としか言いようがなかった。目は大きく二重だが、これはこれで歳を取ったらたるみの原因になりそうな気もするし、顎の線が細めなのも、何となく弱点がむき出しな感じがして怖かった。髪が伸び過ぎた時にたまたま入った理容室でしてもらった前髪の長いツーブロックの髪型も、特にこだわりがあるわけではないのに変えられずにいる。身長はもう百七十を超えたが、医師にはもう少し伸びるかもしれないと言われている。決して眉目秀麗でこそないが、少なくとも、他人に不快感を与えるような不潔さはないと信じたい。

登志夫はガラスケースから目を背けて、また医療の古道具に見入った。そういうこまごましたものを見ていると、かつて数学の国際大会で訪れたエストニアで見た、中世の薬局の資料室に引き戻されたような気持ちになった。中世のヨーロッパと明治、大正の日本。薬局の備品は驚くほど似ている。

「北田さん」

マダムに呼ばれ、登志夫ははっとして、まだ薬品の匂いがうっすらと残るガラス瓶から顔を上げた。

「ごめんねえ、やっぱりお取り寄せだわ。でも、今注文したら……ええと、今日は八月の、二日の……月曜日……だから、ああ、明日の午後にはもう届くけど、どうする？　間に合う？」

「あ、全然大丈夫です。まだ残りはありますし」

「どうする？　明日取りに来る？　それとも郵送……って、それじゃ東京の薬局に行った方がいいわよねえ」

「いえ、僕、ちょっとバイトで、あと一か月はこの近所に住むんです。明日の夕方でよかったら取りに来ます」

「うち、午後六時までだから。早くてごめんね」

「大丈夫です」

シャツの胸ポケットでスマートフォンのバイブレーションが作動する。登志夫は処方箋をいったん返してもらうと、急いで外の熱気の中に再び足を踏み入れた。薬局の中はかなり涼しかったが、あれは人間のためではなく、理系の学部でありがちな薬品や機械を守るための温度だ。

スマートフォンの相手はマサチューセッツのデイヴだった。できればビデオ通話したいというので、十五分後と約束をしてウィークリーマンションに自転車を向かわせた。なかなか収まらない夕方の熱気の中、道端でバッテリーを気にしながら小さな画面で通信するより、クーラーのある部屋のタブレットで通信したい。

約束の時間にスカイプを立ち上げると、画面の向こうには、顔に大きく「インテリ」と書いてあるような黒縁メガネのアフロアメリカンの青年と、もう少し年上の中国人が現れた。前者が連絡してきたデイヴ、後者はその同僚のリャンヨンだ。

「どうした、デイヴ？　リャンヨン？　マサチューセッツは夜中じゃないのか？」

時差は十四時間。あっちは日付が八月二日になるかならないか、いや違う、今はサマータイムだから……

「いや、それは別にいいよ」

デイヴがいかにも困り切ったという顔で言った。

「それはいいんだけど……明日には正式な告知があるだろうけど、先に言っとく。LIG

Ｏ（ゴ）が止まった」

「止まった？　どうして？　故障か？」

「そうじゃない。一時的運用停止だ」

登志夫は事情が飲みこめず、話の続きを促した。

「ここ二週間くらい、ＬＩＧＯは変な結果を叩き出しててね。一昨日からはあまりにもおかしいんで、ちょっといったん止めようということになった」

デイヴがまた眉毛をハの字に下げた。ポロックの絵のような、絵の具がワイルドに飛び散った柄の半そでシャツを着た男、リャンヨンが付け加える。

「って言っても、おかしな観測結果を出してるのはＬＩＧＯだけじゃないんだよね。ＬＩＧＯもＫＡＧＲＡ（カグラ）もＶＩＲＧＯ（ヴィルゴ）も、みんなおかしいんだ。皆いっぺんに同じおかしい結果を出してるんなら大発見の可能性があるけど、みんな何となくおかしいということは共通してても、それぞれ別々におかしいんだ」

重力波望遠鏡は、知らない人に説明するのが非常に困難な、特殊な設備だ。望遠鏡と名がついているが、空に向けた筒もなければ、大きなレンズや反射鏡もない。電波望遠鏡のようなパラボラアンテナさえない。それは地中深くに埋められた、直角に交わる一辺が三キロメートルから四キロメートルの二本のレーザー誘導路と、その交点に配置された干渉計だ。この二本のレーザー誘導路に同時にレーザーを行き交わせ、その同期にずれがないかどうかをひたすら干渉計で計測し続ける、設備の壮大さに比べて作業が地味なものだ。現在、重力波望遠鏡はアメリカのＬＩＧＯ、日本のＫＡＧＲＡ、ヨーロッパのＶＩＲＧＯの三つが存在する。これらの重力波望遠鏡は互いにデータを参照しあい、重力的な異変があればたちどころにそれを感知する。二〇一五年に重力波が計測され、翌々年にはもうノーベル物理学賞を受賞したことで、少なくとも多少は物理学に関心のある人々の記憶には残っているだろう。

そのうちの一つ、ＬＩＧＯが運用停止になったということだ。運用停止という言葉は、たとえその頭に「一時的」がついていても、不吉なものだ。

たいていの場合、こんな情報は、登志夫のような一介の学部生に回ってくるのは報道とほとんど同時だ。それより前に知ることができたのは、昔ながらの「業界の横のつながり」のおかげである。もっとも、知ったからといって自分が何かの役に立てるわけではないのだが。このずっと年上の本物の研究者たちが登志夫の相手をしてくれるのは、僥倖以外の何物でもない。

「で？　スーザンは何て？」

「『くそったれ』ですとさ」

リャンヨンが言い放つと、ディヴは一瞬カメラから視線をそらし、首の後ろをぼりぼりと掻いた。

「ま、彼女に今さら口を慎めなんて言ってもムダだから、それはいいんだけど、いいんだけどさあ……これからどうしたらいいのかなあと思って、それでこうやって今あっちこっちとちょっとお喋りしてるってわけ」

ディヴが言い訳でもするかのようにそれに付け加える。

「僕としては、そうした異常も含めて観測を続けるべきだと思ったんだ。後になってからそのデータを精査したら、異常は異常なりに意味がある可能性は排除しきれない」

「だけど、ちょっと検出装置に負荷がかかり過ぎちゃってさ」

リャンヨンは、いかにもお手上げという仕草をした。

それほどとは……！

登志夫が思わず日本語で「マジか」とつぶやくと、リャンヨンがすかさず「マジダヨ」と返してきた。

「そうか……それは……うん、止めざるを得ないか……。LIGOがそうってことは、実はKAGRAやVIRGOももう止まってるのかもしれないな。いずれにしても、近いうちに何か発表はあるだろうね」

登志夫はそう言いながら、PCのメーラーをチェックした。今のところ、特に回状は回ってきていない。

「それで、トシのほうはどうかなと思ってね。光量子コンピュータはどうだい？」

デイヴは、登志夫が夏季休暇の後半には土浦光量子コンピュータ・センターでアルバイトをするということを覚えていたようだ。

「ごめん。センターに行くのは明日からなんだ」

「そうか。行ったら止まってた、なんてことにならなきゃいいが」

「なるほうにビール一杯賭けるね」

リャンヨンがそう言うと、デイヴは首を振った。

「賭けは不成立だ。僕も止まっているほうに賭けたい。残念だが」

登志夫はセンターのサイトを確認した。二台とも動いている様子だった。光量子コンピュータは、極めて限られた会員制だが、世界中からネットを通じて利用することができる。

「残念。二人とも負けだ。土浦の光量子コンピュータは二つとも稼働している」

「もっと残念なお知らせは、トシは日本ではまだ未成年なのでビールをもらってもしょうがないってことかな」

「さらに残念なお知らせは、これがオンラインに過ぎないってことだ。しかし、そっちが無事でよかった」

デイヴがそう言うと、リャンヨンもふざけたりはせず神妙にうなずいた。

「そんなわけでさ、マサチューセッツからはこれ以上出せる情報はないんだけどね」

登志夫は立ち上げたSNSのページをいくつかはしごし、もう一度メーラーを見て言った。

「僕のほうでも今は何もない。何かあったらこっちからも連絡するよ。デイヴ、リャンヨン、ありがとう」

登志夫たちは回線を切った。とたんに狭く殺風景なウィークリーマンションの一室に放り出される。効きの悪いエアコンの温度を一度下げると、登志夫は壁に向かってため息を一つついた。

重力波望遠鏡までやられたのか。ここ、二、三年、電子機器の異常が増えているような気はしていたのだが、直近半年の状況は、それが気のせいでもなければローカルな技術的問題でもないことを露わにしていた。世界中で何かが起きている。何かが。その肝心の何かが分からないのだが、明らかに、何かが起きている。

おかしいのは機械だけではなかった。マスコミがUFO、いや、UAP（未確認空中現象）と呼ぶべきだろうか、幽霊、タイムリープ、未来人なんかを取り上げる頻度が高まっているのだった。マスコミの動きだけを見れば、それはただ単に、登志夫の親たちが子供の頃にあったというオカルトブームの再燃かとも思えるが、実のところ、登志夫の直接の友人知人で奇妙な経験をしたという人が増えているのだった。それどころではない。登志夫自身、タイムリープだと言われればあっさり信じてしまうような、あまりにも濃厚な既視感を二度、体験していた。そして、「明日」から来たメールを受け取ったこともあり、父親が家に時間差で二人帰ってきた――驚いて確認すると一人しかいなかったが――ことがある。

何かがおかしい。そう、何かが。

＊

「なん……だ……これは……？」

登志夫は自転車に跨ったまま地面に左足をつくと、呆然としてその場に立ち尽くした。

土浦光量子コンピュータ・センターまであと五十メートルほどのところで、ただ驚いて立ちすくむのみだ。感想さえ出てこない。

土浦に着いた日の翌日、登志夫は予定通り、自転車でコンピュータ・センターに向かった。確かに、遠くからでもその建物の上部は目に入るはずだった。が、登志夫は例によって散歩の才能がない。地図と道ばかりを気にしていて、建物が認識できていなかった。

　土浦光量子コンピュータ・センターが何故、サイトに建物の外観写真を載せていないのかがやっと分かった。ここに来る前は、それはセキュリティのためだとばかり思っていた。確かにそれもないではないだろう。しかし……。これは確かに、堂々とサイトに載せるのはためらわれる。センターが閉鎖になった結婚式場の跡地に作られたというのは知ってはいたが、厳密に言うと、「跡地」に「建てられた」わけではなかった。それは、ヨーロッパの大聖堂を模した教会風建築そのものの中に作られていたのである。

　周囲には普通に住宅や低層ビルが立ち並んでいる。その中に突如として、ボローニャで見たような四角い塔と、テラコッタ色の多角形ドームを四つ備えた大聖堂もどきが現れる。登志夫は自転車を降りて押しながら、警戒するようにゆっくりとその建物に近づいていった。自転車を降りると、風を切らない分、よけいに暑さが押し寄せる。少し離れて見た時にはそれなりに壮麗に見えるが、近づいてみるとなかなかの安普請だ。今度は別な懸念がやって来た。こんなチープな建物に光量子コンピュータを設置して大丈夫なのだろうか。

　敷地を取り囲む塀の上部には、警告文とともに、いかにも危険そうな電気柵が巡らせてある。かつては着飾った招待客たちが出入りしていたと思しい豪華なエントランスは、今は完全に閉鎖されていた。角を曲がってもう少し行ったところに、ＡＩ認証を備えたゲートがある。

登志夫はもう一度自転車に乗ると、センターの周りを一周した。ばかでかい大聖堂もどきの他に、エントランス棟と思しきばかでかい建物が一つ、宴会場なのか何なのか分からないばかでかい建物が三つあるようだ。いま出入り口になっているのは一か所、さっきのAIゲートだけだ。ここはかつて、車回しの出口だったと思われた。一部、とんかつ屋とその駐車場が食いこんでいるが、敷地は百メートル四方はあるかもしれない。周囲には数軒の一軒家建ての庶民的レストランやビジネスホテルなどもあるが、ほとんどが普通の民家だった。

登志夫は、そう言えば自分は事前にGoogle Mapを見ることさえしていなかったことに気づいた。周囲の環境にも無頓着だった。結婚式場を当てこんで出店したのか、一軒家のスターバックスもある。式場がなくなった後も、かなり広い駐車場とドライブスルーで来客があるのか、スターバックスは健在だった。健在というより、なかなか繁盛している。スティーヴン・キングが『任務の終わり』で「朝の狂乱の館」と表現したコーヒーチェーンだが、土浦のもそうなのだろうか（ちなみにスティーヴン・キングの件は友人からの又聞きで記憶しただけで、それがどんな小説なのか、登志夫はまったく知らない）。少なくとも今の繁盛ぶりは、狂乱というほどではなさそうだ。しかし、駐車場はあらかた埋まっている。今も一台の車がドライブスルーのレーンに入っていったところだ。
スターバックスがあるのはありがたかったが、しかし、センター本体に関しては、やはりいろいろな意味、入るのにためらわれた。ああ、せめて、せめて普通のオフィスビルだったら。古ぼけた、不安になるようなやつでもいいのだ。「まとも」な建物なら。少し思考が混乱してきた。良くない兆候だ。あまりにも見慣れないものは辛い。だが、あと十五分で約束の九時になる。

この広さだと、センター長に会いに行くのにもそれなりに時間はかかるかもしれない。もう行かなければ。見知らぬ場所で見知らぬ人に会うのは苦手だった。さすがに緊張する。

登志夫はゆっくりと自転車を降り、さらにゆっくりとヘルメットをぬぐと、数秒ためってから、複数の認証を必要とするゲートへと歩み寄った。当然ながら、もうすでに北田登志夫の情報は登録されていた。ゲートも二重になっており、一つ目のゲートが完全に閉じて、入場者が登録された者一人であることが確認されて初めて、二番目のゲートが開く。

中は……

メルヘンか。

地中海風というのだろうか。レンガ積みの塀、芝生の間に伸びる曲線の歩道（芝生は雑草とともに伸び放題だが）、壁龕（へきがん）に設けられた泉（今は水は流していない）、アーチや列柱、ヴェルサイユ宮の運河を小さくしたような水場（今は水は張っていない）、クリーム色の漆喰壁……。一瞬嫌な予感はしたが、幸いなことに、案内板の矢印は大聖堂もどきに向かってはいなかった。何となくほっとする。

センターの中核は、大聖堂もどきの隣の棟の、どうやら新郎新婦の控室らしき部屋のいくつかに置かれていた。猫足の椅子や白いチェスターフィールドソファ、一応本物の寄木のテーブルはそのまま使われている。妙な納得感があった。中だけいかにも最新鋭のコンピュータ・センターだったら、むしろさらに違和感を感じたかもしれない。洗脳されかけている気もするが。

センター長の林田梨華（はやしだりか）は、四十代後半と思われる女性だった。下肢に障害があると聞いていたが、軽くて動き回りやすそうな電動車椅子に乗り、手入れが行き届いて大切にしていると思しい茶色の髪を無造作にひっつめにしていた。大きく動きのある目。一目でカリスマ性を感じる。

「北田登志夫君、東京大学二年、よね？　いらっしゃい。短い間だけど、よろしくね」

林田は慣れた様子で、西海岸の研究者たちがするような握手をしてきた。手は少し湿っていて温かい。コンプライアンス的には不適切な表現かもしれないが、母性的なタイプだ。登志夫ははからずも自分の緊張が少しずつ解けてゆくのを感じた。あの薬局のマダムにもどことなく似た雰囲気を感じる。そう言えば薬局でも緊張しなかった。むしろ安心感を感じていなかっただろうか。

いや、いけない。今はセンター長の話に集中しなければ。

「あっ……は、はい。よろしくお願いいたします」

「二年ってことは、進振り（しんふ）は？」

進振り。東大用語だ。進学選択の通称だ。東京大学は、入学者は全員まず六つの科類に分かれて教養学部に所属する。そして二年次の五、六月に進学したい学部の希望を出し、秋になるまでに人数の調整が行われる。もちろん、教養での成績が良い者が有利だ。登志夫は小中学生の頃でこそ特別なカリキュラムで飛び級をする神童だったが、高校は名だたる進学校の一員として普通の三年間の授業を受けており、大学進学時や教養学部での成績も、特にどうということもないものだった。進振りも決して楽観できる状況ではない。

「工学部を希望しています」

「へえ、物理学じゃないんだ？」

「はい。その……僕は、何て言うか、目に見えてはっきり世の中の役に立つ仕事に就ければと思っていて……その……」

「まあ確かに、理論物理学も実験物理学も、いかにも世のため人のため感はないしねえ。

インフレーション理論とかヒッグス粒子で明日から生活が良くなるわけじゃないし。でも基礎科学がないとコンピュータ・サイエンスもへったくれもないわけで」

「それは分かっています。決して基礎科学を下に見ているとか、そういうわけではありません。物理学に進んだ先輩方とは今でも付き合いはありますし」

　デイヴやリャンヨンもそうだ。

「彼らにはとても敬意を持っています。ただ、僕は自分自身に関して、明日から生活が良くなるぐらいの役に立ち方をしたいと思っているんです。僕は、自分が本当にこの世にいてもいい人間なのかどうかと……」

「ちょ、待った。そういう深遠な話はしてないよー。分かった。気持ちは解る。私自身、分かりやすく成果が上がる実学系のほうが性（しょう）に合ってるしね。了解。工学部志望、と」

「はい」

「この後、研究員の長沼さんにあちこち案内してもらうけど、今日は施設内を見て、ちょっと話を聞くくらいでいいわ。来てもらって早々にこんなことを言うのもなんだけど、実際、あまり振れる仕事ってないのよね」

　それは百も承知だった。このバイトは純粋にバイトというより、光量子コンピュータ研究を志（こころざ）す者に現場を体験させるのが目的だ。特に、登志夫のような人間を現場に慣れさせておくための。

「設備に関してはいろいろ質問はあるだろうけど、それも長沼さんに聞いて、あ、でも、何か言いたいことがあったら、今、言っちゃって。何でも」

登志夫は小さく息を呑んだ。そんなに顔に出ていただろうか。

「まあ言いたいことはだいたい分かるけど」

「すみません。僕はその……全然知らなかったので。何でここなんですか？　まともなオフィスビルを借りるとか……いろいろやりようはあると思いますが……」

しまった。そんなにあからさまに言うべきではなかったか。またやらかしたか。しかし林田は、やっぱり、と言って楽しげに笑った。

「場所はねー、ちょっと笑えるよねえ。でも、それなりに面積は必要だったしね。まあ光量子コンピュータ自体は超低温環境は必要ないから、装置としては小さいけど、光量子コンピュータのためというより、それを動かす大型コンピュータのために場所とか電力が必要なのよ。こういうところはもともと、オフィスビルよりも電力が使える設備があるし。大型の電源関係の装置も設置できる場所があるし。何より、面白いじゃない？　ネタとして」

「そこ必要ですか？」

登志夫は思わず、仲のいい先輩に対するような口調で聞き返してしまった。

「えー、結構大事よ、そういうの。後で見に行って。宴会場の中にコンピュータ棟作ってあって、教会に電源設備とかあって、マジで超面白いから」

「はあ……」

もちろん設備は見るつもりだ。しかし、そういう面白さは、例によって登志夫には鑑賞しきれるかどうか分からなかった。

＊

設備は見るには見たが、まだ頭の中の整理が追いついていなかった。光量子コンピュータ自体も、古典大型コンピュータも、それ自体は見慣れたものだし、「中の人」たちも登志夫にとってはみな「こちら側の人」であり、何人かは顔見知りだった。よその大学や学会に行くより気は楽だ。

知らない場所に行って知らない人に会うという最大の課題をクリアしたせいか、気持ちはとても楽になっていた。登志夫は夕方、昨日巡ったコースとほぼ同じところをもう一度自転車で巡った。こういうことは三回ほどやらないと、気持ちが納得しない。それはそうと、登志夫はあのたいして見るもののない公園に行きたかった。そう、幼稚園の頃、一度来たことがあるはずの、あの公園だ。

亀城公園。案内板にはそう書かれている（もちろんGoogle Mapにもそう表示される）。かつて、土浦のお殿様だった土屋氏のお城があったところだという。今は、もともと残っていたのか後世に再建されたのか登志夫は知らない櫓門が幾つかと、明らかに近年作ったと思われる薄っぺらい城壁と、ちょっとした石垣、お堀、いつ作ったのか分からない池と庭園などがあるくらいで、あとは土の地面と芝生が広がっていた。

登志夫は五歳の頃、一度ここに来ている。祖母の延子（のぶこ）の葬儀の後だ。こんな時間だった。季節も夏だった（祖母の命日は八月十七日だ）。どういう経緯で公園に来たのかは分からない。公園の南の角を占めている芝生で遊んだような気もするし、それは後づけの偽の記憶のような気もする。そのあたりのことはほとんど覚えていない。

園内の少し小高くなった丘（本当に「小」高いだけで、丘というほどではない）で空を見上げると、どこからともなく大きな乗り物らしい低いエンジン音が響いてきて、夕空に巨大な流線型のものを見たのだった。そのころすでにアルファベットを覚えていた登志夫は、その船体にGRAF ZEPPELINと大書されているのを見分けた。

登志夫はそれが何か知っていた。

飛行船だ。

「グラーフ・ツェッペリン号だ！」

登志夫はそばにいた女の子にそう叫び、空を指さした。

あの女の子は……そう、確かに自分と同じくらいの年頃の女の子がいた。確かにいた。子供の礼装としては充分な紺色のワンピースを着て（多分紺だったと思う。夕陽の中だったので確信はない）、二つに分けた三つ編みを振って空を見上げ、登志夫の指差す空を一緒に見上げた。ナツキという名の女の子。なぜ名前を知っているのだろう？　聞いたのだろうか。誰かが呼んでいたのだろうか。後者だったような気がする。多分祖父が、妻をなくしたばかりの母方の祖父が、彼女をナツキと呼んでいた気がする。どういう字を書くのかは知らない。

二人でただツェッペリンを見上げた。なぜか気になってふと横を見ると、その女の子もほとんど同時に飛行船から登志夫に視線を移し、二人は一瞬、互いを見つめ合った。

何だったんだろう。あの記憶。よく考えてみるととてもおかしい。よく考えないとおかしいことに気づかなかった自分もおかしい。グラーフ・ツェッペリン号が運用されたのは第二次世界大戦より前の時代だ。ツェッペリンを現代に見るというのは、大航海時代の帆船を目撃するより奇妙なことだ。帆船は現代に作られた復元船が存在するが、大型硬式飛行船は復元船さえ存在しない。あるとすれば大きくても数メートル程度の、実際には飛ばない模型だけだ。どこかでそうした模型を見かけた記憶だろうか？　そう考えるのが自然だろうが、あいにく、登志夫の記憶力には子供らしいファンタジックなものが決定的に欠けている。覚えているのはみな事実、いつでも、味もそっけもない事実ばかりだった。

しまった。

登志夫は突然はっと我に返り、文字盤の大きな腕時計を見た。もう六時を数分すぎている。

慌てて自転車に乗り、薬局へ向かった。もう閉まっているかもしれないが、ダメモトというやつだ。マダムは店を開けて待っていてくれた。あら、よかったと可愛らしく喜び、処方箋と薬を交換すると、達者な手つきで登志夫のお薬手帳にプリントアウトのシールを貼った。

よかった。薬が手元にあるだけで気分が違う。もっとも、（薬事法的にはどうなのか分からないが）主治医は診察の間隔を工夫して、登志夫の手元には常に二週間分は余分に薬があるようにしてくれている。災害や突発事項で薬が切れたりしないようにだ。何より、登志夫の安心感につながっている。

これがないと、頭の中に霜が降りたようになって、何も考えられなくなってしまう。

「霧が立ちこめたように」と表現する人が多いらしいが、登志夫は霜だと思っている。しかもそれは、うるさい数百の足跡に踏みにじられる。泥だらけの、うるさい、うるさい、とげとげの足跡だ。踏まれてはまた霜が降り、踏まれてはまた霜が降り……。ものが考えられなくなったら、登志夫は自分は自分でなくなると思っている。知能だけが自分の存在意義だ。だから、薬は決して切らしてはならない。

夜は先輩から教えてもらった定食屋で、決まりきった定食を頼むことにした。こういうことに選択肢が多すぎないのはいいことだ。予定通りに風呂に入り、寝ると決めている時間のきっかり一時間前に、アメリカから個人輸入しているメラトニンのサプリメントを飲む。時間になると、登志夫はすみやかに眠りについた。

3　夏紀に超常現象？

「変だよね」

「うん……やっぱり変よねえ」

「リューイチもそう思う？　やっぱり変だよ。絶対変だよ」

「やっぱり薫もそう思ってたんだ」

「ちょ……待ちたまえキミら、私が何をしたと……」

夏紀は口調ではふざけつつも、半ば本気で薫とありさに抗議した。

「いやいや、変なのはなっちゃんだけじゃないってば。なんか世の中全体が変というか」

「そうなのよ。何となく、なんだけど、何かが……ねえ」

薫とありさは顔を見合わせ、それから同時に夏紀のほうを見た。

「そう思わない？」

「なっちゃんはどう？」

二人は口々にそう言う。

「うーん、正直言うと、私もちょっと変だと思ってたんだ。ただ、世の中が変なのか、自分が変なのか、分かんないんだけど……」

七月二十八日。三人はプールの帰りに、部室に集まっていた。夏紀の一人部活のパソコン部ではない。そこそこメンバーのいる（とはいえ正式な部活ではなく、あくまで同好会の扱いだったが）占い同好会だ。恋占いに夢中な他のメンバーとは違い、この三人は限りなくオカルト同好会だった。もっとも、シリアスに幽霊や悪魔を信じているというより、ネタとして楽しむ感じではあったが。謎の無人島（という体の、実際には謎というほどでもない寂れているだけの島）に上陸する探検隊の番組や、夏の雑誌の心霊特集を話の種にしてだべるだけというのが実態だ。

今日も今日とて、三人は、いつものテーブルに教室で余ったガタつく椅子を並べ、学校の前の売店で買ったアイスクリームを食べながら、いつものお喋りに興じていた。ただ今日は、いつもより少しばかり熱がこもっていたかもしれない。何かが変、それも、社会情勢や流行などの、理由のある変さではなく、説明しがたい、説明できなくてももどかしい何かが変だと皆が感じていたからだった。

クーラーのない部室はもう三十度に近くなっており、三人はまず急いでアイスクリームを食べ終えた。部室は八畳間ほどはあるが、旅行プラン同好会と同居しているので、事実上四畳半もない。今日は旅行プラン同好会がいないので、部室は三人の貸し切り状態だった。他人に聞かれたら奇妙に思われるかもしれない話もし放題だ。落ち着かない赤い丸テーブルに薫が持ってきたオカルト雑誌が何冊も置かれている。ベジャールの「ボレロ」でソリストが踊る赤いテーブルを小さくしたようなやつだ。なぜそんなものが文化系部活棟にあるのかは、先輩たちも知らなかった。

夏紀は最後のアイスクリームがこびりついた木のへらをなめると、名残惜しそうにカップの中に置いた。アイスの最後の残り香が苺ではなくて木なのはいつも残念に思うが。

「何て言うか……終業の日に、あの電気がちらついたりした時あったじゃない？　あれ以来、なんか、あれがすごくて、キシカンだっけ？」

夏紀がありさのほうを見ると、ありさは空中に字を書いた。

「そう、既に視た感じ。既視感」

「なんかあれ以来、何かっていうと既視感がすごいのよ。何もかも、これ前に一度やってる、って思っちゃう。今日もプールでもーさんが転びかけたじゃない？」

　もーさんはクラスメートの一人だ。

「あれ見た瞬間、ああ転ばなくて良かったと思うより前に、ああこれ見た、知ってる、って思っちゃった。もーさんが転ばないことも知ってた感じだった」

「そういうの、アトランティスにもよく載ってる」

　薫がテーブルの上の数冊の『月刊アトランティス』を右手でぽんぽんと叩いた。下級生にもらったという緑のミサンガが揺れる。

「去年の年末には特集組んでた。既視感はタイムリープの証拠っていう学者（?）の説とか、並行宇宙の説とかね」

　おいおい。

「もちろん、脳が記憶を構成する時に一種のループみたいなものを作り出しているので、その過程で『知ってる』感覚が形成されちゃうことがあるっていう、まともな説も載ってたけどね」

　さすがぬかりはない。アトランティス侮り（あなど）がたし。

「うーん。なんか、いっそのことタイムリープ説を信じたくなるくらいずっとなのよ。ずーっと。実はこの会話も知ってる感がすごくて……」

　ありさはさり気なく、三人分のアイスの残骸をコンビニ袋にまとめた。

「私、ずっとこのままなのかなあ。なんかやだな……」

夏紀が頬杖をつくと、とたんに薫の顔がぱっと明るくなった。

「ねえなっちゃん、だったら、来月の模試の問題とか、分からない？」

「あっ、それ！　ついでに宝くじの当選番号とかも分からない？」

ありさがそれに乗る。

「宝くじって、事前に番号分かったって、それが買えるわけじゃないじゃん」

「あっ、そうか」

夏紀は二人の漫才を聞き流した。これもどうしても聞いたことがある気がしてしまう。

「でも真面目な話、アトランティスでも、ここ数年、超常現象やUFOの目撃例、まあ正しくはUPA、未確認空中現象って言うんだけど、それとか、幽霊の目撃談とか、火星基地や月基地でも幽霊が目撃されたりとか、とにかく、そういうオカルト系の報告がめちゃめちゃ増えてるらしいのよね」

報告って、よく考えたら、どこへ「報告」するというのだろう。

ありさが意外にも神妙な口調でそれに応えた。

「うん……実を言うとね、音楽室のグランドピアノにまつわる幽霊の噂があったじゃない？　あれも、最近なんか妙に活発なのよねえ。私も弾いてる時に誰かに左肩を触られて、振り返ったけど誰もいなくて……。それと、声楽の先生が最近、夢で見たことが現実になりやすいって言ってて。小さいことばかりらしいんだけど」

「うちの寺にも、私たちが高校入ったくらいの頃からかなあ、うちの人形がおかしいからお祓いしてくれとか、なんか呪われてるかもしれないから祝詞をあげてくれとか、なんか増えた。ちなみに、お祓いとか祝詞は寺じゃなくて神社だっちゅうの。まあいちおう、お父さんがお経はあげさせてもらってるけどさ。気休めだよねえ」

三人はまた互いの顔を見合わせた。

しかし夏紀は、ふとあることに気づいた。

「でもそういうのって、ただ単に昔より情報量が多くなっただけってことはない？　昔は個人的な怪談話やローカルな噂話で終わっちゃったことも、今はテレビとか雑誌で広まりやすくなっただけとか。つまり、増えたのは超常現象の情報だけじゃないってこと。これからはホラ、あれよ、インターネットでも情報が行き交うわけだし」

夏紀は数日前、筑波大で開催された高校生のためのインターネット講習で、インターネットを閲覧するという機会があった。個人が運営するホームページや企業のサイト、そしてやや危険な匿名掲示板等々、とにかく情報量がただ事ではないのを実際に体験していた。オカルト情報を専門に収集するグループもいくつもあり、そういうところではアトランティスでも扱わないような荒唐無稽な説や憶測が溢れかえっていた。純粋にこの世の情報量自体が増えた結果、オカルト話も増えたように見えるだけなのではないだろうか。

「ああ……それはないとは言えないけど、でも、自分の身の回りの変なことが増えた理由にはならないよね」

成績優秀な薫らしい判断だ。

「なっちゃんはどうなの？　実感ない？　変なのは既視感だけ？　家の機械類は無事？」

薫がさらに核心を突いてくる。

「う……それは……」

「やっぱり何かあるのね」

ありさが納得したようにうんうんとうなずく。

「あるというか……テレビのブラウン管がどうしようもなくなって、おとんがついにボーナス払いで液晶テレビを買った」

「すごーい！　あれだよね？　平べったいテレビ！」

「近未来よねえ」

しかし……。笑い事ではない。夏紀はチャンネル権はそこそこ認められているが、テレビを新しくして以来、両親からはあまり夏紀自身がリモコンを触らないようにされている。

エアコンは本格的に夏が来る前に電気屋さんの修理で何とか持ち直した。夏紀の部屋のCDラジカセは、カセットテープのヘッドの帯磁が直らなくなって、これは電気屋さんにもさじを投げられた。

問題は、筑波大学から土浦二高パソコン部に寄贈されたコンピュータだ。確か明日、パソコン部の部室（生徒会室の隅のコピーコーナーの、さらに隅っこ）に運びこまれるはずだ。設置には物理の廣瀬先生が立ち会い、土曜日に廣瀬先生と夏紀でWindows21をインストールすることになっている。パソコン部にもともとある、さほど旧型とも言えず、酷使されたとも言えないコンピュータは、すでに謎の不調を繰り返している。もっともその不調は、夏紀が使う時に限られている。

夏紀が機械に嫌われているというのは、以前はちょっとしたネタで済んでいたのだが、一年ほど前から少しずつ、シャレにならなくなってきている。夏紀たちが中学の頃、ついに土浦に設置された常磐線の自動改札も、以前は普通に通れたのだが、今は夏紀が通ろうとすると必ずエラーになり、駅員に顔を覚えられてしまった。電車など、牛久や荒川沖の友達のところに行く時くらいしか乗らないが、それでもだ。

「まー来週また蛍光灯が点滅して、アメリカ人の先生がびっくりしなきゃいいけどねー。なっちゃん、リューイチがいなくてもがんばって英語で説明してね」

　薫は妙に楽しそうだ。学校では、来週と再来週の三日ずつ、アメリカ人の先生が来て希望者に英会話の教室をすることになっていた。何がどうなったのかは分からないが、アメリカ大使館が立ち上げた交流プログラムに土浦二高も選ばれて、急遽決まったのだという。話が急すぎたのもあり、希望者は三十人も集まらなかった。母親が外国籍で日頃から外国語に親しんでいるありさと、偏差値が六十五を超える大学を目指していて夏期講習のある薫は受講しないが、夏紀は内申書目当てと好奇心で受講することにしたのだった。

　何より、主催者、つまりアメリカ大使館直々に、もし学校にパソコン部があるなら、部員は全員参加してもらいたいと要請があったのだ。インターネット時代に英語は絶対に必要不可欠だ、と。

「大丈夫よ。CIAはきっと、なっちゃんくらいすぐに探知できる装置は持ってるから」

　ありさが薫の得意なネタで一本取ると、薫は笑いながらありさの方を軽く小突いた。

「それいいねー。なっちゃん、アメリカ軍からスカウトされちゃうかもよ？　仮想敵国に行ったら機械壊し放題じゃん。核の発射ボタンも壊しちゃうっていう」

「でも壊れるだけだとかえって危なくない？　コントロールできるように訓練しないと」

「それはキビシイねー。何にしても、英会話勉強しないとねえ」

　結局そこか。はいはい、来週勉強しますよ。

部室は夕方になると西日が入ってきてよけい暑くなる。プールで使った水着やバスタオルも早く洗濯しなくちゃいけない。今日は夏紀がゴミを持って帰る当番を引き受けると、三人はそれぞれの家へと散っていった。

それからも既視感はなくならず、むしろそれに何となく慣れてしまった土曜日、すでに既視感の中でやり方を心得ているような気がするOSのインストールはスムースに進む……かと思いきや、夏紀が正当な操作を正当なタイミングで加えただけで、コンピュータは簡単にフリーズした。結局最後は、廣瀬先生が夏紀とまったく同じことをしてインストールを完了させた。夏紀はもやもやした思いを抱えながら、それでもどうにか動き始めたWindows21入りのコンピュータをモデムにつなぐ。学校側が用意したアカウントの情報を一つ一つ入力してゆく。インターネットへの接続を待ちながら、おそらく筑波大で所属の部署を印刷したテープを貼ってあったのだろう場所の、微妙なヤケ具合の違いを見つめる。廣瀬先生のシャツの柔軟剤の匂いは、いかにも奥さんの一存で決められたような、強めのフローラルだ。

廣瀬先生の、以前はインターネットにつなぐ時は電話をかけて音響カプラをつないでうんぬんという、おなじみの昔話を聞きながら、ただ接続を待つ。モデムにはしばらく待たされたが、インターネットへの接続を完了した。廣瀬先生が帰宅した後、夏紀が真っ先に検索したのは、飛行船グラーフ・ツェッペリン号の墜落事故のことだった。

＊

夏紀は筑波大の講習で初めて知ったのだが、インターネットには好事家が自主的に無報酬で編纂する百科事典のようなサイトがあり、項目によっては、学校図書室の紙の百科事典などよりはるかに詳しい情報が載っていた。真面目な項目のページでは、それぞれの情報の典拠（外国語のものも含む）があり、それなりに信頼性は期待できるのだという。飛行船に関する情報は、そうした真面目な項目の一つだった。きっと菅野先生のようなオタクの人たちががんばっているのだろう。自分が大人になった時、そうやって誰かに提供できるほどのものを持つことはあるのだろうか。夏紀は一瞬、何か心細いような気持ちになった。が、グラーフ・ツェッペリン号のページを夢中で読んでいるうちに、そんな感傷はきれいさっぱりと忘れてしまった。

調べた内容は、ほぼ菅野先生が言ったことと一緒だった。一九二九年八月、飛行船グラーフ・ツェッペリン号は人類初の、旅客飛行での世界一周の旅に出た。ツェッペリンの本拠地はドイツ南部（というよりほとんどスイスやオーストリアとの国境地帯だ）のフリードリヒスハーフェンという小さな町だが、出発地と到着地がアメリカに設定されたのは、世界一周のメインのスポンサーがアメリカの企業だったからしい。この時代でも、もうすでに一番強いのはスポンサー様だったというわけか。それはともかく、ツェッペリンはアメリカのレイクハーストを現地時間の八月七日に離陸し、十日（これはドイツ時間）にフリードリヒスハーフェンに到着した。五日間の休息と整備の後、ツェッペリンは三人の日本人を含む二十人の乗客と、四十一人の乗組員を乗せて日本に向かう。ともかく、十五日の夜明け前に離陸し、人類史上初のユーラシア大陸越え飛行の末、十九日の夕方、グラーフ・ツェッペリン号は土浦の海軍の霞ヶ浦航空隊基地に着陸……しようとした。

なぜツェッペリンが来たのが土浦なのかというと、第一次世界大戦でドイツが敗戦した結果、飛行船用の巨大格納庫を日本が接収し、軍用飛行船の開発に力を入れていた日本海軍がそれを霞ヶ浦航空隊基地に移築したからなのだという。何はともあれ、結果として、これでアジアにツェッペリンが寄港する場所ができた。海軍とツェッペリン飛行船会社は協力して事に当たり、グラーフ・ツェッペリン号は安全に着陸できるはずだった。しかしなぜなのか、今もって原因は解明されていないのだが、ツェッペリン号は着陸操作中に突然爆発し、その炎は気嚢（きのう）の水素に引火して、この巨大飛行船はあっという間に炎の塊と化してしまった。その瞬間は動画（とはあの頃言わなくて、「活動写真」と言ったらしい）

に残されているが、今はまだそういう大きなファイルを閲覧できるサイトはなく、ネットの資料には切り取ったスチル写真が並んでいた。

過去九十年以上専門家たちが見てきて分からないのだから、夏紀がドットの一つ一つが視認できるような液晶画面を見てその原因が分かるわけはない。夏紀はただただ、その白黒のもやもやを見つめるばかりだった。謎の爆発。もちろんこのことは数限りない憶測を呼び、静電気説からソ連のスパイによる破壊工作説、果ては宇宙人工作説やイルミナティ陰謀説まで、ありとあらゆる仮説が提唱されているらしい。

乗っていた六十一人は、中には生きて救助された者もいたらしいが、その後全員死亡が確認されている。その事故の後、一九三〇年にイギリス、一九三三年にアメリカで大規模な飛行船事故が起こると、飛行船は作られなくなった。飛行機の安全性と積載量が増してきたこと、飛行機のほうがはるかに操作性がよいことも原因だった。

目が疲れた。いくら何でもモニタ見すぎだ。夏紀は両手で目を覆うような格好で頬杖をつくと、ため息ではなくなぜかあくびが出た。自分の中のどこかが、この検索結果にも既視感があるとささやく。もういい加減うちに帰ろうっと。竜ヶ崎の親戚からお中元にもらったゼリーが冷蔵庫にあるはずだ。

何にしても……あの日、祖母の葬儀の後の、あの時、自分があの大きな飛行船、トシオの言葉がどこまで本当か分からないけど、あれを見た理由にはならない。そもそも、飛行船は二十世紀前半のうちにもう作られなくなっている。おとぎ話や漫画の中で、何となく操縦できるっぽい気球のようなものとして見てはきたが、それは誰もが頭の中で、先端にドリルがついた地底探査車やタケコプターと同じような乗り物として分類しているものだ。二十一世紀に、現実に、日本で、あんな地上から見て何百メートルもあると分かるような飛行船が飛んでいるわけがない。いくら飛行船やグラーフ・ツェッペリン号の歴史を調べたところで、自分が見たものの証拠にはならないのだ。

それは世界の開(あ)け口をビッと裂いた向こう側にある……。いつもそばにあって、見つけられることを待っていて、きれいで不思議でどこか懐かしい、その向こう側に。

……などと考えている場合ではない。いつの間にかもう時刻は六時を過ぎている。はっきりした門限があるわけではないが、それは、子供は基本、六時半くらいには家に帰っているのが当たり前という暗黙の了解があるからだ。部活があって電車通学の子たちはそうでもないかもしれないが、少なくとも、歩いて行ける範囲の学校に通っている駅前の大和町の子たちは、そんな漠然とした決まりの中で暮らしている。

亀城公園と亀城プラザ（公民館の大きいのみたいなやつ）の間のバス停は、夏休み中でも部活帰りの中学生、高校生たちでそこそこにぎわっていた。夏紀はその人の流れに飲みこまれかけて、少し脇によける。私は歩きなのだよ、バスに乗るわけじゃないのだ。ふと気づくと、夏紀は亀城公園の敷地に入り込んでいた。思い立ってその奥の、小さな時計塔のある丘（丘と言うほどでもないが）に向かおうとした。そう、飛行船を見たのはそこだった。スニーカーの下で、歩道のタイルから土の地面へと感触が変わる。

が、その時、何かが夏紀を止めた。何か怖いような気がする。何かは分からない。まあ、夕暮れ時の公園なんて、それは真昼間よりちょっと安全じゃないかもしれないので、怖くて当たり前だろうか。いや、そういう意味の怖さじゃない。何か……そう、この変な既視感に関わる何か。

夏紀はしばらくの間、そこに立ちすくんだ。しばらくどころか、少なくとも十分くらいはそこにいたかもしれない。

「なっちゃん！　どしたの？　待ち合わせ？」

誰かからぽんと肩を叩かれ、夏紀はハッとして振り返った。先月、誕生日に友達からもらったコロンの香りがかすかに立つ。

「あ……リューイチ」

夏紀の肩を叩いたのは、坂本ありさだった。少しフリルのついた上品なブラウスとほっそりしたジーンズを身につけ、彼女がよく楽譜を持ち歩く時に使っているレッスンバッグを肩にかけている。この可憐な美少女がなぜ「リューイチ」と呼ばれるのかというと、ピアノが弾ける坂本さんだからだ。

「どしたの？　誰か待ってるの？」

「いや……そういうわけじゃないけど。ちょっと考え事しちゃって」

「なんで今日制服なの？」

部活だからだ。という、ものすごく既視感のある説明をする。ありさはレッスンバッグからピアノ発表会のチラシを取り出して夏紀に渡してきた。

「これ、この間言ったやつ。来月なんだけど、もしよかったら」

ありさが弾くのは英雄ポロネーズだ。うん、知ってる。どうしてかは分からないけど。

ありさは亀城公園を突っ切って、合唱の練習会場である土浦小学校の体育館に向かった。

夏紀はもらったチラシをまじまじと見つめる。が、その見覚えのあるパンダのイラストを最後に、あの不思議でますます強くなる一方だった既視感は、夢から覚めるように跡形もなく消え失せてしまったのだった。

＊

艶のある薄いブロンズ色の肌。細かくウェーブがかかった、茶色にもダークブロンドにも見える長い髪。漫画のように大きな黒い瞳。厚めの唇。白のタンクトップの上に羽織ったダークネイビーのジャケット、筋肉質の長い脚を引き立てる白のショートパンツ。上履き用に新調したらしいバッシュ。

その日、英会話教室のために集まった三十人弱の女子高生たちは、唖然としてその先生を見つめた。外国人の年齢はどう見たらいいのか分からないので本当に分からないが、何となく、夏紀たちと十歳も違わないのではないかという印象の若い女性だった。身長は、さすがに百八十はなさそうだが、黒板の前に立つと、二高のたいていの先生よりは背が高いのが分かった。大きな胸、引き締まったウエストと大きすぎないヒップ。学校にショートパンツという格好で現れたのも驚きだが、そのショートパンツから伸びる脚線美にはいやらしさがない。ただただ輝くような、ありきたりすぎて情けない表現だが、まさしく大輪の花のような、女神のような、強く美しく、輝くような、ってこれはもう言ったか、もう、夏紀の内心の表現力が枯渇するような、そんな女性だ……

「ハイ、みんな、元気？」

英語だ（当たり前）。深みのある、有名歌手だと言われたら速攻で信じるような声。

クラスに一瞬緊張が走る。

先生はにっこりと笑った。輝くような、そう、ただただ輝くような笑顔。

「私の名前はグレース・ブラウンです。グレースって呼んでね。肌もブラウンだけど、名前もブラウンよ」

女子高生たちの顔がほころぶ。でも、笑っていいのかどうかは分からないので、全員が彼女の英語を完全には聞き取れていないこともあって、はにかんだような、微妙な反応をしてしまう。

しかしグレース先生は、このいかにも日本的な曖昧な反応に嫌な顔一つしない、いやそれどころか、嬉しそうに「ＯＫ」と言った。また女の子たちの気持ちがほどけてゆく。

ああ……何なのだろう、この時間は。課外学習？　そんな味気のないものではなかった。何か大きな波が押し寄せて、それに持っていかれるような、そんな時間だ。八月二日月曜日。もしかしたら、この日付は一生忘れないかもしれない。いや絶対忘れられない。

グレース先生は、皆に聞き取りやすいようにゆっくりとした発音で自己紹介をした。メリーランド大学の大学院で教育学を研究しているのだという。北欧系の母親とアフリカ系の父親の間に生まれたという話から、少し、アメリカが多民族国家であるという話をし、皆が少しずつ聞き取れないところが蓄積して話が見えなくなってきたことを察知したように話を切り上げた。夏紀は後になってから気づいたが、グレース先生はこの話で皆のだいたいの聞き取り能力を測ったのではないかと思った。鋭く、賢く、思いやりがあり、そしてその言葉や動作の一つ一つが美しく心地よい。

グレース先生はその後も魔法のように、恥ずかしがる生徒たち一人一人から英語の自己紹介を引き出した。喋るとなると誰もがほとんど中学生レベルになってしまったが、グレース先生の不思議な力で、皆それさえ気にならなかった。

そして何より彼女は、この国際色もへったくれもない田舎の少女たちに、テレビドラマで見るようないかにもなアメリカンスタイルを強制しようとしなかった。去年来たアメリカかぶれの教育実習生が、皆の席を円陣に組ませたりやたらと発言させようとしたことがあったが、ああいうことはいっさいしようとしなかった。夏紀たちは、きちんと机を並べた日本の教室スタイルのほうがプレッシャーを感じない。グレース先生はそういうことを尊重してくれたのだった。自己紹介の時に夏紀たちが「グラデュエート・スクール」が分からなかったのをいち早く察して「ダイガクイン、ＯＫ？」と言った時のあの発音からすると、実は日本語の勉強もしたことがあるのかもしれない。グレース先生が、この人が、このすてきな人が、日本に関心を持っているかもしれない、少なくとも日本に来るからには全然無関心じゃないよね、きっと他の国より日本に関心を持ってくれているに違いない、きっとそう……そう思っただけで、夏紀は、お腹の底が温かくなるような、くすぐったいような気持ちになるのだった。

日本人同士で変な発音の英語を聞かれるのは恥ずかしいものだが、それさえ忘れていた。皆、普段の英語の授業の時より自然に話した。夏紀だけではない、誰もがグレース先生に魅了されてしまったのだった。その魔法にかかっていることすら気づかないうちに。頭の中は半分夢を見ているみたいだ。

夢の時間、そう、夢の時間だ。って、こういうことにもありきたりな表現しか思いつかない自分が悲しい。何かもっとすてきな、特別な、今までに誰もしたことのないくらい特別な、そんな表現があったらいいのに。あの時間を取っておけたらいいのに。特に忘れられないのは、あの香りだった。グレース先生が皆の席の間を歩く時に感じた、優しく甘い香水の香り。

あの香り。

ああ……あの香りを取っておけたら……

あれ何だろう？　聞いたらグレース先生は教えてくれるかな？　失礼じゃないかな？　でも聞いてどうするの？　まだ今年のお年玉は残ってるから買っちゃう？　アメリカでしか売ってないやつかも？　もし手に入ったとしても、自分には絶対似合わない。あの華やかで甘い香り……あれはグレース先生のような人のためにある香り。美しくて、大輪の花のようで、それでいて凛々しく、明るく、優しく、そして、そして、そして……ああ、なんでこんな表現しか思いつかないんだろう。

「痛っ！」

突然、恐ろしく硬いものが夏紀の左肩に突っこんでき、何かがばさりと音を立てた。夏紀はあたりを見回す。……違う。何かが突っこんできたんじゃない。自分が何かにぶつかったのだ。

「えっ……何？　ここどこ……？」

思わずそうつぶやく。見た限り、まわりに誰もいなかったのがせめてもの幸いだった。

そこは教室ではなかった。目の前にあるのは、強い日差しに照りつけられた緑色の看板だった。足元は外履きのスニーカー。その足元に落ちているのはいつもの帆布のトートバッグだ。

そうだった。もう英会話教室の一回目は終わっていて、私は家に帰る途中だった。ぼーっと歩いていて看板にぶつかったのだとしっかり認識できるまで、さらに時間がかかった。突っこんだのが動かない看板でよかった。これが六号国道を飛ばしている車だったら、シャレにならない。

トートバッグを拾い、もう一度改めてあたりを見回す。まったく見慣れない場所ではなかった。看板に書かれていたのは、健康保険、処方箋調剤などの言葉だった。何となく見覚えはある。目の前の広めの道路沿いに、高架道が通っている。ここは……ああ、そうだ、中学の時の通学路から少し外れたあたりのはずだ。この道も何度かは通ったことがある。そう、中城町と田宿町の境目あたり、そうそう、この薬局は記憶にあった。ここは薬局の横の駐車スペース、そこの角を曲がると店舗になっている。

しかし。

何かがおかしい。

夏紀は数秒の間、左肩越しに道路のほうを振り返り、考えた。

何がおかしいんだろう。

突然何かが焦点を結んだ。

セミの声がしないのだ。いや、セミだけじゃない。夏紀は道路のほうに向き直った。車も一台も通らない。人の気配がまったくしない。

土浦は確かに田舎だ。田舎だけれど、いかに土浦とはいえ、駅から六国——六号国道ね——の間で、こんなにも静かで、一台の車も通りかからないなどということはあり得ない。お正月の商店街が休みの時でさえ、こんなに静かじゃない。百歩譲って、夏紀に音が聴こえる範囲でたまたま車が通らない時間が数分あったとしても、真昼間にセミの一匹も鳴いていないなんて、さすがにそれはおかしい。暑くさえない。

夏紀は自分の両手を見、また道路に視線を戻し、今度は薬局の白壁を見つめた。何だろう、この変さ。何がどう変なんだろう？　何か見えない膜のような、いや、膜ほど薄くないけど、でも壁みたいなものじゃない、透明で柔らかい何かに包まれてしまったような世界、いや違う、包まれてるのは私？

頭の中は奇妙に静まりかえっている。恐怖はなかった。むしろ気持ちが静まりすぎて、このおかしな状況に抵抗さえ感じない。このまま永遠に時が過ぎても、夏紀は永遠にそのままでいたかもしれない。時間と空間の中に固定されてしまったみたいだ。

視界の隅で何かが動く。

何か、というか、人影？

薬局の側面には、背の高い人なら少しばかり腰をかがめないと通れないような、小さなドアがあった。硝子（ガラス）がはまり、上部が昭和っぽく丸くなった、白いドアだ。そのドアの両側に一つずつ窓がある。左側の窓で何かが、いや何かじゃなくて誰かが動いた。

そちらのほうへ向き直ろうとするが、体がなかなか動かない。夢の中で走る時みたいに、動く気持ちはあっても、体がついてこない。重い水流に逆らうように体の向きを変え、一歩――この一歩がどうしても前へ進まない――それでも何とか踏み出す。ほんの二歩半ほどの距離を、窓のほうへ、永遠とも思える時間を使って。

それは薬局の側面の窓の中に閃いた光のようにも見えたが、窓から射す日に照らされた人影だった。何も聞こえないけれど、その誰かの口が大きく動き、叫んでいるように見える。

あれは……！

「トシ……オ……！」

夏紀は自覚するより前にそうつぶやいた。何かが見えたと思ったのとほぼ同時に、どういうわけか、それが誰なのか分かってしまったのだった。しかし、口の動きさえもどかしかった。何分もかけてそのたった一言を口にするような、引き延ばされたその時間の中を一ミリずつ動いてゆくような、果てしのないもどかしさだ。

トシオだった。間違いない。大人……というほどの年ではまだないかもしれないけど、大きくなったトシオ。あの時、あの日、亀城公園で飛行船を指さした子。あと、どこかで会った？　育ったトシオにもどこかで会ってる？　そんなはずはないけど……でも分かる。あれはトシオ。

夏紀の制服とたいして変わらない、どうということのない白い半袖シャツを着て、夏紀を見ている。その顔は驚いているようにも見える。何故すぐに分かったんだろう。でも分からなかった。どうしてか分かった。彼に聞けば、あの謎の記憶の正体が分かるだろうか。あの飛行船の真実が分かるだろうか。

聞こえない。音は何も聞こえない。けれど、トシオの口は「夏紀」と動かなかっただろうか。世界と夏紀を隔てる透明な繭（まゆ）が歪み、目に見えない無数の糸が絡み合い、ますます夏紀の動きを鈍くしてゆく。トシオは夏紀が分かったんだ。きっと分かった。いや、間違いなく夏紀を覚えている。もう一度、その唇は動く。何て言ってるの？　聞こえない。聞こえない！　彼はもう一度、そう、もう一度夏紀の名を口にした。そう、あの口の動きは夏紀、きっと夏紀、その動きはきっと、夏紀。

何かが急にぱちんと弾（はじ）けたようになり、突然、夏紀は動きを取り戻した。また肩からバッグが落ちて、ばさりと音を立てる。その瞬間、びっくりするような音量でセミたちがいっせいに鳴きはじめ、夏紀はつんのめりかけてどうにか踏みとどまった。

窓を見る。しかし、もうそこには誰もいなかった。

何百メートルも駆け抜けた後のように、動悸が激しく、息が切れた。夏紀はゴールに駆けこむように窓際にたどり着くと、何度も大きく息をしながらガラスに手を突いた。

暑い。背中も首筋も、直射日光に照らされて暑い。表通りを車が通ってゆく音がする。

夏紀は両手で目のまわりを覆い、外よりは暗い室内を見た。しかし、目が慣れて中の様子がよく見えるようになる前に窓から離れた。ひとんちの窓からのぞき見しているという驚くべき事実に尻込みしたのだ。まだ理性は残っている。いずれにせよ、室内には真向かいにこれと同じような窓があるのは分かったが、人がいるようには見えなかった。誰も夏紀ののぞき見を咎めないどころか、人影そのものがなかったのだ。

急に怖いという気持ちが湧きあがった。そして、今のは何だったのかという疑問。幻覚？　私、どうかしちゃったの？　疲れてるの？　慣れない英語で頭が混乱してるの？

だったとしても、なぜ彼の姿など見えたのだろう？　あの青年……少年というには少し年上な気もする、夏紀よりはいくらか年上だろうか。いや、小さい頃に二、三歳違ったら、とってもお兄さんに感じたはずだ。今でも同じ年頃のはずだ。トシオ。間違いなく、分かってしまった。どうして彼を見たのだろう？　そして彼は、夏紀の名を呼んではいなかったか。

夏紀は窓から後ずさりした。何かが左の踵に当たる。びっくりして振り返ると、地面に落ちた自分のトートバッグだった。慌ててそれを拾い、あたりを見回す。幸い、夏紀の奇行を物珍しそうに眺めている人は誰もいなかった。

一瞬、あの小さなドアを開けてみようかという気持ちになったが、それは窓から室内を見るよりダメなことだ。ドアをノックしてみる？　ドアにはめられたあのガラスからまたのぞき見する？　どっちもする勇気はない。もうすでに一度窓ガラスに張りついてしまったのだから、なおさらナシだ。

夏紀は薬局の看板の前でしばらく立ち尽くした。もし誰かが出てきたら、と少しばかり思ったのだった。雲が流れ、日差しが少しだけ遮(さえぎ)られ、戻って来た日差しがまた照りつける。動悸は治まってきたが、頭の中には、好奇心や恐怖や、今にも見抜けそうなマジックにまんまと引っかかった時の、「?」マークが飛び交っている奇妙な感覚が渦巻き、当分落ち着けそうにはなかった。でもここからはいったん離れよう。もしかしたらまた来てしまうかもしれないけれど。ちょっと怖い。ううん、なんかすごく怖い。

夏紀はトートバッグを右肩にかけ直すと、中学の時の通学路に向けて歩き出した。

4　登志夫へシンクロニシティ？

量子コンピュータの説明は面倒くさい。知能には二種類あって、専門外の人にも分かりやすく説明できる知能と、専門家同士で専門的な話しかできない知能が存在する。登志夫は後者だった。素人（という表現は好きではないが）に数式や専門用語を極力使わず、イメージやたとえ話でだいたいのところを分かってもらうという、キュレーター的、あるいは芸術や文学にも近い才能は、登志夫にはまったくなかった。量子コンピュータ？　なんですか、それは？　と聞かれれば、登志夫にできる最良の答えは、「詳しい人に聞いてください」だ。できるだけ無愛想にならないよう、高飛車にならないように言う努力はするが、その努力が必ずしも報われるとは限らない。

量子とは、分子や原子よりはるかに小さい物理量のことです。電子や光子、ニュートリノなどのことです。ニュートリノは、ノーベル賞のニュースなどを見ていた方ならお分かりでしょうけれど、地球や私たちの身体などは無いもののようにすり抜けてしまうほど小さいのです。そうした量子の「ふるまい」は、普段私たちが扱っている物質とはとても違ったものです。それは、「ある」のと「ない」のとを両方兼ね備えたような状態になることがあるのです。どういうことかというと、その説明はとても長くなってしまうので、いったん、「そういうものだ」と思ってください。さて、ではコンピュータについてですが、「普通の」物質でできたコンピュータは、「ある」か「ない」を表す1と0の信号を使って計算しますよね。ですが、量子を利用したコンピュータは、1と0以外に、1でもあり0でもあるという情報を扱うことができるのです。不思議ですよね。その量子の性質を利用すると、従来の「普通の」コンピュータでは解くのに何万年もかかってしまうような問題を数分で解くことができるのです。すごいですね。もっとも、量子コンピュータにはまだ、得意な問題とそうでもない問題があります。が、現在、その弱点を克服していろいろなことが計算できるような、汎用量子コンピュータの開発が進められています。光量子コンピュータというのは、そうした汎用を目指して開発された、光の量子を利用したコンピュータのことです……

以前、先輩がやっていた一般の人々（という言い方もあまり好きではないが）に対する量子コンピュータの説明を真似て、それらしい文章をひねり出して暗記はしているが、何かが今一つだ。そして、これをスムースに、聴き手の心が「難しい話」という警報を発して話をシャットダウンする前に話し切ってしまう自信もなかった。この二十倍ほどの量の文章を使えばもう少しましなものにはなるだろうが、登志夫の生硬な文章を最後まで読んでくれる人はいないだろう。

土浦光量子コンピュータ・センターは、国と企業と六つの大学が立ち上げたもので、去年、現在の場所に二台の光量子コンピュータと一台の大型古典コンピュータを設置して開設された。光量子コンピュータそのものを作っているのも、いくつかの企業の合弁事業であるミラビリス・テクノロジーだ。アメリカではGoogleやIBMのような巨大資本が単独開発を行っているが、日本ではそうはいかない。出遅れた分、まだ新機軸と言える光量子コンピュータを合同資本で開発することで、巻き返しを図っているところである。

夏季休暇期間中に雑用が手薄になる土浦光量子コンピュータ・センターでのアルバイトの話は、応募する者がそう多いわけではない。より正確に言えば、誰も行きたがらない。研究者として赴任するのならともかく、直接光量子コンピュータの操作に関われるわけでもないバイト、しかもお世辞にも都会とは言えない地方都市で雑用をするのは、確かに、プライドの上でも経験の上でもさしてプラスにはならないだろう。しかし、毎年必ず数名は、登志夫のように環境への適応が遅い者、たとえ雑用とはいえ「その場」での経験をしておいて損にはならない者が出てくる。登志夫の前任者はそういう意味で「行っておいたほうがいい者」ではなかったが、彼女もやはり変わり者で（いや、この分野に変わり者でない人材などいるのだろうか）、何でもかんでも見てやろう、経験してやろう、というタイプだった。その先輩が夏季休暇の後半を放り出したので、まだ専門が固まったとは言い難い登志夫が急遽行くことになったのだった。

急に決まったのは負担だったが、将来、本格的に光量子コンピュータに関わってゆくのなら、その実物がある環境を経験しておくに越したことはない。登志夫が十八歳未満であることで多少事態は複雑化したが、解決できない問題はなかった。何より、登志夫自身が土浦行きを強く希望したのだった。他の土地に突然行けと言われたら拒否したかもしれないが、土浦なら行きたい。

土浦。それは登志夫の唯一の「思い出」の場所だと言える。登志夫には、確かに「記憶」ならたくさんある。記憶力がノーマルな人々に比べると、記憶だけならかなり多くある。記憶だけなら。親からは大事に扱われてきており、こと教育に関しては、感謝すべき記憶がたくさんある。そして、登志夫の現状から考えれば、恩を返すには充分と言える成果とふるまいを返してきたと言えよう。通常の親子の記憶に加え、特別と言える記憶もある。天才児たちの集会や物理、数学の何かしらの大会のために、国内の遠方や、何度かは外国に連れて行ってもらったことなどだ。それは確かに特別な記憶だった。しかし登志夫がはっきりと「思い出」と思えるのは、たった一つだけだった。

思い出というのは、何かしら記憶とは違うものだと登志夫は考えている。厳密な定義をと言われると困るが、基本的に、心理的な色づけがあるのが「思い出」ではないだろうか。登志夫の唯一の思い出、それは、土浦で見た飛行船と、女の子、ナツキと呼ばれた、自分と同じくらいの年頃の女の子の、あの記憶だった。思い出には心理的情動が伴う。その思い出にだけは心が動く、というより、自分にも心らしい心があるのだと実感できる、あの思い出。

今までそれを忘れていたわけではない。そうではないのだが、大事すぎるものをしまい失くしてしまうように、その思い出は登志夫の小さくて、頑(かたく)なな心の中のもっとも頑ななところにしまいこまれていただけだ。蓋を開けると心をかき乱すような懐かしい香りがあふれ出し、収拾がつかなくなってしまう。あの時、空は青く、茜色に縁どられてはいなかったか。雲はほとんどなく、月もなく、ヒグラシが鳴いていなかったか。なぜ祖母の葬儀の後に公園にいたのだろう？　誰かが彼女をナツキと呼んでいなかったか。彼女の濃紺のワンピースと、胸元に二個だけついていた模造真珠の飾りボタン。白い衿(えり)。おかっぱの髪。

登志夫をまっすぐに見ていたあの目。そう、あの目。もしかしたら、何かを美しいと初めて思った瞬間ではなかったか。飛行船を指さしてその船名を読み取った時、彼女にそれを誇らしげに告げた時の、あの喜びはどれほどだっただろう。

思い出すと、身体の奥深くに、ちくちくするような、自分に新たな知覚が加わったかのような、謎の感覚が湧き起こる。それは快いものであると同時に、自分では処理しきれない膨大な情報を流しこまれたような不安感があった。

香りは蓋を頻繁に開け閉めすると飛んでしまう。だから分子の一つも漏らさないくらいに、厳重に静かに、光さえ当てずにしまっておかれたのだ。

小さい頃——そう、土浦の思い出とちょうど同じくらいの頃だ——にもらったドイツ製の六色入り蜜蠟粘土のことを思い出す。すぐにでも手の中で温めてこねくり回し、いろいろな色を作って、鳥や車を作ってみたかった。しかしそれと同時に、このままの形にしておきたい、いじらないでずっと取っておきたいという強い気持ちが湧きあがり、登志夫は数日間、それをパッケージを開けさえせずに道具箱の中にしまっていた。もっとも、蜜蠟粘土は、いったんものを作るのに夢中になり始めたが最後、自分にそんな気持ちがあったことなどすっかり忘れてこねくり回し、あっという間に原形を留めなくしてしまった（いや、それこそが知育玩具の本来あるべき姿だからよいのだが）。後になって突然、その触らないでいつまでも取っておきたいと思っていた気持ちを思い出し、誰かにひどく意地悪をされた時のように傷ついたものだった。誰のせいでもない。自分のせいだ。どちらの自分を取ったとしても、あとで傷ついただろう。

登志夫にはそれと似たエピソード記憶が多い。いつまでも永遠にそのままで取っておきたい、と、自分好みにカスタマイズして使い倒したい。物は必ず劣化する。登志夫が生きている間だけでもまったく劣化せずにとっておけるものなどほとんど無い。それが変わっていってしまうことの不安と、未知のものが未知のままでいることの不安。

自分でも何が言いたいのか分からなくなってきた頃、登志夫はこういう考え自体にまた蓋をする。

ノーマルな人々は、心を動かされ過ぎて辛くさえある「思い出」をいくつも持っているのだろうか。その重圧に耐えられるのだろうか。

土浦の思い出は、登志夫にとって、あまりにも特別で耐え難い、唯一無二のものだった。

＊

「うーんと、じゃ、とりあえずお皿洗ってもらっていい？　ごめんな、最先端の現場でこんな仕事で。ほんと申し訳ない」

林田梨華の夫で、ミラビリス・テクノロジーの契約社員、林田直樹(なおき)は、登志夫から目をそらし気味にして、心の底から申し訳ないという口調で言った。彼は普段は主夫で何やらクリエイター系の仕事をしているが、梨華のサポート係として時々ここに来ているのだという。痩せ型で銀縁眼鏡をかけ、白髪の多いぼさぼさ頭。眼鏡の奥の目は、いたずら小僧のようだ。

別に皿を洗うくらい構わない。と言うより、登志夫は最初から自分はそういう人材として土浦に来ているのだという自覚があった。

「なんかさー、調子悪いみたいで、いろいろ滞(とどこお)ってるみたい」

直樹は肩越しに右の親指で漠然と後方を差した。後ろは、ドアが開けっぱなしの花嫁控室――光量子コンピュータ制御室――だ。寄木のテーブルの上にラップトップ二台、デスクトップ一台のPCが載っているだけの部屋。今そこに、林田梨華と四人のスタッフが集まって、何事か話しこんでいる。

「えっ、調子悪いって、梨華さんがですか？」

上司をいきなり梨華さん呼びはまずかっただろうか。しかし、林田夫妻を区別するため、皆がそう呼んでいる。フルネームで「林田梨華さんがですか？」と聞くのはなおさら変な気がしたのだが、これでよかったのだろうか。

「いや、そうじゃなくて」

「えっ、やっぱり梨華さんという呼び方はまずかったですか？」

「いやいやいや、それはぜんぜん大丈夫というか、むしろありがたいんだけど、そっちじゃなくて、奴らの調子が悪いってこと」

スタッフ全員の体調が悪いということだろうか。しかし登志夫は、慌てて反応しないように自制した。

「奴ら……？」

「なんかさー、時々止まったり、明後日の方向に作動するらしいんだよね。カサンドラもヘレノスもどっちもアレらしいけど、カサンドラのほうがヤバいとか何とか。なんか、何となくヤバいみたい。原因不明」

カサンドラとヘレノスというのは、二つの光量子コンピュータにつけられたあだ名だ。カサンドラのほうがより大型で汎用を目指したもので、ヘレノスは量子コンピュータらしい能力に特化した、いわゆる「量子アニーリングマシン」で、カサンドラよりは小型のものだった。光量子コンピュータは極低温や真空の環境を必要としないので、設備もエネルギーも少なくて済むのが大きなメリットだ。

名称については、最初は信長と蘭丸、伊織とるん、タマとポチなど様々な案が出され、大型に村正案が出た時には、もう一方を何にするかで揉め、それぞれに思い入れのありすぎるネーミングはかえって衝突を招いたのだった。その後もいろいろあったらしいのだが、最終的に梨華が、誰からの思い入れもなく、外国の研究者たちにも覚えやすい、ギリシャ神話の登場人物からカサンドラとヘレノスの名を取ってつけたのだという。アポロンから予言の才を賜った、というより、予言という呪いをかけられた、トロイア王家の双子の兄妹（あるいは姉弟）だ。

そのどちらにも、時々異変が起こるらしい。

登志夫は先日のディヴやリャンヨンとの通信を思い出した。嫌な予感しかしない。

「あっ、そうだ、いいや、皿は俺が洗うわ。キミ、あっち混ざってきなよ」

「えっ、僕が加わっても何の役にも立たないと思いますが……」

「いやいいよ、ただ話聞いてれば」

「しかしそれで時給をいただくのはどうなのかと……」

「いいよ、マジでやること無いし、バイト君に聞かれて困るような話もしてないし、ていうか、キミ、あそこにいたら少しは勉強になるでしょ？　俺はお好み焼きの仕込みもあるから、結局厨房は行くし」

いくつかの宴会場を賄える広大な厨房は、今もその一隅が使用されていた。主に直樹が得意の「粉もん」を作るところだ。直樹はそこにお好み焼きやたこ焼き用の鉄板を持ち込んでいて、週に二度は何かしらの粉もんを作るのだという。小麦粉を使用した料理という意味では、もんじゃ焼きやクレープなども粉もんに含まれそうに思えるが、「粉もん」には文化的な定義が加わるらしい。

「ほれ、行った行った」

直樹は登志夫の両肩を軽く摑んで体の向きを変えさせ、背中をぽんと叩くと、花嫁控室へと送り出した。

水曜日に土浦光量子コンピュータ・センターでの本格的なアルバイトが始まったが、登志夫にはほとんどすることはなかった。それから数日の間に登志夫がしたことと言えば、掃除用ロボットの管理（本格的な管理は専門の業者がするので、ほとんどただ見るだけ）やちょっとした拭き掃除、会員制サイトのチェック（これもただ見るだけ）、買い出し、その程度しかすることはないようだった。しかも買い出しもその週には一度しかなかった。館内には飲み物の自動販売機が設置されているし、マクドナルドやスターバックス、カワチ薬品（ドラッグストアだが、事実上ほとんどスーパーマーケット）や山新（やましん）（かなり大きなホームセンター）には、皆、自分で行きたがった。空いた時間には自分の勉強をしてもいいと言われたのだが、登志夫はこま切れの時間を上手に利用することができないので、ミーティングや機械類のメンテナンスについて行くのだった。

光量子コンピュータは最近、不調と言えば不調、正常と言えば正常であるらしい。と言うのも、普段は何ともないのだが、時々突然おかしくなるのだという。もともと光量子コンピュータは、古典コンピュータとは違い、計算は一度きりでいいというわけにはいかない。登志夫はここも非専門家に説明することがなかなかできないのだが、たいていの場合聞く側もこのあたりまで来ると、上手な人の説明さえあまり聞きたがらない。科学番組などでも、「量子コンピュータの不思議な性質の一つなのです」と一言でまとめてしまうことが多い。

量子コンピュータは、何度か計算した結果の集合から解を導き出す。しかしカサンドラもヘレノスも、時々、何かに惑わされたかのように、解と呼べるほどの解を導き出せなくなり、また突然正常に戻るのだという。そう、何かに惑わされたかのように。

登志夫が花嫁控室に入ってゆくと、皆、それが当たり前であるかのように椅子をすすめてくれた。ただし、皆が座っているいかにもオフィスユースなアーロンチェアタイプの椅子は数が足りず、白い布張りの、ルイ何世スタイルとか、ヴィクトリアンとか、そういう呼ばれ方をするだろう猫足の椅子だったが。座面の布は高価そうだったが、だいぶ黄ばんでしまっている。

「まあチュパカブラ出没も面白いかもしれないけどさ、僕は好きかどうかで言ったらUMAよりUFOなんだよねえ」

「UFOね。うん、確かに、最近アメリカの空軍も何か目撃したことは認めて動画公開したりしてるよね。やっぱりここんとこそういう話、多いよね」

「そう、金沢あたりでけっこう頻繁に出るらしいのよ」

「あのあたり、UFO博物館ってあったよね？」

「最初から興味のある人たちが空を見てるから『何か見た』って思いやすいってだけのことだったりしないのかなあ」

「石川県はもともと、雷とか、気象現象の多いところよね」

何の話だろう。登志夫はそれが雑談であることを把握するのに一分以上かかった。

「確か日本海側のほうがUFO目撃談って多いんじゃなかったっけ？」

「東京のほうが多いでしょ」

「いやそもそも人口が違うし」

「日本海側って、青森も含まれるよね。あそこはさすが『ピラミッド』とか『キリストの墓』があるだけのことはあるかも」

「あの……」

登志夫は皆が笑って発言が途絶えたところで、おずおずと口を挟んだ。

「それで、光量子コンピュータはどうなったんですか？」

座が一瞬、静まり返る。何かまずかっただろうか。やはり口を出すべきではなかったか。

「うーん、それがねえ……」

梨華が車椅子のひじ掛けを摑んで少し姿勢を直すと、文字通り両手を頭上に上げた。

「今のところお手上げーって感じ。それでこうしてお喋りしちゃってるわけで」

「それなら、直樹さんも呼んできましょうか？　あとは、ええと、すみません、まだお名前を覚えきれてなくて……あの方とか……その……」

梨華をはじめとして、研究者たちはまた一瞬固まる。

「ごめん、そんなちゃんとした団らんじゃないから。真面目に話しあうのももうネタがつきてるし、正直、雑談のネタも尽きかけてるというか、ね。チェックできることは全部チェックしたし、検査できることは全部検査したし」

「カサンドラもヘレノスも調子が悪いと聞いていますが、どう悪いんですか？」

「直樹から聞いてる？　だったらそのまんまよー。時々挙動不審。まあこれは、去年の稼働時からたまーに、あったことではあるのよね。でも光量子コンピュータって、まだ完成した技術とは言えないじゃない？　何か予測されていない現象が起こる可能性は織りこみ済みだから、今までの異変も、まあいいかという範囲には収まっていたのよ。だけど、時間が経つにつれてその頻度が高くなってきて、先月からはもうちょっとこれは想定外ってところまで来ちゃってたのよね」

「僕はあれを連想したけどね」

研究員の一人が、ヨーロッパ人のような動作で右の人差し指を立てた。

「『われはロボット』の中の一作だったかな、確か、鉱山採掘用の人工知能に付属する六台のサブロボットが、普段は普通に稼働しているのに、時々全員が作業を放棄して変な動きをする。理由はあれだった、ホラ、人間が、頭が処理しきれない難しい問題に直面すると、ピアノでも弾くように指を机の上でパラパラしたりすることあるでしょ？　ロボット群がそれに陥っていた、っていうやつ」

皆がそれに応じる。

「それは『ロボットの時代』じゃなかったっけ？」

「アシモフは他にもロボットの短篇集あったよね」

「いや、『われはロボット』の中のだったと思うけど」

アイザック・アシモフは知っている。二十世紀最高のＳＦ作家と言われる一人だ。もっとも、登志夫は読んだことはなかった。アシモフを読んだことがないというより、小説全般をほとんど読んだことがない。小説は苦手だ。

「それで、そのロボットの問題はどう解決されたんですか?」

これで会話に加われただろうか。

「ええと、あれは、サブロボットが六台だったのがダメで、五台に減らしたら正常に稼働するようになりました、っていう結末だったな」

「何にしても、カサンドラたちにはそこまで情報ぶっこんでないよ。今のところ、限界の七十五パーセントまでしか受け付けないように設定されているし、実際、その設定を上回った記録は無い」

「異常が起こった時のデータを見る限り、何ていうのかな、何か大きなノイズがばーんと入ってるみたいな感じなんだよね」

梨華が自分の前にある数枚のプリントアウトの数字の羅列を指して言った。登志夫は数秒遅れで、それがほとんど自分宛ての発言だと気づいた。そうだ。ここにいる自分以外の者は皆、すでにこのデータを見ているはずだ。もっとも、この数字の羅列が問題のノイズの正確な姿なのか、ただの乱数なのかは、人間が見ただけでは区別がつかない。

「まあこれ見てもしょうがないんだけどねえ」

改めてそう言いながら、梨華が紙を右の手のひらで叩くと、また全員がため息をつき、それぞれ勝手な方向に視線を向けた。

「何らかのハッキングということはないでしょうか？」

今、自分はとても間抜けな質問をしている。自覚が追いかけてきた。そんなことはもうとっくに検討されつくしているに決まっている。それに、光量子コンピュータは普通のコンピュータとはまったく違うものだ。なにがしかのオペレーティング・システムやアプリケーションが常駐しているわけではない。言わば純粋に計算の「プロセス」だ。

「ネットとつながってる亀くんにかなりがっちりセキュリティがかけてあるけど、そっちには何も異常がないんだよね」

亀くんというのは、大型古典コンピュータのことだ。正式名称は亀城。だが、通称で皆がいつの間にか亀くんと呼ぶようになってしまった。光量子コンピュータはギリシャ神話の王子王女であることを考えると何となく不公平な気もするが、まあここでの主役は光量子コンピュータなので、仕方がないと言えば仕方がない。

「何も侵入してないし、そもそもアタックされた形跡がない。それに、このワケ分からんやつも解析したけど、何のデータでもない、ほんとにただの乱数でしかなくてさ」

「つまり、光量子コンピュータの中に変なノイズが発生した……」

「的な感じ」

　また全員がため息をつく。

「これ記念に持ってきなよ」

　梨華がそう言いながら、紙束を登志夫に押しつけた。これが彼女の冗談なのか本気なのか分からず、登志夫はおとなしくそれを受け取った。周りの注目が自分に集まったままなのはさすがに感じた。登志夫は何か役に立ちたいという思いに駆られ、ＬＩＧＯ（ライゴ）が運用停止になったという話をした。もしかしたらここにいる研究者たちならみな知っていることかもしれないが、こういうことは「念のため」が有効なはずだ。

　デスクトップＰＣの前にいた一人がマウスを操作した。

「あっ、本当だ。ていうか、ＫＡＧＲＡ（カグラ）もＶＩＲＧＯ（ヴィルゴ）も止まってる」

　ラップトップの前にいた一人も言う。

「なんか……ＮＡＳＡの新しい宇宙望遠鏡のデータもノイズまみれらしいよ」

　その時、直樹がお好み焼きができたと一同を呼びに来た。

　その日はいったんカサンドラもヘレノスも運用中止ということになり、登志夫は五時前にはもう帰ってもいいと言われた。木曜日の夕方の中途半端な時間にいきなり土浦に放流されても、登志夫には特に行くところはない。

＊

登志夫は帰宅する前に、もう一度センター内を巡回した。

センターの内部は、想像以上に空間だらけだった。当然だろう。何百人もの（具体的な数値は知らない）宴会をできる部屋が複数あり、それをまかなうバックヤードがあり、実物大の大聖堂もどきの挙式場があるのだから。大聖堂もどきには、今はただ変圧器や電源関係の機材が設置されているだけだった。

かつてはミュージックビデオやドラマの撮影でも使われたというその挙式場は、登志夫が初めて見た時は非常に豪華に感じられたのだが、二回、三回と足を運ぶうち、そのハリボテ感が目につき始めた。今でも内陣に放置されている祭壇や聖書スタンドや、祭壇上の窓のステンドグラスは、ヨーロッパで買い付けたのだろう、どうやら本物のアンティークのようだった。床材もよいもののようだ。しかし誰もわざわざ触れてみたりしないだろう壁は、合板に壁紙を貼っている。内陣奥の十字架の後ろの壁は、最も目立つ場所であるにもかかわらず、壁画もないシンプルな青い壁だった。もっともこれは、着飾った花嫁を最も目立たせるための工夫かもしれないと推測された。

ネットで読む限り、一時期は、料金が高額であるにもかかわらず予約が取れないほど人気があったらしい。その式場が何故破綻したのかは、ネットでは解明できなかった。

一番大きな披露宴会場には一見大きなプレハブの物置に見える建屋が設置され、中には大型の古典コンピュータが置かれている。二重構造にしたのは冷房効率をよくするためだろう。建屋の入り口には何らかの生体認証装置つきの扉が設置されている。もちろん登志夫にアクセス権はない。もっとも、アクセス権があったとしても登志夫はその扉を開けてみようとはしなかっただろう。内側からロックが解除できるのかどうか判らない部屋には、入ることはおろか、首を突っこむことさえしたくない。単純に怖いのだ。

披露宴会場の以前はカーペットが敷かれていたであろう床は、配線用アルミパネルがところどころに埋め込まれた静電気防止タイルで覆われている。しかし改装されているのは床だけだった。壁と天井は披露宴用の装いのままだった。二階分はある高い天井は、アーチや列柱で支えられているように見えるが、よく見ればどれもハリボテで、大理石に見える壁も壁紙だ。シャンデリアはすべて撤去されているらしく金具が残っているだけだが、実用一点張りのＬＥＤ照明が後づけされた天井には、今でも天使がいる。アーチ形の窓には重々しい緞帳（どんちょう）ふうのカーテンがかかっているが、天井に近いところには普通の四角いサッシのような窓もあり、登志夫のようなロマンチシズムのない人間をも残念な気持ちにさせてくれる。

量子コンピュータの本体もその披露宴会場に置かれていた。量子コンピュータというと、それが何かを知っている人ならば、冷却した大きなガラスケースが天井からぶら下がった金色のシャンデリアみたいなものを想像するだろう。しかし光量子コンピュータは、カサンドラもヘレノスも、見た目は普通のサーバのようだった。その中がどうなっているのかは研究室では見ている。スマートフォンくらいの大きさの平べったい箱が幾つも連なっているだけだ。その箱の中身も、何やら配線とチップがあるばかりだ。その他に幾つか光学系の装置がある。今のところ、この部屋にロボット掃除機を入れるのは棚上げになっていて、とりあえず人間が交代で床にモップをかけている。

あのデータ、もらっても仕方のない数字の羅列のプリントアウト。登志夫は律儀にそれを斜めがけのショルダーバッグにしまっていた。急に思い立って、それを取り出して眺めてみる。今にも何かが分かりそうな気がする。もちろん自分は、これを見て暗号のパターンやその解き方が分かるほどの天才ではない。が、こういうのを「直観的」というのだろうか。ちょっとしたパズルのように、少し見る角度を変えただけで解答が見えてくる直前のような、ああ、もう分かる、もうすぐに分かる、無意識のレベルではもう分かっているという、あの瞬間の感覚だ。ただ、その見るべき角度が一向に判らない。

ここで自分がこのデータの解析に貢献できれば、もしフィクションならば成功なのだろうか。しかし、現実はそんなに甘くはない。

登志夫はプリントアウトとカサンドラ、そしてヘレノスを見比べた。そして、またプリントアウトをバッグにしまった。こんなことをしていてもどうにもならない。もう帰ろう。そう思った時、馴染みのない場所が馴染みの場所になってゆく、あの奇妙な感覚に襲われた。そこが急に何年も、何十年も前から知っている場所だったような気さえする。登志夫にはまだ「何十年」と言えるほどの過去はないのだが。

本当にそうなるといい。光量子コンピュータの現場が、自分にとって、本当の居場所になればいい。何かそこで、少しでも役に立てる人間になれれば。

そうでなければ、こんな自分の存在価値など、あるのかどうか分からない。

＊

自転車での帰り道は少し奇妙なものになった。一本道をまっすぐ行っていたはずだが、いつの間にか反対向きに走っていたのだった。

いかに散歩の才がないとはいえ、登志夫は方向感覚に関しては、今までに出会った誰よりも優れているのだが。

＊

また早上がりになった金曜日にもう一度あの薬局に行ってみようと思ったのは、特に理由があったわけではない。週に三日訪ねてゆくのも何か変な感じだが、例の展示室を見せて欲しいと言えば、理由は作れる。展示品の古さからして——明治時代のものだという薬瓶もあった——あの薬局はグラーフ・ツェッペリン号が土浦に来た時すでに存在していたはずだ。もちろん「中の人」は代替わりしているが、あのマダムが八十代だとすれば、その親はツェッペリンを見ているかもしれない。だからどうだと言われても困るが。

まだ暑さの残る駐車場には、軽自動車のナンバープレートがついた青い車が一台停まっていた。その邪魔にならないよう、できるだけ隅のほうに自転車を停めると、今日はどうにもヘルメットが邪魔な気がしてならず、サドルにかぶせて置いて行った。ヘルメットも借りものだ。東京なら絶対にこんなことはしないし、土浦なら大丈夫という保証もないのだが、センターの中庭で左の二の腕を蚊に刺されたのをきっかけに、腕周りの感覚の過敏さが出てしまったのだった。普段は気にならないことも、いったん気になり始めると辛い。荷物が邪魔で仕方がなく、斜めがけのバッグも一瞬置いていこうかと思ったが、さすがにそれはやめた。

薬品向けの冷房が登志夫を包んだ。薬局に入った右手では、まだ若い女性の薬剤師が少し腰の曲がったおじいさんに薬の袋を手渡している。薬のポスターや、いろいろな注意書き。奥の調剤室から流れてくるかすかな糖衣錠の匂い。左手の展示室では、落ち着いたラズベリー色の長袖シャツを着たマダムが、買い物袋を抱えた中年の女性と向かい合って座っており、何やら話しこんでいる様子だった。

「あら。いらっしゃい」

マダムはすっかり登志夫の顔を覚えており、すぐに声をかけてきた。買い物袋の婦人は長居しちゃってごめんなさいと言いながら立ち上がって出て行こうとした。登志夫は特に用事があるわけではないので、二人で話していてくれて構わないのだが、こういう時、人を引き留める気の利いたセリフは出てこない。あたふたしているうちに買い物袋の婦人は出て行ってしまった。エンジンがかかる音がする。登志夫は申し訳なさに身も縮む思いだったが、マダムはにっこりと笑みを見せた。

「ごめんねえ、でもちょっと助かっちゃったわ。あの方ね、いい方なんだけど、すこーし、お話が、ねえ、長くって」

「でも、なんか僕は邪魔だったかもしれなくて……なんかすみません」

登志夫はしどろもどろにそう言うのが精いっぱいだった。

「あら、それ、腕、掻かないほうがいいわ。ちょっと待ってて」

そう言いながら、展示室の中央にある雑然としたテーブルの上の竹籠から、見たことのない銘柄の小さな黄色いチューブを取り出すと、登志夫の左腕に軟膏(なんこう)をすり込み始める。

「これはステロイド系じゃないやつの中では、一番、効くから」

「ありがとうございます。すみません、あの、自分でやります」

肌がびりびりしている時に他人に触られるのは嫌だった。しかしそれより、マダムの親切を嫌だと思いたくなかった。

「なんかねえ、散らかっちゃってて。昨夜地震があったでしょう? 揺れの方向が悪かったのかもしれないけど、なんかいろいろ崩れちゃった」

マダムはまるで登志夫がついてくるのが当たり前と言わんばかりに、ずんずんと奥に入って行ってしまった。登志夫もそれが当たり前であるかのようについて行く。確かに昨夜は地震があった。土浦での震度は四に達し(光量子コンピュータは無事だったが)、震源地は茨城沖というデータは出たが、実はその報道が出るまでに少し時間がかかったのだった。臨時ニュースでは、震源地は仮定だと言われていた。どういうわけか、計測上、震源がはっきりしないのだという。複数の観測機器に支障が出ている可能性も指摘され、今ごろ気象庁や東大地震研究所は大変なことになっているのではないだろうか。

「重いものは落ちてこなかったからいいけど、こっちの部屋が、もう、散らかっちゃって、散らかっちゃって」

展示室の奥は左手が暗緑色のタイルを張った狭い三和土（たたき）になっており、勝手口のような小さなドアがあった。三和土の奥にはまた部屋がある。つまり、そのドアから入って右に行けば展示室に、左に行けば奥の部屋に行けるようになっているのだった。ドアは物理的に本当に小さなもので、登志夫は心持ち背を屈（かが）めないと通れないかもしれない。上部が丸くなっていて、十枚のガラスがはまっていて、とても昭和な趣だ。

マダムはサンダルを脱いでカーペット敷きの奥の部屋に上がると、少し大儀そうに、足元に落ちていた折り紙を拾いはじめた。登志夫はしばらくそれを見ていたが、はっと気づいて、自分も靴を脱いで上がり、拾うのを手伝った。

「ここでねえ、高齢者向けのサロンみたいなことを時々やるの。木の実のアクセサリーとか、紙の人形を作ったりね」

展示室に薬局の歴史とは関係のなさそうな手作りの何かがそこかしこに置かれているのはそのせいなのか。

「そういうのを箱に入れといたら、ホラ、もうこんなになっちゃって」

確かに、グレーのカーペットの上には、折り紙だけではなく、いろいろなものが散乱していた。どれも手作りの、慣れない手で一所懸命に作った工作の品のようだった。右手の窓の前には、無造作にダンボールや菓子の空き箱が積み重ねられており、その上の方が崩れて中身が散らばっているのだった。

「ここは……？　図書室ですか？」

登志夫は折り紙をマダムが差し出した箱に入れると、顔を上げてあたりを見回した。部屋は六畳間を少し縦長にしたような広さで、短辺の側には両方ともごく普通のサッシ窓があり、奥の長辺には壁一面に本棚があった。八段ある本棚は、書店のように下の二段は斜めに角度がついており、下の方ほど子供向けと思しい本が多く並んでいる。上の高いところにある本は、完全には子供向けでもないようだ。どれも色あせ、何十年もそこにあったように見える。

「昔、ここで子供文庫をやってたの。昔はホラ、まだ子供がたくさんいて、学童なんてなかったし、今でいう……サードプレイス？　あの頃はそんなたいそうなことは考えてなかったけど、何か子供たちの居場所みたいなものをねえ、やりたいと思って。まあ、ただ私がやりたいっていうだけでやってたんだけど。昔はけっこう子供たちが来たのよ。本もほとんど持ち寄りだったの、いろんな人の」

「へえ、いいですね。僕が子供の頃にこういう場所があったら、入り浸りたかったですね」

「あら嬉しい。今は児童館とか、学童保育なんていうのがあるから、もう必要なくなっちゃった。逆に私たち年寄りのたまり場が必要になってきて」

これにはどう返事をすればいいのか分からなかった。

「ああそうだ、ごめんね、薬局に用事だった？」

マダムは、急に気がついたように訊ねた。

「いえ、そういうわけじゃないんです。ちょっと今日はバイトが早上がりだったし……その……ええと」

登志夫が言葉に詰まっていると、マダムは急かしたりせず、待つとも待たないとも取れる様子で、折り紙の箱から黄色い鶴を取り出して、またしまい、ゆっくりと箱の蓋を閉めた。登志夫の芯をぎゅっと縛っていた何かが緩んでゆく。

「何となくあの展示室が見たくなったっていうか。ええと、その、こちらの薬局って、明治時代からずっとこちらで営業されてるんですか？」

「そうよ。明治二十八年創業。もっとも、私は昭和八年に東京で生まれて、土浦には昭和三十三年に嫁に来た身だから、その頃のことは知らないんだけど」

いずれにせよ、土浦で生まれたとしても、マダムの世代が創業当時を知っているわけがない。彼女が言っているのが冗談なのか何なのか判断ができず、登志夫は機械的に「それはそうですよね」とだけ返事をしておいた。

「昭和八年のお生まれですか、だとすると、その、旦那様のご両親の世代でしたら、もしかしたら、グラーフ・ツェッペリン号を見ていないかと思って」

「え、なに？」

「その……昔、土浦に飛行船が来ていますよね？」

落ちてはいない。そのはずだ。

「ああ、ツェッペリンね。ええ、それなら、うちの親も銀座で見てるわ」

「銀座って、東京の銀座……ですよね？」

「そう。土浦に着陸する前に、サービスで東京の上も飛んだって言ってたわ」

それは知らなかった。

「とっても大きくてねえ、あんなものが空を飛ぶんだってびっくりしたって言ってたけど、あれねえ、長さなんか、牛久の大仏様の倍くらいあるらしいから、それはもう、そんなものが空を飛んでたら、確かにびっくりするわよねえ」

牛久大仏は台座を入れれば百二十メートルある。グラーフ・ツェッペリン号の全長は二百三十六・六メートルだ。確かに二倍ほどある。

「面白いわねえ。なんか、こういうことって不思議と重なるのよね。この間も、ここのノートに書いてあった飛行船のことが知りたいっていう男の子から連絡があって」

マダムの話しぶりは時々、行き先が見えなくなる。

「えっ？　何ですか？　何の話ですか？」

「昔、ここが子供文庫だった頃に、ちいちゃいちゃぶ台に大学ノートを置いてね、なんか好き勝手なことを書かせてたの、子供たちに。あんまり小さい子はそんなの興味見せなかったけど、中学生なんかはよくラジオの投稿みたいな感じのことを書いてったわ。そこに誰だか分かんないけど、大きい飛行船を見たって言って絵を描いた子がいたのよ。あたしも何となく覚えてるわ。で、その男の子、いや、もう大学生だから『男の子』って言っちゃいけないのかな、彼がねえ、見たいって言って」

まだ話が見えない。

「そう、最初は、いちおうああいうのも個人情報になるんじゃないかどうかと思ったんだけども、もう何十年も前のものだし、時々名前を書く子はいてもだいたいみんなペンネームみたいのとか、あだ名で書いてるし、住所とかなんかは誰も書いてないから、見せてもいいかなと思って。

今日は何曜日？　金曜？　ああ、じゃあ、その彼ももうすぐ来るわ。ノートはねえ、そっちの三和土の向こうの山の中のどこかなんだけど、あたしはもうこんなお婆ちゃんでやってらんないから、手伝ってあげてくれる？　今日来てくれて助かっちゃった」

意味が少しずつ登志夫に浸透した。要するに、こういうことらしい。かつてこの子供文庫にあった自由帳に、大きな飛行船の目撃談を書きこんだ子がいた。そして今、それに対して興味を持っている大学生がいる、ということだ。

「水戸で授業が終わってから来るって言ってたからそんなに早くは来ないと思うけど、もう夕方だから、そろそろ来るんじゃないかしら」

夏季休暇中の授業なら、何らかの特別講義だろう。マダムは自分では「発掘」はしないと言いつつも、三和土と展示室の間にある通路のような使われ方をしている小さな部屋の壁際に積まれたあれこれ――「霞ヶ浦の自然を守る会」というラベルのついた箱やファイルがたくさん含まれていた――に手を伸ばした。さすがに彼女にこの重そうな山を「発掘」させるわけにはいかない。登志夫は慌てて「僕がやります！」と制止し、斜めがけバッグを書棚の部屋に下ろした。窓の外はいつの間にか曇っていて、いや、曇っているだけではない、かなり激しい雨が降り出している。ゲリラ豪雨だ。

一瞬、雨の中で誰かが立ち尽くしているように見えてびっくりしたが、窓に近づいて外を見直すと、薬局の看板の見間違いだったようだ。何かよく分からないもやもやした気持ちになったが、感情というのはそもそも得体の知れないもので、やっかいだ。忘れるに越したことはない。

「ありがとう。助かっちゃった。大学ノートがねえ、十二、三冊はあったかしら。十五はないと思うのよねえ。多分このあたりだと思うんだけど」

マダムが漠然と指差した一隅には、ファイルやノート、本、学会でやるポスター展示のような大判の紙が積み上げられている。そうした紙類を上から退けてゆき、箱は中身を確認する。確かに、山からは「いなみ文庫」と書かれたコクヨのキャンパスノートが何冊か出てきた。ありがたいことに、通し番号が振られている。登志夫の発掘作業の間、マダムは少し疲れたのだろう、展示室に戻って行き、かすかにパイプ椅子のきしむ音がした。よかった。彼女には休んでいてもらったほうが、こちらの精神衛生上良い。

幸先が良いことに、最初の頃に「出土」したノートには、16という番号がふられ（十五冊はないと言ったマダムの言葉をいきなり裏切った形だが）、そのノートは前半四分の一ほどが使われているだけで、あとは空白だった。無駄な使い方をしたのでなければ、おそらくこれが最後のノートだ。ということは、あと十五冊発掘すればいいということだ。けっこうな労働量に思えたが、山は多少は整理されていたらしく、ほとんどはまとまって見つかった。

ノートの最後の書き込みの日付は一九九一年の三月で、いかにも女の子が書いたという印象の丸みのある文字で、中学校の卒業のことが書かれている。もしかしたらこの年に子供文庫を閉じてしまったのだろうか。それとも、皆がこういう自由帳に書きこみをするという習慣自体がなくなったのか。中高生にネットが普及するのはもっともっと先の時代のはずだ。マダムに子供文庫の閉鎖のことを訊ねようかと思ったが、展示室の片隅に見える小さな後ろ姿を見ると、何となくそれもしづらい気がしてならなかった。空気が読めたとは思わないが、自分のその直観に従いたい。

「遅くなってすみません。先日電話した小野(おの)です」

展示室と薬局の入り口のベルが鳴り、まだ若そうな男性の声が響いた。大声ではなかったが、よく通るはっきりとした声だった。

登志夫が展示室のほうを覗きこむと、青年が一人、びしょ濡れのビニール傘をたたみながら入ってきたところだった。すでに何本か傘の入っている傘立てにそれを遠慮がちに入れると、小さなタオルを取り出してバックパックを拭き始めた。

「あなたが？　ええと、小野誰くんだっけ？」

「小野悦郎(えつろう)です。先日お電話を差し上げまして……」

「待ってたわ。ノートねえ、今、探してもらってるの」

登志夫は出土したノート十六冊全てを抱えると、展示室の散らかったテーブルの前で立ち止まった。置く場所がない、マダムにチラシの上に置いちゃっていいわと言われ、その通りにした。チラシは地元の合唱団の団員募集と、市の健康相談のものだった。

小野と名乗った青年は、どちらかというと短軀だが、髪を短くした頭は小さく、骨格がしっかりしていて、顔の彫りも深めということもあって、どことなく古代ギリシャ彫刻を連想させるところがあった。濃い緑のTシャツに穿き古したデニム、比較的新しいものらしいスニーカー。年頃も、登志夫とそんなに何年も違わなそうだ。ノートを運んできた登志夫にしっかりと一礼をし、マダムにも改めて頭を下げた。

小野はノートの量を見て一瞬びっくりしたようだが、バックパックから丈夫そうな化繊のエコバッグを取り出すと、数冊ずつ分けてノートを丁寧にしまいはじめた。今日は時間がなくてろくなお礼もできなくて申し訳ないと言いながら、小野はまたマダムと登志夫に頭を下げる。マダムは子供たちの大事な記録だからちゃんと返してくれればそれでいいと言いながら、小さく手を振った。

「あっ……あの、待ってください」

小野が出て行き、ドアが閉まろうとする一瞬前、登志夫は思い切ってその取っ手を摑んで外に出た。雨はほとんど止んでいた。雨雲と地平線の間から夕陽が射し、小野のTシャツをおかしな色に染めている。

「僕、バイトで東京から来ている大学生で、北田登志夫と言います。飛行船のことを調べていらっしゃるというか、その……」

小野は傘を差しながら振り返った。

「ああ、聞いてますか？　そう、ちょっとね。まあ噂というか、都市伝説的なものだとは思うんですが、ちょっと興味があって」

「その、実は僕も、僕も見てるんです」

「見てる？」

「その、グラーフ・ツェッペリン号を」

小野は何か言いかけたような口をして、少し息を呑み、数秒の沈黙の後、独り言のように言った。

「マジか……」

「僕自身も信じられなくて。だけどその、そのノートのどこかに書いてあることによると、他にも見てる人がいるってことですよね」

「そうです。すみません、今、時間がなくて。もしよかったら、ＬＩＮＥのＩＤがあれば」

「今出します！」

登志夫は胸ポケットからスマートフォンを取り出すと、互いに連絡先を交換しあった。

心臓がどきどきする。

小野は交換が完了したことを見て取ると、それじゃまたと言って、桜町方面に去っていった。

まだ心臓がどきどきする。

登志夫はその日、自分がいつどうやってウィークリーマンションに帰り、夕食に何を食べたか思い出せなかった。

＊

その夜、登志夫は夢を見て目を覚ました。

夢はたいてい、目覚めるとすぐに手の中からすり抜けてゆくように消えてしまう。覚えているのはただ、奇妙な場所の断片的な景色や、思うように動かない身体のもどかしさ、言葉の切れ端ばかりだ。しかしその夜の夢は、いつもより少しばかり生々しく登志夫の記憶にとどまった。それでも、人に説明できるほどのストーリーはないのだが。

夕焼け空に巨大な流線形の物体が浮かんでいる。あれは……そう、あれこそがグラーフ

・ツェッペリン号だ。そう、そうだ、あれがツェッペリンだ。ツェッペリンは登志夫の頭上に……いや違う、地面も見える、ということは、僕がツェッペリンの上空にいるのか？ ああ、だけど……だけど違う。僕は上を見上げて、「グラーフ・ツェッペリン号だ！」と叫ぶ……子供の声で？ それは本当に僕だろうか？

ツェッペリンはこの後、霞ケ浦の海軍基地の上空で炎上して墜落する……？ いやそんなはずはない。ツェッペリンの世界一周は達成されている。されている。そのはずだ。だけど……なぜ僕はツェッペリンが堕ちたと思っているのだろう。この記憶は何だ？

それはただの夢なのか、記憶なのか、目覚めた後、登志夫にも分からなかった。

亀城公園で目撃したグラーフ・ツェッペリン号は、その後、炎上墜落する……。なぜだろう。登志夫は心のどこかに、その史実に反する確信めいた記憶をずっと持ち続けていた。百年近くも昔の飛行船を見たというだけでもおかしなことなのに、なおさら変だ。

登志夫は寝心地の決して良くはないベッドの上で寝返りを打った。夕焼け、飛行船、雲、きらきらと光る何か、地平線、水、模造真珠の小さな飾りボタン。そしてその先にあるのは……

登志夫は夢の彼方にあるはずのその記憶に手をのばそうとしたが、それは手に触れることはなく、はかなくまたたき、薄い蜃気楼となって、夜のしじまに消えていったのだった。

5　夏紀へEメール

その人が口を開けば、「○○××」だった音が「Do you know who said that?」になり、「□□△△」だった音が「I couldn't help laughing.」になった。不思議だ。そして昔のおじさんの歌手が「I can't help falling in love with you.」と歌い始めた！

I can't help falling in love with you.

好きにならずにいられない。

その人の口から、その言葉が発せられる。

みんなも私の後について、言って！

もちろん発音の練習だからそうなるよね。

もうだいぶそういうレッスンに慣れてきた皆は、いくらかはしゃぎながらもそのちょっと照れ臭いセリフを口にする。あい・きゃんと・へるぷ……。しかし、夏紀は少しうつむき、口パクをしてしまった。恥ずかしかった。なぜか急に恥ずかしさがこみあげてきて、どうしても言えなかったのだ。グレース先生は照れ臭がる皆に、それはいいことよ、と言った。それは皆が、この文の意味を本当に理解している証拠だから。

グレース先生は、二日目以降も皆の期待を裏切らない（そもそもどんな期待だ）、いかにもアメリカらしいファッションで教室に現れた。洗いざらしのジーンズ。胸の形がはっきりと分かるピタピタのTシャツ。大ぶりの金のピアス。甘い香水も、つけすぎじゃないかというくらい香らせる。しかし、それを不愉快に思っている生徒は一人もいないようだった。表情で分かる。夏紀には分かった。

I can't help falling in love with you.

I can't help falling in love with you.

I can't help falling in love with you……

最後には夏紀もほんの少しだけ声を出した。何かが、背後から奔流のようにあふれ出し、夏紀を飲みこんだ。温かく、カラフルで、わくわくする流れ。その流れに乗って、夏紀は遠くまで行く。そして、最後にもう一度と言われてリピートされるその言葉を、思い切って口に出す。

開け放した教室の窓から、運動部の子たちのランニングや球技の掛け声が、吹奏楽部の思い思いの個人練習が、多分竜ヶ崎飛行場から飛んできているセスナ機のプロペラ音が、昼に向かって上昇してゆく気温が、夏紀たちのたどたどしい発音練習にかぶさる。夏紀は後になってふと思いつき、インターネットでセスナ機の検索をしてみた。セスナ機って、あんな小さなプロペラ一個で推力を得ているなんて、すごくない？

すごい。

すごいよ。

これ何だろう？

前の席の子の肩にかかるセミロングの髪も輝いて見える。教室に迷いこんだ小さな羽虫(種類不明)も輝いて見える。日本語が一言も書いてないプリントの紙も輝いて見える。筆箱にかかる日差しも、三十度に届こうとしている温度計も、今にも止まりそうなオンボロの扇風機も、輝いて見える。

夏紀は左手で、机の端をそっと摑んだ。何かに摑まっていないと、もっと遠くの全然思いもよらないところに飛んで行ってしまいそうだ。今まで何事もなく普通に暮らしていたけれど、四方の壁が外側にばーんと倒れて、突然、自分がいたのが小さな小屋だったことに気がついたみたいだ。自分は今まで普通に「外」にいると思ってたけど、それは「外」

じゃなくて狭苦しい「室内」でした。そんな感じ。倒れた壁の外には、びっくりするほど広くてきれいな景色が広がっている。普通に泳いでいたら海に出て、今までいたところが水族館の水槽の中だったと気がつく魚みたいに。……あ、言ってること同じか。

高校受験から解放された後に行った水族館を何となく思い出した。美しい魚たちを見ながら、夏紀はふと息苦しさを覚えて気絶しそうになった。いや、実際には全然気絶なんかしなかったのだが、そのくらい息苦しさを覚えたのだ。魚には縄張りというものがあり、それよりずっと大きい水槽に入っている以上閉塞感は感じないというが、そう言われても、夏紀はどうしても何となく居心地の悪さを感じずにはいられなかったのだ。広大な海の中に縄張りがあるのと、水槽の中に縄張りがあるのとでは、でもやっぱり何か違うんじゃないかと思ってしまう。自分は今まで、その水槽の魚だったのかもしれないのだ。突然海に放たれて、それはそれであまりに広大過ぎて気絶しそうなのだが、それでも、いや、何と言ったらいいのか……というか、自分は何を考えてるんだろう？

ああ……魔法みたいだ。

それはこの間のすごく不思議な既視感より、もっともっと、もっと不思議なことかもしれない。

世界の開け口どころか、世界の大決壊だ。おしよせてくる世界の莫大な慣性質量に、夏紀は圧倒された。

そんな呆然とするような巨大な流れの中で、夏紀をどうにか現実につなぎとめてくれるものがあった。

あの香水の香りだ。

グレース先生の、日本人の感覚からしたらちょっと甘すぎるくらい甘い香水も、でもやっぱり夏紀には、いや多分みんなにとって、ぜんぜん不快ではなかった。それどころか、夢に誘う魔術の香りだ。あの香水は私がつけてもきっと似合わない。でも知りたい。その香水は何の香水ですか、って、英語で何て言えばいいんだろう？　グレース先生に聞く……のはなんか違う気もするけど、でも、結局何の香水か聞いちゃうんだったら同じという か、そんな質問の二段重ねアイスクリームのようなことをできる英語力はまだない。え、その質問力がないのは高校生としてダメ？　それとも私の学校のレベルでは普通？　なんかもう、そんなことさえ混乱してきて分かんなくなっている気がする。どの香水、ってこのばあい what？　違う、which か。Which parfume か。Which parfume do you use？とか、これでいいの？　なんか間違ってる？　いや、間違ってても直してもらえばいい。グレース先生はいつも、間違えることは恥ずかしいことじゃないから、どんどん言ってね、と言ってくれている。だからこう質問すればきっと、文法的にヘンなところも分かるし、香水のことも答えてくれるかもしれない。でもこの場合useでいいの？　失礼じゃないかな？　likeとかのほうがいいの？　いやだから間違ってても聞けばいいんだから、いいのよ。いいんだけど、でも、でもなんか聞けない。

何かよく分からないけど、後ろめたい気持ちがあった。いちおう女の子なので香水に興味を持つのは不自然じゃないだろうけど、でも、なんか……

何だろう？

後になって辞書を引いたら、parfumeは綴りが間違っていることが分かった。正しくはperfume。口頭のユルい発音ではいずれにしてもそのミスはバレなかっただろうけど、そういうことじゃなくて……

そういうことじゃなくて……

二日目のレッスンの終わりに、グレース先生はデジタルカメラ（これは日本製だった）を取り出して、みんなで写真を撮った。全員が写れるよう、何人かが交代でカメラを持った。それから手近な生徒——隣のクラスの石橋さんと夏紀——を帰りのお片付け当番に任命し（とはいっても、することは、少ない板書を消すくらい）、みんなには内緒で石橋さんと夏紀のそれぞれとツーショット写真を撮ってくれた。片付け当番に指名された瞬間、全身の毛穴が開いて、ただでさえ暑さで汗が出ているというのに、自分でもびっくりするくらい汗が噴き出した。これは……これは喜びなのだろうか。なんで？　何がそんなに嬉しいの？　たいていこういう余計な役割に任命されると面倒くさいとしか思わないのに。おかしな具合に心臓がどきどきする。黒板消しを握る手も、汗で滑りそうだ。グレース先生はただ黒板を消しただけの二人を、大げさなほど褒めた。また毛穴が開く。何故か頭の中に、あのプレスリーとかいう昔の歌手が歌う曲が流れる。

皆で撮った写真は三日目に、先生がプリントしたものをみんなに配ってくれた。そして秘密のツーショット写真は、帰り際に石橋さんと夏紀のそれぞれにこっそりと渡された。そう言えばアメリカに留学経験のある英語の先生が、アメリカ人は意外と空気を読んだり水面下の根回しをすると言っていたが、本当にそうらしい。

グレース先生と夏紀の写真には、デジタルカメラだからやはりと言うべきか、少しばかりノイズが入っていた。

＊

夏紀は結局、自宅にあった古くて分厚い参考書（母の名前が書いてあった）に、「What perfume are you wearing?」という例文を見つけた。香水はwear、着るとか身に着けるとか、そういう表現をするらしい。はからずもジャストの解答を知ってしまい、嬉しいのか失望したのか、自分でも分からなかった。間違ってるけど自分で考えた文をグレース先生に直してもらうほうがよかったかもしれない。なんでそう思うのか自分でも分からない。何だろう、この感じ。

英会話教室は週に三日。二週だけだ。もう半分終わってしまった。来週は月曜日が休日だから、火、水、木の三日だ。

金曜日の午後、夏紀は部室にいた。

夏休みだというのに、なんか毎日学校に来ている気がする。でも、パソコンが学校にしかないから仕方がない。英会話教室のある日は何となく昼食前にうちに帰ることが母親との暗黙の了解になってしまっていて、パソコンを使いに来られなかった。別に悪いことをしているわけじゃないのだから堂々と出かければいいのだが（親も別にそんなことを気にしてはいない）、例の香水の質問ともまた違った、何かちょっとずるいことをやっているような、変な後ろめたさがあった。インターネットという、理屈の上では世界中につながっているまだ謎の多いルートが、夏紀にそう感じさせるのかもしれない。田舎の高校生にとって、突然世界とつながるのは、親の肩越しに知らない人と話をするような後ろめたさがある。

夏紀は夕食時に、両親に、さりげなく将来の進路にパソコンが役に立つというアピールをした。彼氏と出かけるのを友達と出かけると嘘をつくとしたら、こんな気持ちになるのかもしれない。知らんけど。

それでも、金曜日の午後、夏紀はパソコンのもとに駆けつけた。

パソコン部に独立した部室はない。同好会でしかない占い同好会にさえ、共同使用とはいえ部室があることを考えると、ちょっと理不尽な気はするが、そもそもパソコン部というもの自体が夏紀の三代前の先輩の時代にできた新興の、そして発展するのか消滅するのかもわからない部である以上、仕方がないのかもしれない。これから来るべきコンピュータ時代を見据えて、教育的な見地から、少人数であっても同好会ではなく正式な部活として発足したそうだが、夏紀の代ですでに風前の灯だった。女子高だからそんなものかもねとある先生（男性）は言ったが、女子だからパソコンしないって、なんかおかしくない？　みんなも、パソコンがこんなに面白いと知ったら、もっと入ってくれるんじゃないだろうか。

校舎の裏の、ほんの少しかび臭い木造二階建ての建物が、文化系の部室棟だった。一階の一部にダンス部がいるが、それ以外は文芸部や書道部、演劇部、写真部などの本当にインドアな部活動ばかりだった。そして二階の半分ほどを占めているのが生徒会室だ。何と言ったらいいのか、ここはキラキラしていて成績もいい（そして何故か美しい）、学校のスターみたいな子たちの居場所だ。文化部がどちらかというと引っ込み思案な子が多いので、生徒会室はなおさら異質な感じがする。夏紀にとっても、正直、近づき難いキラキラ世界である。しかし、恐ろしいことに、パソコン部はその生徒会室の一隅に間借りしているのだ。

正確に言うと、生徒会室とつながった三畳ほどの物置兼コピー室の、その隅っこの机の一つである。しかし夏紀としてはこの方がありがたかった。他校の彼氏の話や、リッチな私立大学への進学について語り合う、あのキラキラたちの真ったただ中に放り出されなくて済む。夏休みなら生徒会の仕事もないんじゃないかと思いきや、どうやらそういうわけにはいかないのか、三人の二年生がいた。クラスが違う子ばかりだった。

ここで彼女たちが夏紀を無視して、それどころか陰でこそこそ地味な夏紀を笑うようなことでもしてくれれば、むしろ彼女たちの一員じゃない自分の気持ちを守ることもできただろう。しかし彼女たちは、夏紀をまるで生徒会の一員であるかのようにして親しげに話しかけ、ハワイのお土産だというチョコレートを四つもくれたのだった。中の一人が家族旅行に行ったらしい。雰囲気はよかったが、夏紀は空気が変わる一瞬前にお喋りを離脱した。いつまでも居座って図々しい人認定はされたくない。親切にしてくれたからこそ、なおさらだ。

キラキラたちを軽蔑する理由を心のどこかで求めていた自分がちょっと情けなかった。まだまだ修行が足りないな、自分。

気を取り直してパソコンに向かう。まだ初心者だが、それでも、パソコンの前にいる時の自分はなんかとても「自分らしい」気がした。少しばかり自信が持てる。変な後ろめたさはやっぱりあったけれども。

少しずり落ちた靴下を引っ張り上げ、（誰も見ていないので）シャツに手を突っこんでブラジャーの位置を直すと、パソコンの電源を入れる。実際に座っているのは来賓用のお下がりのパイプ椅子だが、気持ちは「正座」だ。しばらくすると、青いWindows21の画面が立ち上がる。それから三分ほど待ち、ＯＳが人間とパソコンの間をつないでくれるのを待つ。

パソコン自体は学校のものなので、パスワードは設定していない。個人でパソコンを持つのは夢だ――ここでパスワードを入れることになる。

壁紙だけは夏紀の好みで設定させてもらっている。いくつものカラフルな気球が飛んでいる写真だ。これは廣瀬先生が持ってきたパソコン雑誌のおまけのＣＤ‐Ｒに入っていた画像だ。ＣＤ‐Ｒ！　この虹色に光る銀色の円盤に、音楽ではなくパソコン用のデータが入っているところに、夏紀は未来を感じた。すごいよ二十一世紀！　いつかはもっと小さな、片手の中に入るくらいのSFな装置に、このパソコン数十台、いや数百台分の情報が入る……と信じたい。自分が生きているうちにそういう時代が来てくれる……と信じたい。

ハワイ――アメリカだ！　州は違うけど、グレース先生の国――のナッツ入りチョコレートをかじりながら、夏紀はインターネット・エクスプローラーのアイコンをダブルクリックし、インターネットの世界に足を踏み入れた。Yahoo!やNiftyのポータルサイトを通り、お気に入りに入れておいた新聞社のニュースサイトに行く。何となく、まずは真面目な行動を取ってしまう。どうしても、インターネットのどこかにビッグブラザー（という元ネタはみんな知らないらしくて誰にも通じないのだが）みたいな何かがいて、不埒な行動を取ると見られているような気がしてしまうのだ。

桜島と鳥島が噴火している（これは今朝のテレビでも見た）。イギリスやフランスやスペインでもオーロラが目撃され、大西洋上でタンカーが姿を消している。南米では大きな地震……。夏紀は痛ましいニュースをそっと閉じた。死者や行方不明者の数を見るのが怖かった。そういう現実から目をそらしてはいけないのは分かっていたが、日本の田舎の高校生に何ができるだろう？　夏紀は、今月中に使えるお小遣いの額を頭の中で計算した。リューイチのピアノ発表会の交通費は親が出してくれることになっている。あとはアイスをやめて、飲み物はペットボトルじゃなくて、うちにある煮出して作る麦茶でしのげば、千円……いや、二千円は寄付できるかもしれない。

現実逃避じゃないけど、宇宙のニュースを読もう。夏紀は、月の「西側基地」が設置している日本語のページを見に行った。先週に引き続き、重力異常が観察されている記事がトップに上がっていた。人工重力機関は、転用すれば重力観測に使えるが、何か大きな歪みが空間に生じているという。これもなんか怖いニュースだ。その一方で、月面天文台で撮られた美しい宇宙の写真が、夏紀の心をふわりと浮き立たせる。アメリカ流の派手な画像処理が入っていたが、月の裏側で太陽の影響を極力受けない時期の繊細な天体写真は、このどこかに世界の開け口がありそうな、今にも知りたかったことが知れそうな、焦りと憧れと変なやる気に満ちた気持ちを引き出してくれる。

いかんいかん。夏紀はインターネット・エクスプローラーのウインドウを閉じた。感情をありとあらゆる方向に揺さぶられ、それだけで消耗してしまう。危うくネットサーフィン（というほどあちこち見ていないが）だけで終わってしまうところだった。今日は電子メールソフトのアウトルックなるものの設定をしなければならないのだ。

電子メール。これはまさに「電子」の「メール」で、インターネット上でやりとりする、紙のない手紙だった。利用者は電子メールアドレスというものを持ち、電子メールはその間でやり取りされる。電子メールを扱うアプリケーションは「メーラー」と呼ばれている。

夏紀のアドレスはパソコン部に所属するもので、そこに来た電子メールは誰でも見られることになっていたが、困ったことは何もなかった。そもそも夏紀に、個人的に電子メールをやりとりする相手はいない。

メーラーの設定は少し時間がかかったが(例によって一度フリーズしたのだ)、どうにか完了した。POPサーバとSMTPサーバはプロバイダの@マーク以下の部分を入力し、サーバのポート番号はプロバイダから学校宛てに郵送された書類の通りに入力する。POPは「ポスト・オフィス・プロトコル」といって、電子メールを受信する仕組み。SMTPは……ええと、何だっけ？　シンプル……そう「シンプル・メール・トランスファー・プロトコル」だった。これは電子メールを送信する仕組みのこと。あとはとりあえず何でもデフォルト設定にしておいた方がいい。これで電子メールは開通した……はずはずなのだが、これでちゃんと送れるかどうか試す段になって、夏紀は、自分にまだ電子メールを出せる相手がいないことを改めて突きつけられた。自分に電子メールを送ってくれる相手もいない。

初めて電子メールという仕組みを作った人は、どうしたのだろう？　いや、そんなの、たった一人の人が作ったわけじゃなくて、何人かのチームというか、仲間がいたのだろうから、仲間内でやったただろう。でも初めて電子メールというものを手にした利用者たちはどうしているのだろうか。

まあ、大学とか会社なら、誰かしら電子メールをやっている人を見つけられるだろう。でも、オフライン——と俗に言うらしい。こういう言葉を使うと、何かとっても「その世界」の一員になれたような気分になる——で仲間を見つけられない、夏紀のような人間はどうしたらいいのだろうか。まあいつかは電子メールをやりとりするような友達もできるだろうが、今テストしたいのよ、今。

その時、ある天啓がひらめいた。

そうだ！　天才じゃないだろうか、自分。そう、自分で自分に電子メールを出せばいいのだ！

……って、きっと、初めてメーラーを設定したばかりの人は全員やってるか。

まあいい。天才か間抜けか知らないが、とにかくテストをしてみよう。話はそれからだ。

夏紀は「電子メールを書く」のアイコンをクリックした。おお、空の電子メールだ。初めての電子メール。どきどきする。宛先に自分の、というか、パソコン部のアドレスを入力する。いちおうキーボードは、父親のお下がりのワープロを使ってきているので問題なく使える。とはいえ、実はキーボードを見ないと打てない。電子メールは件名というのをつけないといけない。これは「テスト1」とかでいいよね。

それはいいのだが、夏紀の手は止まった。

自分に自分で手紙を書くような所業は、どうにも気恥ずかしかった。いや、本文もただ「テスト1」にしちゃえばいいのだが、それでも何か、誰に見られているわけでもないのに、何ともこっ恥ずかしくこそばゆい。

ええい。これはただのテストなのだ。送ってしまえ。

件名「テスト1」
本文　テスト1。

えいっ！

数秒後、電子メールが届いた合図の二つの電子音が鳴り響く。夏紀は慌てて、パソコンの音量を下げる。

届いた！

件名「テスト1」
本文　テスト1。

よしよし。

これは面白い。

テスト2やテスト3も、届くまでの時間が少しばかり違うだけで、間違いなく届いた。

二通目以降はアドレスを手打ちしなくても、「返信」機能を使えば簡単に設定できる。間違いなく開通している。理論上、夏紀は世界中の電子メール使用者に電子メールを送ることができる。

テスト4。

いや、さすがに虚しくなってきた。

夏紀はしばらくぼんやりしていた。生徒会室の子たちも帰ってしまった。下の階で、演劇部の子たちが何やらセリフの練習をしているらしい。校庭やテニスコートは校舎の向こう側だが、活発な子たちの気配は感じられる。

私、何やってるんだろう……

ハワイのチョコレートの最後の一個。香ばしいナッツを名残り惜しく嚙み砕いて、そうだこれがあったんだと思い出して帆布のトートバッグから取り出したペットボトルのウーロン茶を、チョコレートの香りを消さないように少なめの一口だけ飲む。そうこうしているうちに、モニタ上は色とりどりのパイプが這い回るスクリーンセーバーになってしまった。別にいいのだが、やっぱりスクリーンセーバーって、何だか急かされているような気がして落ち着かない。

件名「電子メールが開通しました」

本文　トシオへ。

だから私しか見ないんだってば。大丈夫。架空の友達に手紙を書くくらいのことは、みんなやってるって。

夏紀は英会話教室の三日目の後、帰り道の途中で少しばかり寄り道をして、中城町の薬局の裏手に行ってみたのだった。何故かどうしても誰かに見られているような気がして、窓にへばりついて中を覗きこむことはしなかったのだが、部屋の中は明るく、中の様子は窓から数歩離れたところからもそれなりによく分かった。倉庫か何からしい。一つだけ言えることは、そこにはもうトシオの姿はないということだ。まあまた会えるとは思ってはいなかったけど。

夏紀は電子メールの続きを書いた。

今日、電子メールが使えるようになったよ。アドレスは部活で共用のものだけど、今、パソコン部って私しかいないから、ここにメールをくれたら私に届くよ。

夏紀より

送信、と。

誰かに見られたらという気持ちはなくなっていなかったが、戻ってきたら、送信したものも受信したものもすぐにごみ箱に入れて、「ごみ箱を空にする」をクリックすればいい。当然だがこの電子メールも、数秒で夏紀のもとに届けられた。捨てるのはいつでもできる。夏紀は調子づいて、もう一通、新しい電子メールを書いた。

件名「この間のこと」

本文　トシオへ。この間、中城町の薬局の裏の倉庫みたいなところにいたよね？　私のことを呼んでくれたと思ったんだけど、見間違いだったらごめんんね。

夏紀より

実際には、本当に相手に届くと分かっていたら、こんな独り言のような電子メールは書かないだろう。でもいいんだ。これは独り言だから。

送信。

返ってくる。

件名「英会話教室のこと」

本文　今、夏休み中だけど、学校で英会話教室やってるんだ。すこーし、ほんの少しだけ、英語分かりそうな気がしてきたんだ。おもしろいよ。グレース先生はとってもその続きの一文は消す。何かしらビッグブラザー的な何かが見ているような気がしてしまって、どうしても書きにくい。恥ずかしい。

夏紀より

送信。尻切れトンボだけど、いいや。

返ってくる。

件名「飛行船のこと」
本文　トシオへ。幼稚園の頃、亀城公園で一緒にツェッペリン見たよね？　誰に言っても信じてくれないから、もう誰にも言わないけど。トシオは覚えてるよね？
夏紀より

送信。

今度は少し時間がかかるようだ。サーバの具合によって、こういうことはたまに起こるという。夏紀はいったんトイレに立ち、戻ってきて、モニタがあの追い立てるようなスクリーンセーバーになっていないことにほっとしながら（それならスクリーンセーバーになるまでの時間をもっと長く設定すればいいのだ）、アウトルックの受信トレイを見た。

あれ。

戻ってきていない。

一瞬、どこかの誰かにあの独り言メールが行ってしまったのかと思って胃をぎゅっと摑まれるような衝撃が走ったが、落ち着け、「返信」機能を使っているのだから、宛先は間違いなく自分になっているはずだ。今度はウーロン茶をがぶ飲みすると、わざと大きくため息をつき、両手で自分の頬を軽く叩くと、まだ七通しかない受信トレイを見つめた。じっと見つめれば、見えるはずのものが見えてくるとでもいうように、力をこめて見つめた。そんなことをしても変わるわけはない。送信メールは八通。受信メールは七通。

送信と今の時刻の間はもう七分ほどあいている。急に暑さが増してきたように思えた。恐る恐るテスト5とテスト6を、まったく同じ返信の手順で送信する。

返ってくる。どちらものの数秒で、間違いなく返ってくる。

件名「私のこの間のこと」

本文　トシオへ。実はね、私、この間また亀城公園でツェッペリン見た気がするのよね。でも、いつどんな風にして見たのかがどうしても思い出せない。すごくヘンな感じ。トシオはどう？　あれからツェッペリン見たことある？

夏紀より

送信。

電子メールは返ってこなかった。午後の日差しは校舎に隠されて直接射しては来なかったが、部活棟には扇風機さえないので暑い。今日は三十度に届いてしまっているかもしれない。その暑さの最中でも、全身から血の気が引き、両手が冷たくなった。

夏紀はフリーズしたように呆然としながら、また数分間待った。返ってこない。アウトルックを閉じると、再起動をかける。ＯＳが立ち上がるまでの数分間をいらいらしながら待ち、悪いことをしているかのように恐る恐るアウトルックをまた立ち上げる。

返ってきてい……

いた！

しかしそれは、件名にRe: がついている。受け取った誰かが件名をそのままにして返信する時につく、response を意味する記号だ。

件名「Re: 飛行船のこと」

本文　夏紀へ。「夏紀」って書くんだね。そう、グラーフ・ツェッペリン号は確かにあの時、見た。幼稚園生の頃、亀城公園で、祖母の葬儀の後だった。僕は誰にも言っていない。だけど確かに見た。でもその後は一度も見ていない。夏紀は見たんだね。その話が聞けるといいんだけど。

登志夫

夏紀は思わずパソコンの電源ボタンを押して強制終了しそうになり、すんでのところで自分を制止した。ぎゅっと目を閉じて顔を伏せる。眼球が左右に振動し、めまいがしたからだ。驚きすぎて感覚が麻痺した。パイプ椅子が軋(きし)んで、その音に心臓が縮み上がる。よりいっそう冷たくなった手が震える。

目が落ち着いた後、再びゆっくりと開ける。まぶしい。目を閉じていた分、瞳孔が少しばかり開いたのだ。

返信されたメールがそこにあった。間違いなくあった。手の震えが胸にもやってくる。横隔膜まで震えた。夏紀は思わず立ち上がり、立ちくらみをどうにかしのぎ、タオルハンカチで額の汗を拭くと、落ち着きなく、コピー室の狭い空間をコピー機や謄写(とうしゃ)印刷機をよけながら歩き回った。ウーロン茶を一口飲むと、頭を振った。ショートボブの髪の先が両頬に当たる。

そんなのあり得ない。自分が何かでっち上げしたのをちょっと度忘れしただけかも？　人間、こっ恥ずかしいことは記憶から消去したりするからね。えーと、私、何をやったんでしたっけ？　トシオ君からのお返事捏造(ねつぞう)？　いや創作と言って欲しいね。ポエム……はちょっと勘弁して欲しいか。

しかし。

夏紀はまた目を閉じた。最後の署名、「登志夫」と書いてあった。漢字で「登志夫」。それも私、作ったの？　そういう設定？　やだなあ私。恥ずかしいなあ。何やってんだ。

しかし……

そんなことしたっけ？　心の奥底で発した小声の疑問が、大音量で脳内に響き渡る。

おかしい。

もう一度意を決してモニタを覗きこむと、胸のあたりの血がわっと頭に流れこみ、また急激に引いていった。ある。返信メールはある。本当にある。もう一度、二度、三度、読み返す。こんなの、私、書いてない。

思考は止まった。止まらざるを得ない。何を考えろというのか。何が考えられるというのか。

どれくらいの間、その短い文章を眺めていただろう。思考のフリーズも一通り全身に行き渡り、少しずつ再起動の力が戻ってきた。最近、おかしなことが起こりすぎる。それは私に限らなくて、みんなが、そして世界が、何かがおかしいと言っている。こういうことだってあるかもしれな……いや、おかしいでしょ。でも、もしかしてもしかしたら、メールの誤送信が起こって、受け取った相手がたまたま「登志夫」という人だったという可能性だって、絶対に絶対にないとは言い切れない。メールはたまに事故が起こるという。返信機能を使って返信した時でさえ、サーバのちょっとした不具合でメールが消滅することもあるという。筑波大の講習でメールについて講義してくれた大学生のお姉さんは、友達が自分に送ってくれたメールが、送信から二か月経ってやっと届いたことがあったと言っていたし、世界には知らない人から来た誤送信メールが、もらった人にとって偶然すごいニュースを含んでいたという事例もあるらしい。いやそこまで来ると都市伝説ですけどね。信じるか信じないかは、あなた次第です。

落ち着け。つまり、たまたま「登志夫」さんという人に誤送信された可能性が……

しかし、その「登志夫」はこう書いている。「グラーフ・ツェッペリン号は確かにあの時、見た。祖母の葬儀の後だった」と。たまたま誤送信された「登志夫」さんも、かつて子供の頃にツェッペリンを見るという不思議体験をしていたというのだろうか。その偶然の「登志夫」さんも、ナツキという誰かを知っていたと？

おかしい。おかしすぎる。

とりあえず落ち着こう。とりあえず、とりあえず、今日はここまでだ。今日はここまでにしといたる。いったんパソコンは落とそう。いったんうちに帰って、明日の午前中にまた部室（という名の居候部屋）に来よう。夏紀はメーラーを閉じ、また正座する気持ちできちんと手順通りにパソコンをシャットダウンして電源を切った。

しかし夏紀は、突然、あることに気づいて息を呑んだ。シャットダウンしたばかりのパソコンを再び立ち上げる。これ、やってもいいんだよね？　再起動と一緒だから大丈夫だよね？　ＯＳが立ち上がる数分間、いらいらしながら両手で自分の太腿をぺちぺちと叩いた。早く！　早くして！　今、なんか変なもの見た。もう一度確認したい。それに、メールのプロパティも見ておきたい。もう一度。早く！

さっき、メーラーを閉じる直前に見た、受信メールの送信日時は、八月十一日になっていなかっただろうか。８／11って、見た。確かに見た。見た！　今日は八月六日のはずだ。何それ？　ますますもっておかしい。早く、早くメーラー立ち上げさせて。早く！

何度もひっくり返る砂時計アイコンが消えるや否や、夏紀はもう一度アウトルックを立ち上げた。

受信トレイに「飛行船のこと」に対する返信はなかった。

6　登志夫とマンデラ効果

金曜日は一日中迷ったが、夕方、登志夫は小野にLINEでメッセージを送った。こういう時はたいてい向こうからの連絡待ちになってしまう登志夫だが、今度ばかりはありったけの勇気を振り絞った。例のノートのどこかに書いてあるというグラーフ・ツェッペリン号の目撃談が気になって仕方がなかったのだ。小野も登志夫のことを忘れているとは思わなかったが、こちらから訊ねるのが筋だろう。多分。きっと。おそらく。

ご都合のよろしい時にあのノートに書かれていたという飛行船のことを聞いてもいいですか、とだけ書き送る。何か責めているような、要求がましいような、そんな文章にはなっていないはずだ。「伺って宜(よろ)しいですか」にしなかったのは慇懃無礼(いんぎんぶれい)にならないようにするためだ。

小野はすぐに返事を寄越してきた。日曜日の午後ならいつでもいいという。夜でもいい、と。そして、「川ちゃん」という名の居酒屋の位置情報を送ってきた。居酒屋で会うという意味だろうかと一瞬思ったが、次のメッセージには、ここに下宿していると書いてきた。いつでもいいけど、場所が場所なだけに、あまり遅くない時間の方がいいかもしれない、とも。

Google Mapで見る限り、そのあたりには飲食店のタグが複数並んでいる。複数ではあるが、「たくさん」ではない。それでも、そもそも飲食店のタグがまばらな土浦の中では賑わっている地域なのだろう。駐車場のタグも多い。場所が場所なだけにという意味は分からなかったが、あまり遅くなると「川ちゃん」が営業をしているので、何らかの支障があるということかもしれない。

土曜日と日曜日のほとんどは、たまっていた論文を読んで過ごした。やっぱりこうしているのが一番落ち着く。しかし、この心地よさは諸刃の剣でそこに安住してしまうと、世の中に適応できなくなる。登志夫はふと、大学受験が終わった直後の頃のことを思い出した。都内の水族館で、情報量の多さと人の多さに圧倒されて、危うく気絶しそうになったのだった。気絶こそしなかったが、美しい魚たちを見ながらも、何とも言えない焦りと憂鬱のようなものが押し寄せてきたのを感じていた。受験自体は苦痛ではなかった。しかし、勉強にはまりすぎな状態に慣れすぎると、登志夫は自分がきっと引きこもりになってしまうだろうという恐怖を覚えたのだった。

はっと気がつくと、時刻はもう五時を過ぎていた。日曜日の午後五時。日曜日。そうだ、日曜日だ。登志夫は慌てて読みかけの論文に付箋を貼ると、斜めがけバッグとヘルメットを摑んだ。玄関で着替えていないことに気づいてシャツとジーンズに着替え、暑さの中に出てゆく。そして、自転車を停める場所があるかどうか分からないことに気づき、ヘルメットを置いてゆく。目的地はそう遠い場所ではない。

小野の下宿がある桜町は、土浦市の旧市街——とはいっても、別に歴史のある建物が残っているわけではない、普通の住宅と低層ビルの立ち並ぶ地域——の南側を占めていた。桜川に沿うように広がっているので、それで桜町というのだろう。一丁目から四丁目まであり、面積はかなり広い。

「川ちゃん」のある二丁目は、飲食店タグもことのほか——とはいえ例によって土浦基準だが——多いところだった。

スマートフォンの案内に従って歩いてゆくと、角を曲がったところで三階建てのビルの上に掲げられた「桜町女子高校」という看板が目に入った。

「学校……？　そんなものあったかな？」

Google Mapには学校の記号は出ていない。一瞬、ナビと現実の乖離に混乱しかけたが、近づいて見ると間もなくその理由が分かった。

隣の建物に隠れていた部分が見えてくると、そこには、胸やお尻を不自然に強調した女の子たちの、いわゆる萌え絵が描かれていた。だいぶ日に焼けており、絵自体もあまり上手いとは言えない。ビルの入り口には、三次元の女性たちの写真。

なるほど。

場所が場所なだけに、というのは、そういうことか。

登志夫が入っていった広くもなければ狭くもない道の両側には、盛大に修正が入った女性たちの写真が貼られた店が何軒も連なっている。もっとも、もういちいち言うまでもないかもしれないが、連なっているとはいっても、歌舞伎町の画像でよく見るような、上下にも左右にもひしめき合っているというような光景ではなかった。ごく普通の住宅や低層雑居ビルと駐車場の合間に、ぽつりぽつりとそういう店がある感じだ。「ヘルス」や「コスチューム」、「マッサージ」等と書かれた看板の量から察するに、一棟のビルに入っている店はたいていたい一軒。ビルも四階建て以上のものはほとんど見当たらず、歓楽街としてはあり得ないいくらい空が広かった。

そんな中で「川ちゃん」は唐突に現れた。いくらか色あせた青いビニールの軒蛇腹の下に、埃っぽい透明なビニール袋がかかった赤い提灯があり、引き戸の前にはロープのようなものがたくさん下がっている（これは後で検索して「縄のれん」というものだと知った）。建物自体は小さく、なかなかに古そうだったが、三階建ての鉄筋造りだ。引き戸は少しだけ開いていて、筆文字の準備中の札がかかっており、中では支度が始まっているような物音がした。

ここから入って行っていいのだろうか。こういう住居と店舗を兼ねた造りの家屋を訪ねる時は、どこへ行くのが正解なのだろう。店の裏に家族用の玄関があるはずだが、いきなり裏通りに入って行っていいのか、私用なのに店に入って行っていいのか（しかも準備中だ）、よく分からない。のれんの前でうろうろしていると、そのシルエットに気づいたのだろう、がらがらと引き戸が開く音がして、ぽっちゃりとした中年の女性が出てきた。

「ごめんねえ、あと十分くらいだけんと。中で待っててくれっけ？」

客だと思われたのだろう。

「いえ、その、僕は……その、小野悦郎さんの……」

友達と言ってしまっていいのだろうか。知り合いというのも奇妙な気がする。知り合い程度で下宿まで訪ねてくるものだろうか。事情をきちんと説明すべきだろうか。

「あー、悦郎のお友達け？　上に居っから」

女将らしき女性は屈託なく微笑んで店の中のほうを漠然と指差し、そのまま戻っていった。ついて来いということだろう。登志夫がおっかなびっくり入って行くと、カウンターの向こうでいかついい顔立ちの大柄な男性が顔を上げた。

「悦郎の友達」

まだ登志夫の名前も聞いていないのに、もうずっと前から知っているとでも言わんばかりの口調で女将が言うと、カウンターの中の男性はにこりと笑って「いらっしゃい」と言った。雰囲気がとてもよく似ているが、この女将さんの旦那さんだろうか。女将は店の一番奥の引き戸を開けると、登志夫にまた「上に居っから」と言い、そのまま店に戻っていった。

勝手に入って行っていいという意味だろう。セキュリティという言葉が一片も存在しない甘さに驚くが、もしかしたら、あのカウンターの中の大将の存在自体がセキュリティなのかもしれない。まともな神経を持った人間なら、この家で何かおかしなことをしようとは思わないだろう。もっとも、危険なのはそういうまともな神経を持った人間ではないのだが。いずれにせよ、上がり框には見覚えのあるスニーカーが置いてあった。先日小野が履いていたものだ。

案内もないまま他人の家に放りこまれた心細さはあったが、引き返すわけにはいかないので、どこにいるとも知れない小野に小声ですみませんと呼びかけつつ上がって行くと、階段の上から小野がひょっこりと首を出した。

「そのへん適当に座って。座布団が薄っぺらで悪いけど」

小野はこの間よりくだけた口調で言うと、確かに薄っぺらい座布団をすすめてきた。小野がいたのは三階で、表通りには面していない一室だった。いわゆる関東間ではない、広さのある六畳間で、木製の古い本棚二つに本がぎっしり詰まっている。窓際の和室用パソコンラックにデスクトップのPCが一台。ラックの横に小型のテレビと冷蔵庫があるだけで、いかにも無頓着な男子学生らしい部屋だった。エアコンは新しい。着るものはどうしているのだろう。廊下の奥にあったビニール製のクローゼットのようなものは、小野のためのものかもしれない。部屋にはかすかにソースのような匂いが漂っていた。

座布団の上に正座をしかけたが、考え直して小野と同じようにあぐらをかいた。

ジャージのパンツに黒のTシャツというくつろいだ出で立ちの小野は、登志夫に何か飲むかと訊ねながら冷蔵庫の扉を開けた。

「麦茶でいい？　発泡酒もあるよ？」

「えっと、あ、僕はその、大学生とは言ってますけど実はまだ十七歳で、その、子供の頃に飛び級なんかをしたものですから、その……」

「そうなんだ。そういう時はさ、『あ、僕はアルコールは、ちょっと』でいいんだよ」

小野は麦茶のペットボトルを渡しながら笑った。登志夫は曖昧に頭を下げながらそれを受け取ると、一気に半分ほど飲んでしまった。思ったより喉が渇いている。

小野は県西部の、栃木との県境や渡良瀬遊水地にも近い古河市の出身で、土浦のこの親戚宅に下宿しているのだと言った。両親はもともと土浦の出身で、親戚の大半は土浦近隣にいるのだという。茨城大学人文社会学部の三年生だというが、土浦から水戸に通っており、それはそれで大変だが、親戚の家に居れば下宿代が浮く。登志夫は、まだ初対面と言ってても過言ではない自分に自己開示してくる小野に戸惑ったが、それはさっきの飛び級の話に対する返礼かもしれないと後になって気づいた。

「ノートは全部調べた。確かに、一九八二年の八月二十日に、いかにも当時の女の子らしい丸文字で日記風に書かれていて、絵は丸文字とは似合わない、ちょっとシリアスタッチの劇画みたいなものだった」

小野は表紙に油性ペンで10と書かれたノートを取り出し、水色の付箋を貼ったページを開いて見せた。絵はページの三分の二ほどを使って描かれている。確かに劇画調と言えば劇画調だが、真面目な中学生が図工の時間に描く絵とも言える。

それは確かに、大型の硬式飛行船の特徴を表した絵だった。二十一世紀になってからもしばらく飛んでいた、広告用の丸々とした可愛らしい軟式飛行船ではない。流線形で長く、多角形の気嚢。そしてそこにめり込んだようなゴンドラがついている。

硬式飛行船なるものを想像だけで描けと言われても、こういう絵にはならないだろう。実際に見たからこそ描ける絵という印象だった。構図に苦労したようで、まわりに簡略的に描かれた建物や木は真横から見た形に描かれているが、飛行船は少々おかしな具合にパースがついていて、上空を奥から手前に向かって飛んできている。

文章はきわめて短かった。丸文字は慣れないと読みにくく、登志夫は解読に苦労したが、それでも数分で読み終えた。

昨日、ピアノの帰りにすごいもの見ちゃった。これツェッペリンだよネ？　でもまわりにダレもいなくて、みんなも見たのかなって。分かんない。夜にまちゃことチーとタムに電話したけど、だれも見てなかった。お父さんもお母さんも知らないって。不思議。すごく大きくて、カッコよかった。私だけのヒミツ？　だれか見た人、おせーて！

気嚢に船名は描かれていなかったが、ただ、127という数字だけははっきりと描きこまれていた。

１２７。登志夫は小野と無言で顔を見合わせた。

三桁程度の数字は文字よりも覚えやすい。この絵を描いた女の子——名前はなかったが、偏見を恐れずに言うのなら、文字の印象からして間違いなく女の子だ——はそれを見ている。

「ただ、注釈事項はある」

小野はその１２７という数字を確認するように右の人差し指でとんとんと叩いた。

「当時の土浦では土浦七夕まつりというのが行われていて、ちょうど八五年のつくば科学万博直前の七夕祭りでは、ツェッペリンを模した七夕飾りもたくさんあったようなんだ。七夕まつりは今のキラキラまつりとは比べ物にならないくらい華々しくやっていたらしくて、まあ、高度成長期からバブル経済の間のことだから、そうなんだろうな、仙台の七夕祭りの向こうを張ったつもりだったのかもしれない。

仙台の七夕で大通りに出すような吹き流しの飾り、分かるかな？　仙台の飾りはおっとりとして上品な感じだけど、土浦のはあれのさらに派手ヴァージョンというか、商店が自分の店の商品を模（かたど）った飾りをあげたり、科学万博のマスコットをくっつけたり、いろいろやっていたらしい。

八〇年代の七夕の映像がYouTubeにも上がってるけど、ちょっと想像を絶する。頭が痛くなるようなお祭りだったようだ。そういう飾りの中に、グラーフ・ツェッペリン号の模型もけっこうあったようなんだ。当時の写真にも写っているし、中にはちゃんとLZ(エル・ツェット)127と船体番号を描いてあるものもあった。このノートを書いた子はそもそもツェッペリンの形状を知っていたかもしれないし、船体番号も意識的に覚えていなくても、無意識レベルで記憶に残っていた可能性は捨てきれない」

小野は、スリープ状態にしてあったPCを起こすと、YouTubeの動画をクリックして全画面表示にし、スタートボタンを押した。最初から登志夫に見せるつもりで用意してあったようだ。

登志夫は目を見張った。赤、青、黄緑、金、メタリックピンク、蛍光オレンジ……。恐ろしく解像度の低い画面に、どぎつい色の吹き流しやちょうちん、プラスチックの花、ぐるぐる回る観光船の模型、「祝　七夕まつり」と大書されたどんぶり、万博のシンボルマークとマスコット(後で知ったが、コスモ星丸(ほしまる)というらしい)、くす玉、星、商品名が躍った。その吹き流し飾りの間を、柄シャツや浴衣を着た、何となくのんびりした感じの表情の人々が大勢ひしめき合っている。

確かにこれは、頭が痛くなるようなというより、確実に頭が痛くなるイベントだ。動画を見ているだけで目眩がしてくる。

登志夫の目が泳いでいるのに気がついたのか、小野は動画を止めた。

「残念ながら、この動画にはツェッペリンの飾りは映っていない。ちょっとそれっぽいものがあるような気がするが、画面が粗過ぎて判断できない。何にしても、うちの親は七〇年代生まれなんだが、昨夜電話で聞いた限りでは記憶があった。下の店にいるのは伯父夫婦だけど、彼らは写真も見せてくれた。俺がなんでそんなことに興味を持ったのか不思議がってたけどね」

小野は突然思い出したように背後のファイルボックスに手を突っ込むと、中からスナック菓子の小袋をいくつか摑み出し、二人の間の畳の上に置いた。こういう雑なもてなしは嬉しかった。登志夫の短すぎた子供時代には体験し損ねた、郷愁あふれる少年的な無造作さだ。

二人はそれぞれ選びもせずに適当な袋を拾い上げると、無造作に頰張った。

「土浦はさ、今でいう町おこしの走りみたいので、万博の何年か前から、土浦での数少ない大イベントだったツェッペリン飛来をフィーチャーして、ツェッペリン推しをやっていたらしい。祭りでかかる『かっぱ音頭』っていう曲に、万博とツェッペリンが出てくる。歌ってるのは演歌歌手の水前寺清子だ。今より芸能界と大衆の距離が遠かった当時、地方自治体としては破格の大物起用だ」

「それで、小野さんはどうしてツェッペリン号の件に興味を持たれたのですか？」

「まあ偶然と言えば偶然だけどね。俺の彼女が、いや、元カノと言うべきだろうな、去年大学を卒業して遠方に就職したので別れてしまったんだけど、彼女とその別れる別れないの話をしている時、何でだったか、彼女が小学生の頃の不思議な話をし始めて、四年生の夏休みに阿見(あみ)でツェッペリンを見たけど、誰も信じてくれなかったと言い出したんだ」

「アミ？　アミって何ですか？」

「ああごめん、地名だよ、阿弥陀仏の『阿』に、見るの『見』って書く。茨城県阿見町。土浦の南に隣接している。自衛隊の駐屯地や茨大の農学部がある。昔はその駐屯地がもっと広くて土浦のほうにも広がっていて、日本帝国海軍航空隊があったんだ」

「グラーフ・ツェッペリン号が係留された場所ですよね？」

「そう。ツェッペリンの後にはリンドバーグ夫妻も単葉水上機で飛来している」

「そうなんですか?!」

「まあそれは今はいいけど、そういう場所だということを考えると、何となくそこでツェッペリンを見たというのはちょっと信憑性を感じてしまうんだよね。いろいろあってとても気まずい別れ方をしてしまったので、今さら先輩づてに居場所を探して連絡して聞くわけにもいかない」

ここは突っ込んではいけないところだ。さすがの登志夫にもそれだけは判る。

「それでさ、うちの母親は俺らが結婚すると思ってたから、まあ報告しないわけにもいかなくて、秋頃だったかようやく電話で話して、その時にもなんか気まずかったから話をわき道にそらして、何となく流れでツェッペリンのことを言ったら、母親が小学生の頃、いなみ文庫のノートにそういうことを誰かが書いていたと言い出したんだ」

小野はスナック菓子の袋が空になったことに気づくと、その袋をコンビニ袋をセットした屑籠(くずかご)に捨てた。屑籠はいつでも登志夫が使いやすいようにと、どちらからも腕を伸ばせば届くあたりに置き直す。

「いなみ文庫って、私設の子供図書館というか、今でいう学童的なものだったようだけど、今はいくら検索しても出てこないし、そんな古い記録は残っていないと思ってたからそれ以上は追究してなかったんだ。しかし、こういう都市伝説的な噂の伝播についてはもともと俺の研究範囲だし、いつかは卒論のことも考えなきゃならないしで、使えるかどうかは分からないけど、ツェッペリンの目撃談みたいなやつはいちおううっすらと調査は続けてたんだよ。で、つい最近、別件でフィールドワークしてる時に、地元の自然保護活動家だったあの薬局の先生のことを知って、いなみ文庫につながったわけ。

君は東京から来たと言ってるわりに馴染んでる感じだったけど、あの先生の親戚か何かか？」

「いいえ全然。僕は薬を処方してもらったり、あそこの展示を見に行ったりしてるうちに、なんか流れで使われてた感じです」

「へえ、そうなんだ。やっぱり活動家さんは人使いが上手いな。

それはともかく、ツェッペリンの目撃談としては、ネットには十三件、地元の噂や経験談で七件、見つけた。ネットの書き込みはもしかしたら出所が一つのコピペかもしれないし、あとは、地元の話とネットの書き込みの出所が同一かどうかは分からない。なので、元カノの件といなみ文庫の件を加えて、カウントできるのは九件だと考えている。場所が特定できたのは五件。いずれも土浦から阿見にかけてだ。

で、君は？　いつどこで見たって？」

小野に突然質問を向けられ、登志夫はたじろいだ。そうだった。自分も経験者の一人なのだった。

登志夫は麦茶をまた一口飲み、慎重に話し始めた。

「僕は……幼稚園の頃です。僕自身は東京の生まれなんですが、母が土浦の出身で、その母方の祖母の葬儀の後だったはずなんですが、どうしてだったか亀城公園にいたんですけど、その時に」

「亀城公園か。やっぱり土浦なんだな」

ナツキの話はしない。これは何か大事なもの。他人と共有できない、してはいけない大事なものだ。

小野はその年月日が分かればと聞いてきた。祖母が亡くなったのは二〇〇八年の八月十七日だ。葬儀はその一日か二日後のはずだ。

「僕はその、小賢(こざか)しいことに、その頃はアルファベットが読めたし、乗り物の歴史の本でグラーフ・ツェッペリン号のことを知っていました。だから、見て分かったんです。ただ、小賢しくてもやっぱり子供は子供で、墜落した飛行船が今もあるかどうかなんて気にしなかったので、ああ、ツェッペリン号だなあと」

「ちょっと待った。墜落したって、ツェッペリンが？　それヒンデンブルクと混ざってないか？」

そうだった。ツェッペリン号は落ちていないんだった。

「そう、それなんです。僕は実は、バイトで急に土浦に来ることになって、土浦についてネットで軽く調べられる程度のことを調べてるうちに、ツェッペリンが落ちていないどころか、世界一周を完遂(かんすい)したということを知ったんです。それまで、どういうわけかグラーフ・ツェッペリン号は落ちて炎上したのだとばかり思っていました。ヒンデンブルクはヒンデンブルクで、動画も見たし、ニューヨークで炎上したのを知っています。でもツェッペリンはツェッペリンで、土浦で落ちたのだとばかり思っていました」

「参ったな。他にもいるんだ……」

他にもというのはどういうことだろう？　登志夫の他にも、ツェッペリンが墜落したと思っている誰かがいるということだろうか。

「それが、ネットではすでに一つのミームになってるくらいいるんだ。それヒンデンブルクじゃん、いや違う、ツェッペリンはツェッペリンで、ヒンデンブルクはヒンデンブルクで落ちてるはず、というやり取りまでコピペみたいに定石化（じょうせきか）してる。君もそういうのをいつの間にか見聞きして刷り込まれただけかもしれない」

「いえ、僕は、ＰＣやタブレットをネットにつなぐのを許されたのが小五だったんですが、その頃にはもうツェッペリンは落ちたと思ってました。それまではネットの玉石混交（ぎょくせきこんこう）の情報にはさらされてなくて、情報源はお行儀のいい百科事典ソフトや歴史の本でした。そういうまともな本やソフトで得た知識のはずです」

「マンデラ効果、か……」

小野は独り言のように言い、腕を組んだ。

「マンデラ効果？　マンデラって、あの南アフリカ共和国のネルソン・マンデラ元大統領ですか？」

「そう。これも都市伝説寄りの話になるんだけど、ネルソン・マンデラは反アパルトヘイト活動で当時の白人政府に逮捕されて、一九六〇年代から九〇年まで、実に二十七年間も収監されている。その後、大統領まで登り詰めた人物だ。没年は二〇一三年。しかし、二〇一〇年頃、ネット上で、マンデラが八〇年代に獄死しているという記憶を持っている人が結構な数いることが分かった。マンデラ効果というのは、こういう、事実と違う記憶を大勢の人が共通して持つことを意味するネットスラングだったんだが、その後ミームにまで昇格した。日本でも、実際には存命中の芸能人の死亡記事を見たことがあると言い出す人が次から次へと現れたり、『天空の城ラピュタ』や『千と千尋の神隠し』にテレビでは放送されない別ヴァージョンのエンディングが存在するとか、そういう話は聞いたことがないかな」

「確かに、そういうネットネタはありますよね。小林亜星さんやモハメド・アリが亡くなった時、ネットで随分、もっと前に絶対に死亡記事を見ているっていう人がたくさん出てきましたよね」

「そう、そういうやつ。死亡記事は存命中なら本人が出てくれれば簡単に否定できるが、アニメに関する噂などは、制作側がどれほど否定しても、なぜかどの世代にも次々と『いや私は確かに見ている』と頑なに主張する者が現れて、噂が根絶されない事態になっている。ネルソン・マンデラだって、よく考えればメジャーな国の大統領にまでなってるんだし、ノーベル平和賞も受賞してるんだから、八〇年代に亡くなっているはずはないのは分かりそうなものだが、しかしどういうわけか、死亡記事の記憶があるという人間がいなくならない。

マンデラ効果は都市伝説界隈ではすっかり定着していて、『X-ファイル2018』でも、皮肉なお笑い系の脚本を書くダリン・モーガンがネタにしている。少なくとも『X-ファイル』を見るような層には、マンデラ効果は通じるのが前提のエピソードだ。

『X-ファイル』は確か、二十世紀末の、登志夫たちが生まれる前のアメリカの連続ドラマだ。超常現象などを扱っており、UFOと陰謀論をシリーズの軸にしていると聞いている。登志夫は見たことはないが、『奥さまは魔女』や『東京ラブストーリー』等と同様、教養として何となく知っているべき事項の一つだ。

「ついて来てくれてるかな？　俺を頭おかしい奴と思ってなければいいんだけど」

「そんなこともちろん思ってません。ついて行けてるとは思います。僕も、今となっては常識、いえ、事実として、グラーフ・ツェッペリン号が落ちたのではないことを知っています。だけど、何て言うか……感覚がついてきません。ものすごく違和感があります。例えば、見知らぬ人物が現れて、私が君の高校の時の最後の担任だよと名乗ったら、こんな感じがするかもしれません。そのくらい違和感です」

「うーん……」

小野は考えこみながら、もう一つスナック菓子の袋を取り上げたが、開けることなくまたそれを畳の上に置いた。

「飛び級を受け入れているなら大学は大体想像はつくけど、君は理系？　文系？」

「理系です。工学部を志望しています」

「だったら、ああいうのをどう思う？　マルチバース……多元宇宙説とか、タイムリープとか、その類の説を？」

「そうですね、どちらもあり得るとも言えるし、証明されきっていないとも言えますし、仮説として存在は否定しきれない、というところでしょうか。曖昧な答えになってしまいますが」

「確かに万能の答えだな」

「でも、今の研究動向自体がそんな感じなんです。量子力学の最先端の人ほど、言ってることは過激です」

「量子か……。俺も一応教養で、文系向きの、数式をほとんど使わない素粒子物理学入門みたいなのは受講した。光子やニュートリノくらい小さい素粒子になると、観測することで性質が決まり、速度が分かれば位置が不明、位置が分かれば速度が不明、みたいなやつだよね」

「だいたいそんなところです。最先端過ぎる研究者たちは、言ってることが極端だという共通点はあっても、どう極端なのかはバラバラです。素粒子はすべて振動する弦として計算できるという人もいるし、世界はその弦の集合体の膜のようなものだという人もいるし、いや、時間も空間も重力も量子として扱えると言う人もいるんですよね。それどころか、ループ量子重力理論の最先端の数式には、時間を表す変数も定数もない、というのまでありますし」

「重力が量子か……頭痛いな。そこまで行っちゃってるのか」

「それどころか、僕が聞いた一番頭痛い説は……ええと、プランク時間っていうのは聞いたことありますか？」

「授業で聞いた気もするが……何だっけ？」

「時間の量子的最小単位です。ある数に十のマイナス四十四乗をかけるような極小の時間ですが、このプランク時間ごとに多元宇宙が発生しているとまでいう説を言う人がいて…

…彼はそれでも計算は成り立つと言うんですよね」

「…………」

「そもそも、時間というもの自体、頼りにならないもののようです。特殊相対性理論と一般相対性理論によって人類は気がついてしまったことですが、重力や運動速度によって、時空のあり方は変わってしまいます。ブラックホールの周りで空間が歪むというのは、ゴム膜の上に乗っかったものすごく重いボールのイメージでメジャーになったので多くの人が知っていると思いますが、歪むのは時空、つまり、空間だけではなく時間も同様の影響を受けます。あ、これも光速で飛ぶロケットの思考実験でメジャーですよね。いわゆるウラシマ効果というやつです。それは重力の影響によっても起こります。

しかし、それはマクロな物体を想定した場合です。光子や電子のような、量子単位の物体の場合はどうなるかというと、位置も運動も不確定な量子の一つ一つは、例えば電子なら電子、タウニュートリノならタウニュートリノ、そして時間なら時間という確たる量子であるとも言い切れなくて、互いの関係性によってのみそれぞれの性質が決まるという説もかなり支持されるようになってきています。関係性があってこそ量子の性質が決まり、両者の性質があるからこそ互いの関係性も成り立つということです。関係性と性質のどちらが先とも言い切れない。原因のうちに結果があり、結果のうちに原因があるとさ……あっ」

喋り過ぎだ。調子に乗り過ぎだ。登志夫はうろたえて黙り込んだ。小野はその様子を見ても、特に嫌味も文句も言おうとはしなかった。

「すでに仏教だな。仏教でいうところの因果というのは、因、すなわち原因があり、その後に果、つまり結果が生じるのではなく、因のうちにすでに果があり、果はすなわち因であるという。すべては個々の独立した性質ではなく、そうした関係性、つまり縁起によって成り立っているという」

小野の冷静な受け止め方が登志夫を現実に引き戻した。

「すみません、つまり、ええと、つまりその……僕は、その、そういう最先端の人たちの話を聞いて、理論物理学系より工学系の方が自分には向いていると思ったんです」

「限りなく百パーセント近くの人類は理論物理学には向いてないよな」

「ですよね」

小野はスナック菓子を横によけると、組んでいた脚を伸ばし両手を背後で畳についた。登志夫もつられるように脚を組み替える。

「でも、たとえ量子レベルでタイムリープみたいなことが起こったとしても、グラーフ・ツェッペリン号のような大きなものが僕らの時代に現れるのはあり得ないと思います。多元宇宙にしても、もし本当に文字通り無数の世界があるのなら、特定の世界とだけ、僕らにとって意味の通じる接触のしかたをしていると考えるのはむしろ不自然な気がします。まあ、気がする、っていうレベルの話ですけど。ガチなマルチバースの人たちは、そのへんの辻褄(つじつま)合わせのことまで考えてはいないようです」

いつの間にか、階段づたいに下の店の活気が伝わって来ていた。しばらく二人でそれを聞くともなしに聞きながら、ぼんやりしていた。登志夫はまた麦茶を一口飲む。

「あとはこれは俺の妄想だけど、君はさ、『マトリックス』って映画は知ってる？」

「いちおう。細部はともかく、大ネタはネタバレ程度には知ってます」

「あれさ、ああいうの……ネットでも時々言う奴いるけど、俺らが世界と思ってるこの世界は本当はコンピュータ上の仮想現実で、俺らはただのプログラムか、培養された脳に過ぎなかったりしてな、っていうやつ。もしそうだったとしても、俺らにそれを証明する手立てはない。その俺らの仮想現実世界に時々、何か別な仮想現実世界のノイズが入って来るんだったりしてな。まあ中二病的な発想だけどさ」

「僕も中学生の頃、本気でそれが怖かったことがあります。でも、ある研究者からこんな話を聞いたことがあります。情報を発生させるのにも備蓄するのにも運用するのにもエネルギーが必要で、もし『マトリックス』ぐらいの世界を維持するとしたら、その情報エネルギーの総量は地球の質量を超えてしまうだろう、っていう」

「マジか?!」

「いや、僕もどこまで本当か分かんないですけど」

小野は背後に手をつくのをやめ、ため息をつき、またあぐらをかいた。

「だったら、もしかしてここに世界があると思っているのは俺一人で、俺一人を騙す程度に世界をシミュレーションすることくらいはできるんじゃないかな?」

「なら僕はどうなるんですか。いや、僕から見たら、僕以外の世界がシミュレーションじゃないって確信は持てませんよ。僕の身体や無意識にさえ確信は持てないです」

「だったら、君の脳だけが実在で、俺も含めた世界が仮想現実かもしれない。俺も仮想現実の一部で、プログラムに従って君に向かって自分は実在していると主張する書き割りかもしれない」

「やめてくださいよ……。なんか、そういうの、本当に不安になるじゃないですか」

登志夫はふと、レトロSFのような装置の中で、毒々しい色の培養液に浮かんだ自分の脳に電極がたくさん挿しこまれているところを想像した。これまたレトロな白衣を着た科学者たち（しかも全員男性）が、オープンリールテープ付きの大型コンピュータに紙のパンチカードを読みこませ、登志夫の脳は光量子コンピュータの夢を見る。そこにグラーフ

・ツェッペリン号のノイズが混入する……

登志夫は急に尿意をもよおして（麦茶の飲み過ぎだ）、二階のトイレを借りた。頭を冷やすのにも、トイレに行くという手順は有効だ。登志夫が小野の部屋に戻ると、彼はパソコンラックに左肘（ひじ）でもたれかかり、ぼんやりとエアコンのほうを見ながら何かを考えていた。

そうだ、トイレから帰ると、登志夫は唐突に思い出した。これを聞いてみようと思っていたのだった。登志夫は断られるだろうと思いながらも、恐る恐る訊ねた。理由を聞かれたらどう答えたらいいのか分からない。

「あの……いなみ文庫のノート、他のものも僕も見せてもらっちゃだめでしょうか？」

「いいんじゃないの？　別に」

小野はあっさりとそう答えた。やはり何となくセキュリティ的な緩さを感じる。

「ていうか、君からいなみ文庫に返しておいてもらえるとありがたいんだけど。俺さ、明日から実家に帰らないといけなくなったんだよね。本当はお盆だけでいいはずだったんだけど、父親がちょっと、腰やっちゃって」

ここで「お気の毒です」というのは大げさすぎるだろうか。「ご愁傷様です」はなお違う（失礼すぎる）。どう答えたらいいのかと登志夫が戸惑っていると、小野は空中に右手をさっと走らせて笑った。

「リアクションに困るよな、こんなの。まあいいんだけど、そういうわけで、頼まれてくれるとありがたいね」

小野はそう言いながらすでに、さっき出した一冊と、パソコンラックの下に積み上げてあった残りのノート群をまとめ始めていた。この間のとは違う黄色いエコバッグにそれらを詰めると、登志夫の前に差し出す。

「袋は返さなくていい。こういうエコバッグ、ここんちにはいっぱいあって困ってるくらいなんで」

「了解です。返しておきます」

「よろしく。ありがとう」

登志夫がそのバッグを抱えて外に出る頃になると、表はそこそこ人通りが出ていた。とはいえ、やはり歓楽街らしい「賑わい」というほどでもない。中には法被（はっぴ）を着た男性が混じっており、それを見て登志夫はようやく、この土日が例の土浦キララまつりだったということを思い出した。遠くから何やらお囃子（はやし）のようなものも聞こえてくる。

いずれにせよ、キララまつりではもう吹き流し飾りなど作らない。

＊

帰りがけにコンビニで夕食と明日の朝食を調達した時、何かが登志夫の心にひっかかった。今、何か大事なものを見た気がする。そこは初めて来た店舗だったが、コンビニとしてはおなじみのセブンイレブンだ。何か新商品があっただろうか。あったかもしれない。しかし、それだけでこんなに心がざわつくものだろうか。

登志夫は外に出ると、店からもれる明かりの中に立ち止まり、振り返った。雑誌の表紙だろうか。カップ麵だろうか。飲み物だろうか。違う。そういうことじゃない。もっと自分に近いところにそれはあったはずだ。小野にもらったエコバッグを覗きこむ。今買った弁当だろうか。弁当を取り出し、しげしげと眺めてみる。今までに何度か買ったことのあるシャケ弁に過ぎない。

弁当の下にあるのは例のノート群だ。

一番上の十四番の表紙には、大きなスーパーマリオのシールが貼られている。

そうだ。これだ。

登志夫の中で、ある考えが焦点を結んだ。

7　夏紀と謎の物理学者

「うわ、なっちゃん、どしたの……？」

夏紀を見るなり、薫は心配そうに声をかけてきた。やっぱり言われたか。

「どう、って、私、そんなに変？」

「変というか……」

「すこーし、疲れが顔に出ちゃってるのかもしれないわね」

薫は言葉を濁したが、ありさは心配そうな顔で小さくうなずいて言った。

やっぱりか。夏紀は帆布のトートバッグをプラスチックのベンチに置くと、薫の向かい、ありさの隣にいったん腰を下ろした。

薫が両手で夏紀とありさの肩をぽんとたたいて言った。

「よし分かった。今日は二人に私がおごってあげる。お盆前でうちの手伝いのお小遣いがちょっとたまってるからね。シェイクでもハンバーガーでも何でも頼んで。あ、でも、シェイクとハンバーガーいっぺんは、カロリー的にやめといた方がいいけど」

「本当ー？　薫さまー！　ありがとうございますっ！」

三人は注文カウンターに向かい、夏紀は久しぶりのバナナシェイクを、ありさはアップルパイにアイスティー、薫はポテトとコーヒーフロートを手に入れると、ありさのレッスンバッグで確保しておいた隅の席に再びついた。バナナシェイク。わざとらしいバナナの甘い香りが子供っぽくて少し恥ずかしいが、夏紀のお気に入りだ。

三人の校外でのたまり場は、土浦駅から徒歩五分ほどのショッピングモール「若い街」の二階、手芸屋の向かいにあるハンバーガー店チャンプだった。モールは隣の西友と渡り廊下でつながっており、親に頼まれた買い物のついでに寄るのにも都合がいい。もう少し駅から離れたところにある地元のデパート小網屋（こあみや）にはもっと広いマクドナルドがあり、必ず座れるそっちのほうがたまり場としては便利なのは分かっていたが、三人はチャンプのメニューのほうが何故か好きだった。それに、大きなガラス窓が表通りに面しているマックは、広くて場所も便利なだけに、二高の他の子たちとかち合ってしまうことがよくある。たまり場というのは、秘密めいていたほうがいい。チャンプのフライドポテトを揚げるチープな油の匂いも、自宅とはかけ離れた感をかもし出していて、いい。

「で、何かあったの？　そういや英会話教室って、今週で二週目だよね？　明日で最後だっけ？」

「最後は明後日の木曜日だよ。昨日の月曜は休日じゃん」

「そっか。夏休み中の休日とか、忘れるよね。で、英会話教室がそんなにハード？」

「そういうわけじゃないんだけど……。まあ確かに、ホンモノの英語に接するなんていうこと自体、ちょっとハードではあるけどさー」

でも、その相手がグレース先生なら話は別だ。

「今日、先生にも帰りにこっそりアー・ユー・オーケイ？　って聞かれちゃった」

むしろその一言で舞い上がってしまったのだが。

「私、ちょっと疲れると目の下に隈が出るんだよねえ。試験期間中とかさ」

夏紀はわざと両目の下に左右それぞれの人差し指を当てておどけて見せた。

「でもほんの少しよ。目立たないから大丈夫」

ありさは夏紀を納得させるように言って小さくうなずいた。

「帰りに『とりでや』で安くていいコンシーラー教えてあげる。あれなら学校にしていってもメイクしてるって言われないから」

「リューイチもありがとうー。やっぱり、アレですな、持つべきものは友ってやつですか」

「そんで、何かそんなに疲れるようなことがあったの？　いや、聞かれたくないことだったら聞かないけど」

「聞かれたくないわけじゃなくて、むしろ話したいんだけど、ちょっと説明がややこしくて。実は、先週さー、ちょっと変な電子メールが来たんだよね……」

夏紀は、簡単に電子メールというものの説明をすると、登志夫の名を伏せて、自分で自分に出した電子メールに変な返信が来たこと、パソコンを立ち上げ直したらその電子メールが消えていたことを話した。

薫とありさは顔を見合わせた。水色の袖なしワンピースを着たありさと、ロックバンドのTシャツにスリムな黒ジーンズという出で立ちの薫。二人ともそれぞれにお洒落だったが、すぐ近くの駅前商店街に住んでいる夏紀は、ちょっと自分の服装がご近所仕様すぎたと感じ始めていた。オレンジ色のTシャツもオフホワイトのスカートも、全然高価なものではない上になかなかの着古しだった。サンダルも完全にご近所用のやつだ。

「電子メールねえ……。あれって、パソコンの中にしかないものだよね？　普通の手紙みたいに紙で存在するわけじゃなくて、実体が無いけど有る。存在するけど存在しない、みたいな？」

「薫が言うとますます禅問答みたいね」

「でも、ちゃんとパソコンの中のデータ容量は使ってるよ。電子データっていう形で存在してる」

「電子データかあ。なっちゃんの実力なら、多少の電子データくらいならぶっ壊せそうだよね」

「壊すなら分かるけど、ちゃんと意味の通る文章が来たのよね？　なんて書いてあったの？」

「うーん。一回ぱっと読んで慌てて閉じちゃったから、全文覚えてるわけじゃないけど、私しか知らないことが書いてあった。小さい頃、おばあちゃんのお葬式の後に亀城公園で遊んだこととか」

「幼馴染(おさななじみ)的な？」

「と言うより、お葬式の後だとすると、親戚かしら？」

そう、内容も、記憶のシチュエーションも、身内というか、親族の誰かであることを強く暗示していた。先週末、家族でスイカを食べている時、両親のお盆の外出が泊まりになることを聞かされた。県北の親戚の新盆(にいぼん)に行かなければならないが、電車の都合で日帰りができないという。その話に乗じて、夏紀は自分と同世代の親戚のことを聞いてみたのだった。挙げられた名前はどれも、かなり遠い親戚まで含めても、夏紀がよく知っている子たちばかりだった。人数もさほど多いわけではない。

「謎の親戚かあ。そういや、なっちゃんちのお墓って、うちの寺だよね？　亀城公園すぐそばじゃん。小さい子に火葬とか納骨を見せないために公園で遊ばせてるうち、結構あるよ」

茨城県南では、火葬してその日のうちに納骨することが多い。これが珍しいことだというのは、薫から聞くまで夏紀もありさも知らなかった。納骨が後日の場合は、小さい子と見守り役の大人が火葬場に行かずに先に帰れば済むが、火葬後すぐに納骨する場合は、納骨が終わるまで子供をどこかで見ていなければならなくなる。

葬儀後に亀城公園にいた記憶自体は変でもなんでもない。実は、スイカを食べている時、少しだけ祖母の葬儀の後のことを聞いたのだが、親たちは確かに、監督の大人を二人つけて親戚の子数人を亀城公園で遊ばせていたと言っていた。夏紀はずばり登志夫という子はいなかったかどうかは聞かなかった。何となく、登志夫の名は誰にも知られたくなかった。心の秘密基地というか、知られて困ることじゃなくても、人に知られたくないことはある。何となく。

いずれにせよ、子供たちの名を挙げた時、親たちの口から登志夫という名は出てこなかった。

「で、その電子メールは、次にパソコンしようとしたら消えていた、ってこと？」

「やっぱり最近、何か変よね……」

「重力が歪んでるって話もあるしね。月基地のニュース見た？」

「見たわ。危うく重力装置の事故になるところだったって、なんか怖いわよね」

「でも、なっちゃんの件は重力どうこうじゃなさそうだけど」

夏紀はバナナシェイクのストローを噛んで、鼻でため息をついた。バナナとミルクの甘い香りが鼻腔を駆け抜けてゆく。

「うーん、でも、なんか自信なくなってきたんだよね。本当に見たのかな、って」

「でも、なっちゃんの記憶の中にはあるわけだよね？」

薫にそう念を押されると、ますます断言できなくなってくる。

「あるというか……それが自信ないんだってば」

「でも、確かに見たという記憶があるわけだよね。だったら、もうそれはなっちゃんのアーラヤ識（しき）には存在するってことだよ」

「あ、あーらやしき？」

夏紀とありさは同時に聞き返した。

薫は時々漢字の説明をしながら、よどみなく話し続けた。さすがに手慣れている。

「大乗仏教ではね、人間の意識には何段階か階層があると考えられているのよ。もっとも表面にあるのは前五識（ぜんごしき）といって、これはあれね、五感というのとほぼ一緒、眼識（げんしき）、耳識（にしき）、鼻識（びしき）、舌識（ぜっしき）、身識（しんしき）。これを知覚するのが意識。今私たちが普通に『意識』って思ってるものと一緒ね。自分そのもの、という意識。

でも、その意識のさらに奥に末那（マナ）識というものがあって、これは自我という幻想を産む源で、欲とか我執が生まれるところなのよ。そのさらに奥にあるのを阿頼耶（アーラヤ）識といって、まあ現代で言うところの無意識みたいなものね。そこは、その個人が経験したこと、見聞きしたこと、思ったことなんかの全てがほぼ永久にしまい続けられる蔵のようなものなわけ。『アーラヤ』というのはサンスクリット語で『蔵』という意味で、ほら、ヒマラヤってあるじゃない？　あれも本来は『ヒム・アーラヤ』といって、『氷の蔵』という意味なのよ。そのアーラヤ。マナ識より浅い識は転生（てんしょう）すれば変わってゆくけど、アーラヤ識だけは転生しても変わらない、全ての転生で得た情報や経験や考えをただただひたすらしまっちゃうわけ。だから、ある生で悪いことをすると、その悪いものもアーラヤ識にどんどんたまっていっちゃって、次に転生した時もその悪いものから逃れることができないってことになるわけで。説法的には、だから悪いものを蔵にしまわないために、悪いことをしないようにしましょうって話になるんだけれども。

物理的にはその電子メールがあるかないかは分からないけど、少なくとも、なっちゃんのアーラヤ識には、ちゃんとその電子メールは『有る』ってことだと思う。誰に信じてもらうとか、証拠を見せろとか、そういうこととは関係なしにね。

そもそも、『有る』というのは、何か絶対的な実体があるわけじゃなくて、あらゆるものの相互の関係性というか、『縁起（えんぎ）』の中でしか存在しないんだよね。よく『因果関係』って言うじゃない？　あれも仏教の本来の用語としては、私たちが普段言ってる因果関係とは意味がちょっと、というか、実はだいぶ違うんだよね。私たちが普段、因果関係って言う時は、何か原因があって、その結果として何かが起こるっていう、順序のことを言うじゃない？　でも、本来の因果関係っていうのは、因、つまり原因の中にすでに果、つまり結果があり、果はすなわち因であるということなのよ。その例の謎の電子メールも、それが存在する結果としてなっちゃんがそれについて考えているというより、なっちゃんとその電子メールの間には『縁起』があって、どちらが先とか上とかじゃないんだよね。

まあ、仏教関係のことは、私もまだ完全に理解してるわけじゃないがそんなことになっているとすると、細かいツッコミは無しでお願いしまーす」

夏紀とありさは再び顔を見合わせた。理解しきれたわけではないが、そんなことになっているとすると、今の話も夏紀の奥底の無意識のようなところにしまわれ、これからもずっと存在し続けるわけだ。思い出せるかどうかは分からないけど。

「そうね、なっちゃんのその電子メールの存在は、なっちゃんの心にとっては真実で、私たちが信じる必要さえないことなのかもしれないわね」

ありさにそう言われると、何か安心できる気がした。そう、確かにそれは存在した。夏紀のためだけに、それは存在した。そして今も、夏紀の中に存在している。もし薫やありさがまったく信じてくれなかったとしても、それは夏紀にとって意味のあるものだった。

ふーむ。

夏紀はバナナシェイクの最後の一口をすすった。しまった。なんか無意識のうちに飲んでしまった。もっとゆっくり味わって飲めばよかった。

しかし、夏紀はこのもやもや話を二人に話してよかったと思っていた。ただのもやもやが、納得とまではいかないが、肯定的な、もう少し形のあるものになった気がするのだ。その小さな確かさは、夏紀にとって、世界の開け口のすみっこを見つけたような、ささやかな喜びをくれたのだった。

とりでやでコンシーラーを買った後、二人と別れて大和町の駅前商店街の家に帰るごく短い帰り道の間、夏紀は再び、誰かに見られているような気がして、二度ほど後ろを振り返った。午後の買い物客で駅前にはそれなりに人通りがあり、何人もが夏紀の後ろを歩いているのは当たり前だった。まあそれはそうなんだけど……。この間から時々この変な感じがする。誰かに見られている。夏紀は自分がそれほど繊細だとも敏感だとも思っていなかったが、人の視線には意外と反応するほうだというのも、高校生になったぐらいの頃から何となく分かってきた。その自分の感覚を信じるとすれば、私は最近、わりとしょっちゅう誰かから見られている。

*

水曜日、土浦の商店の多くは定休日だった。特に駅前の個人商店は軒並み休みだった。ほとんどの店が閉まっている状態というのは、夏の昼間の明るさをもってしても、どことなく夜めいた雰囲気を感じさせる。夏紀の家は駅前商店街の中にあり、屋根つきの歩道に面した店舗部分を、霞ヶ浦の名産品である佃煮を売る店に貸し出している。その「川良(かわりょう)」が休みの日は、夏休みというより、年末年始の気持ちに近くなる。気温は高いのに、見た目はどことなく寒々しい。アーケードの隙間から、歩道のくすんだピンクと黄色のタイルに射してくる陽光は、間違いなく夏休みのものだが。何とも言えないちぐはぐな感じがする。多分、商店街育ちじゃない人には通じない感覚だ。

　明日で英会話教室は終わりだ。今までのたったの五日で飛躍的にヒアリング能力が伸びました、なんていうことはなかったが、少なくとも夏紀は、英語が授業やニュースや字幕版映画で接する難しい「科目」ではなく、それを日常で話して、笑ったり文句を言ったり友達と雑談している人たちがいる、日本語同様の「言語」である感覚を摑んでいた。受講者の中には、グレース先生もびっくりするくらい発音が良くなった子もいて、正直、悔しい思いはしたのだが、でも、私は今までの私とちょっと違う。こういうの、コンピュータの世界では「ヴァージョンアップ」って言ったりする。

　学校から家に帰る時、夏紀はまたふと誰かの視線を感じた。

　それどころか、今日は足音もする。人通りが少ない駅前商店街で、その足音は確かに夏紀の後ろで、大きすぎもせず、忍び足でもなく、普通に歩いているように響いた。振り返ってみるべきだろうか。でも、もしただの通行人だったら、なんか自分が変な自意識過剰の人みたいでかっこ悪い。

　自宅のすぐ近く、共栄堂（きょうえいどう）書店のシャッターの前あたりで、夏紀は何となく歩く速度を落とした。駅のほうに向かうただの通行人なら、自分を追い越して歩いていくだろう。信号が変わり、車道を車が二台通り、一瞬その足音をかき消す。車が去った後、足音は夏紀のすぐ近くまで来ていた。

「あの、すみません」

男性の声が、おずおずと夏紀を呼び止めた。

夏紀はびっくりして息を呑むのとほとんど同時に、反射的に振り返ってしまった。こうなったらもう無視はできなくなるが、もう振り返ってしまった。

夏紀から五、六歩離れたところに、白人の青年が立っていた。

色の薄い金髪を左側からきちんと七三に分け、生真面目そうな角ばった銀縁眼鏡、無難すぎるグレイの夏用スーツを着ている。小さな抽象柄を散らしたモスグリーンのネクタイも、最近ではあまり見なくなったタイピンできちんと留めている。顔立ちも無難そのものだった。アメリカの刑事ものドラマで言ったら、冒頭の三分で犯罪に巻き込まれる被害者かもしれない。

などと考えている場合ではない。自分は彼に呼び止められてしまったのだ。何か用事があるに違いない。

「この人を見かけなかったでしょうか」

青年は完璧な日本語でそう言いながら、背広の内ポケットから一枚の写真を取り出した。日本の普通のサービス判より少し大きい。そう言えば、グレース先生からもらった写真もそうだった。まあそれはともかく。

青年が差し出したのは、中年の白人男性の写真だった。頑丈そうな頭蓋骨、大きな黒縁メガネ、角ばった輪郭、黒々とした髭……印象はほとんど「熊」だ。しかも小ぶりなツキノワグマとかじゃなくて、ヒグマ。写真に写っているのは首から上だけだったが、きっと肩幅も広く、骨太で、固太りで、体力があって、たくさん食べて大股で歩いて大きな声で話す人だろうという気がしてならない。

こんな目立つ人がどっか行っちゃうなんて、どうしたことか。

「すみません。見てないです」

青年は少しグレイがかった緑の瞳で、すがりつくように夏紀を見た。

だから見てないんだってば。見ていたら、〇・〇三秒で思い出す。この人に気がつかなかったとか、絶対にあり得ない。

「見てないです。すみません」

「そうでしたか。ありがとうございます……」

青年は肩を落として、小さくため息をついた。

「国際会議のためにつくばに来るはずの物理学者、レフ・チトフ博士なのですが、ちょっと行き違いがあったようで駅で出逢えなかったのです。あるいは、そうですね、このあたりで彼が立ち寄りそうな場所とか……」

知らんって。熊のような物理学者は、一体どういうところに立ち寄るのか、想像を絶する。

ふと思いついたのは、盛りのいいモツ焼き屋とか？ いや物理学者だから……共栄堂書店……って、どこの国か知らないけど、外国の人だしなあ。いやそれ以前に、今日は商店街の定休日だ。目の前の共栄堂のシャッターは閉まっている。

「全然見当がつきません……」

「そうですよね。すみません。変なことを言って。次の特急が駅に来るまで待ってみます。ですが……」

青年は写真をしまうと、革のアタッシェケースを左手から右手に持ち替え、まだ何か言いたそうにしていた。

「特急は待ちますが、それまでの間、もう少し涼しいところで、冷たい飲み物でも飲めるとありがたいのですが、どこかいい喫茶店か何かはご存じないでしょうか」

でしょうね。見渡す限り、定休日ですもんね。

青年はどう見ても、暑い国の人ではない。おそらく人捜しと暑さで憔悴（しょうすい）しているであろう様子は、今にも倒れるんじゃないかという不安さえ感じさせる。

駅前には、商店街の定休日でも開いているファストフードや、商店の人たちがたまり場にしているからこそ休みの日に開けている喫茶店はいくつかあった。例の小網屋のマクドナルドもそうだ。が、中高生がわいわいしているハンバーガー屋や、地元の噂好きなおばさま方がたむろする喫茶店に、ただでさえ目立つ外国の人を案内するのは何となく気が引けた。

夏紀が思いついたのは、マルイの最上階にあるレストラン山水だった。ここなら水曜日でも開いている。いわゆる大衆食堂の類で、高級店では決してないのだが、そこは土浦の人々にとってはほんの少しだけ特別なレストランだった。親戚を連れて行ったり、一家そろってちょっと特別な食事をする時、必ず名前が挙がるところだ。夏紀は川良を通り過ぎて、ツカサデパート（デパートとはいうものの、実際には小商店の寄せ集め）の前の横断歩道を渡ると、青年をマルイに案内した。

少なくともマルイは、小ぶりの業務用エアコンしか備えていない喫茶店より確実にちゃんと涼しかった。よかった。夏紀はそこでその青年と別れるつもりだったが、彼は、もしよかったら何かごちそうしますと言い出した。知らない人と差し向かいで何か飲み食いするのは気詰まりだった。が、夏紀はその申し出に応じた。もっとガイコク慣れしなくてはと思ったのだ。グレース先生のためにも。少なくともこの青年は日本語を喋ってくれているし、どこか知らないけどガイコクのことを聞いて見聞を広めるのはきっといいことだ。きっと、多分。

山水は、まわりの飲食店が休みだから混んでいるんじゃないかと思っていたが、人影はまばらだった。まあ水曜は人出自体が少ないのだから、そうなるかもしれない。あまり人が多すぎても、制服の女の子が外国の人と連れ立っているのをじろじろ見られそうだし、人が少なすぎても目立ちそうだし、そのどちらでもない感じでちょうど良かった。青年は、夏紀にクリームソーダ、自分にはアイスコーヒーを注文すると（さすがによどみなく日本語を喋るだけあって、日本のメニューには慣れているようだった）、文字数のやたらと多い名刺を差し出してきた。

「私はソヴィエト連邦科学アカデミーでチトフ博士の秘書をしている、ヴァチェスラフ・スヴィヤトスラフォヴィチ・プレオブラジェンスキー＝ベススメルトヌィフです」

は？

はい？

青年はソ連の人だったか。それはいいのだが、ガイコクの見聞を広める前に、謎の呪文の壁が立ちはだかった。博士の方は短い名前なのに、秘書がそんなに仰々しい名前っていったい……

「え、ええと……」

「スラヴァでけっこうです。ソ連でも覚えきれない人がいますからね」

青年は少しばかり、してやったりという表情を見せて笑った。

「あっ、は、はい……あの……ええと、私は、藤沢夏紀っていいます。ええと、藤沢がファミリーネームで、夏紀がファーストネームっていうやつです」

この間、グレース先生にみっちり教えこまれたやつだ。中学の教科書に載ってるレベルだけど。

「藤沢さんですか……。藤沢さん……そう言えば、藤沢さんという姓は、日本では珍名でこそありませんが、さほど多くはないお名前だったかと思います。もしかしたら、つくば宇宙アカデミーの事務局長さんのご親族の方ですか？」

「えっ、お父さ……父を知っているんですか？」

驚いている夏紀に、スラヴァはもう一度名刺入れを取り出し、さらに一枚の名刺を見せてきた。確かに、父が仕事で使っている、宇宙飛行士訓練アカデミーの名刺だった。

「昨日、ソ連大使館の者たちとともにアカデミーを見学しまして、その時に、藤沢千久（ちひさ）さんにご案内いただきました。そうでしたか、藤沢千久さんは夏紀さんのお父様でいらっしゃったとは」

なし崩し的に「夏紀さん」と呼ばれるようになったが、夏紀は誰からも、名字で呼ばれるより名前で呼ばれる方が好きだったので、それは放っておいた。

夏紀の父は、宇宙飛行士の訓練アカデミーの事務局長をしている。昔は父自身も宇宙飛行士になりたいと思っていたとかいないとか。つくばの卒業生の多くは軌道ステーションか月面基地勤務になるらしいのだが、中には火星勤務になるエリート中のエリートもいる。父は一度だけ、親戚の結婚式で酔っ払って帰ってきた時、まだ小学生だった夏紀に、火星に行ってみたかったというような話をしたことがあった。

そこから何となく、夏紀のパソコン部や宇宙アカデミーのこと、チトフ博士が参加するという国際会議の話になる。スラヴァは科学の専門用語の日本語を、夏紀よりもよほどよく理解している様子だった。

「もしかして、夏紀さんも将来は宇宙に行かれるのでしょうか？」

「えっ？　私が？　えー、でも私、チビだし、宇宙アカデミーに入れるような成績でもないし……」

何より、英語が、英語が。今頑張ってはいるけど、しかし、道のりが遠すぎる。夏紀が月面基地に行くとしたら、アメリカ主導の、いわゆる「西側基地」だ。日本も含めてアメリカの同盟国が建設や運営に参加しているが、そこの公用語は英語だ。

「観光客として行けるほどお金持ちになるとも思えないし……」

「分かりませんよ。我が国では、間もなく、特別な人だけが宇宙に行く時代ではなくなると考えられています」

夏紀は少しばかり鼻白んだ。ごめん。ソ連って、美辞麗句のプロパガンダを言いがちというイメージがあるが、やはりと思わずにはいられなかった。西側的偏見かもしれないが、実際こういう言葉が出てくると、どうしても、ね。

「確かに、そういう目標は日本でもアメリカでも言われてますけど、うーん、自分が生きてるうちに実現する気はあんまり、しないです」

「それはチトフ博士のような学者や、夏紀さんのように未来のある方に是非、頑張っていただかないといけませんね」

「あれ、スラヴァさんは科学者じゃないんですか？」

「私は学生の頃は量子力学を志していましたが、残念ながら適性がありませんでした。量子力学自体、今世紀に入ってからようやく異端の科学という見方を抜け出したばかりの分野ですので、なかなか難しいものがありました。今は研究を離れて秘書業務に専念しています。そう言えば、あなたのお父様も、昔、ハチソン機関の研究に携わっておられたと伺いました」

「あ……ええと、そうですね、なんかそんな話は聞いたことあります。えー、父がそんな話までしてたんですか」

「藤沢さんにアカデミーのことを質問しているうちに、そういう話になったのです。私は研究者としては挫折した身なのですが、今となってはマネジメント業務のほうが向いていたのだと実感しています。研究者からの転職組で、やはりマネジメント業務が適職だったという藤沢さんとは共感するところが大きかったですね」

父は東京生まれで、もともとは東京で仕事をしていたということは聞いている。研究者だったということも。しかし、そこに挫折や葛藤があったかもしれないということに、夏紀は今まで考えが及んでいなかった。

「父は、母と結婚して……」

ええと、この話、ガイコクの人に通じるだろうか。

「土浦に婿養子に来るためにつくばに転職したって聞いてます」

「そのようなお話も伺いました。藤沢さんは、ハチソン人工重力機関の研究をしておられたとか。夏紀さんは、ハチソン機関の発明についてはご存じですね?」

「あ、は、はい……」

少し緊張が走る。これは月面基地開発物語と一緒で、世界史ではなく現代社会のテストに出る系の話だ。みんながだいたいは知っていて当然と思われている、言わば常識に属することだった。夏紀も教科書程度には知らないわけではないが、細部は知らない。人の名前とか年号とかも、なかなか出てこない。

「えーと、一九八〇年代にジョン・ハチソンという人が作った人工重力装置……で、ですよね、た、確か。カナダの人だったと思いますけど……。原理とかまでは正直、分かんないです」

「ジョン・ハチソンの名と国籍をご存じだとは、素晴らしいです。その通りです。一九七九年、バンクーバーのアマチュア物理学者ジョン・ハチソンは、自分の実験装置の周囲で金属片が飛び回る現象を偶然目にしたことがきっかけで、重力を操作できるハチソン機関を開発したと言われています。偶然そんなものが出来上がるというのが奇妙で、そもそも何の装置を作っていたのかと思いますけどね。

彼の装置が一躍注目を集めたのは、八八年に首都オタワで開かれた新エネルギー技術シンポジウムでした。ハチソン機関のプロトタイプが様々な現象を引き起こし、この時の様子はビデオにも撮影されています。

しかし、彼の装置は安定性を欠き、専門家たちの前での再現実験もあまりうまくいかなかったこともあり、その装置はインチキ扱いになってしまいました。しかしその一方で、アメリカ軍や航空宇宙局から一方的な調査を受けたり、時には装置を破壊されたこともあり、九〇年の末には、ハチソンはカナダのソ連大使館を頼って我が国に亡命しました。

そして九三年、ハチソンはソ連の研究者たちとともにハチソン人工重力機関を完成させています。この年、アメリカに五年の遅れを取って、ソ連でもようやく月面基地開発が始まりましたが、ソ連は最初から基地にハチソン機関を実装しました。

夏紀さんは、月の重力がどのくらいかご存じですか？」

この手の質問は、宇宙オタクというほどでなくても、そこそこの宇宙好きなら秒で即答できないと！

「確か、六分の一くらいだったと思います」

「その通りです。さすがですね」

ちなみに火星の重力は地球の三分の一ほどだ。

「無重力よりは多少はましですが、人体は長期間そうした低重力にさらされると様々な悪影響を受けます。ソ連では、最初から月面基地開発にハチソン機関を組み込んでおり、地球の約八十五パーセントの重力を実現したのです。九四年にはアメリカ航空宇宙局も同様の装置を完成させ、数年後には西側基地でもハチソン機関が用いられるようになりましたが、これはアメリカが、ハチソンがまだカナダにいる頃に行った違法で非人道的な調査で得た成果だと思われます。残念なことです。

残念ながらジョン・ハチソン自身は、レーニン勲章受章直後の九五年に、同僚四名とともに実験中の被曝がもとで亡くなりました。いずれにせよ現在、ハチソン機関は米ソ両方の宇宙ステーションや月面基地に標準装備されています。アメリカの強引なやり方に賛成はできませんが、ハチソン機関が人類全体に平和利用されていることはとても喜ばしいことです」

ああ、そういえば、ちょっと思い出してきた。以前月刊アトランティスに載っていた、ハチソンの亡命はソ連による拉致という説もあるんだっけ。もちろん、今ここでそのネタは持ち出さないけれど。

「夏紀さんはなかなかの科学好きと見ましたが、実験段階では不安定で小規模だったハチソン効果を、人工重力装置にまで大規模化できた理由をご存じですか？」

「えっ……そ、それは……ええと、何て言いましたっけ、ソ連で何か特別な合金を使ったから……だったような気がします」

科学雑誌で読んだ気はする。何て言ったっけ？　それは最初の月着陸船のコールサインとか、火星探査の初代船長の名前と同様、うろ覚え系の話だ。

「ヤコヴレフ合金です」

「あっ！　そうです！　それです！」

うろ覚え系の記憶は、正解を言われるとそれと認識できる。

「ヤコヴレフ合金は、戦後にソ連が開発した最大の発明とも言えるものです」

記憶が芋づる式に引きずり出されてきた。でも月刊アトランティスとかでは、ソ連のスパイ活動の成果で、最初の発明はアメリカの何とか合金だと書かれていた気がする。いやまあ、アトランティスネタだけど……

スラヴァはちらりと微笑みを見せた。夏紀がだいたいどういう方向のことを考えているか分かっている様子だった。

「もっとも、アメリカにとっても、我々ソ連にとっても、ハチソン効果増幅合金は、ルーツは一緒です。それが土浦に関係していることはご存じでしたか？」

「えっ……?!」

それは全然知らない。

スラヴァは一瞬考えるように、視線を窓の外の青空に向けた。大和町商店街の夏紀の家がある一画は、どの建物もせいぜい三階建てで、山水は六階にある。眺望はいい。西のほうに、夕立を予感させるもこもこの雲が見える。

「一九二九年、ドイツから日本に、一機の飛行船が飛び立ちました。超大型飛行船による世界一周の挑戦がなされたのです。そのことはご存じですよね？」

心臓がきゅっと縮みあがった。なぜここで、どうしてここで、ツェッペリンが出てくるのだろう？　しまったと思ったが、もう遅い。必要以上の驚きを態度に出してしまった。

「え、ええと……、確か、グラーフ・ツェッペリン号、ですよね……？」

取り繕うように少しとぼける。でも本当に、なんで、どうして、このタイミングでツェッペリンの話題が出てくるのだろう？　偶然にしては何だか奇妙だ。

「その通りです。そして、ツェッペリン号は着陸操作中の事故で爆発炎上したこともご存じですね？」

「はい……。地元の人はあんまり話題にしたがらないみたいなので、私たちの世代は詳しくは知らないんですけど」

「そうでしたか。痛ましい事故でしたからね。当地の方々にとっても辛い思い出なのでしょう」

「でも、そのハチソン機関に関係した話、気になります」

「それをお話しするには、少しばかりグラーフ・ツェッペリン号のことをおさらいしなければなりません。

グラーフ・ツェッペリン号が建造された当時、ツェッペリン飛行船会社は、一九一七年に亡くなったフェルディナント・フォン・ツェッペリン伯爵の後を継いで、フーゴー・エッケナー博士が率いていました。エッケナー博士はグラーフ・ツェッペリン号運航の総司令でもあり、一九二九年の世界一周計画の際にも、ツェッペリン号に乗り組んでいました。土浦にも来ているのですよ、エッケナー博士も」

　ということは、そのエッケナー博士は土浦で亡くなっているということだ。

「エッケナー博士は、ツェッペリン伯爵の遺志を継ぎ、硬式飛行船の開発とその使用に尽力した人物でした。ドイツ内外のスポンサーを募り、輸送能力の高い大型の飛行船を作り、それを使った郵便事業を発展させたのです。また、エッケナー博士は高潔かつ意志強靭な人物でもありました。ツェッペリン飛行船会社では、第一次世界大戦で手足を失ったような傷痍（しょうい）軍人を積極的に雇用していました。反ユダヤ主義を嫌悪し、グラーフ・ツェッペリン号の時代に急速に支持を伸ばしていったナチスをも嫌悪していました。ヒトラーが政権を取った一九三〇年代以降もナチスに協力しなかったために、会社での公的な立場を追われました。もし彼の血筋がドイツではなく、有名人でもなければ、彼は生命を失っていたでしょう」

　スラヴァは、夏紀に話が沁（し）みこんでいるかどうか確認するかのように、数秒間言葉を切った。

「そのエッケナー博士は、一九二九年の夏、アメリカからのスポンサーシップを獲得することで、グラーフ・ツェッペリン号による世界一周計画の実現にこぎつけました。ちなみに、その年の十月にはアメリカから端を発して世界に及んだ『大恐慌』と呼ばれる経済危機が起こっており、もしグラーフ・ツェッペリン号の計画があと数か月遅かったら、それは実現しなかったでしょう」

でももしそうだったら、土浦でツェッペリンが落ちることはなかったはずだ。

「ところで夏紀さんは、ナチスのアーネンエルベという組織をご存じですか？」

「いえ、知りません」

嘘です。本当は知ってます。月刊アトランティスの読者にはおなじみの名前です。

「そうでしょうね。試験に出るような件ではありませんしね」

というか、アーネンエルベを知ってる女子高生ってどうよ、と思って、自然にリミッターがかかったのだ。

「アーネンエルベというのは、ナチスが、特定の民族の優越性を証明するために設立した公的な学術調査機関です。もっとも、その研究内容はとても『研究』と言えるようなものではなく、現実には似非研究機関でした。人文科学と自然科学の、合計で実に五十一もの部門がありました」

ええ。そのうちの一つにオカルト部門があります。

「正式な設立は一九三五年ですが、考古学や軍事に関する研究は、ナチスが国会にどうにかこうにかわずかばかりの議席を獲得した一政党に過ぎなかった頃、すでに始まっていました」

オカルト部門も、です。

「何故急にこんな話をし始めたのかというと、それがエッケナー博士と大いに関係があるからです。

エッケナー博士は、硬式飛行船の骨組みの材料として、様々な金属を試し、ひそかに社内でも開発を行っていました。その中に、電磁気を受けるといくらか重量が軽くなる金属があったのです。これはもう一部で情報公開が始まっているのでお話ししますが、我が国の外交筋は、一九二九年の春にはその存在を把握していました」

外交筋というか、KGB(カーゲーベー)ですよね。

「ナチスにもそれを嗅ぎつけられていました。博士は開発拠点をアメリカに移そうとしていたようでした。社内の開発拠点を完全に閉鎖し、記録も全て破棄した上で、少量のサンプルだけをアメリカに持ち出すことにしたようです。ツェッペリン飛行船会社はすでに海外との郵便事業を始めていたので、いくらでも外国に送ることができそうに思えますが、実際には、準軍隊組織であるナチス突撃隊に完全にマークされていました。我が国に残っている報告では、ドイツから日本に向けて出発するぎりぎりの時期に、ようやくサンプルが完成し、エッケナー博士自らがそれを所持したそうです。

硬式飛行船は水素入りの気嚢（きのう）で飛ぶものですから、今の航空機よりももっと厳密な重量規制がなされていました。搭乗者たちは体重も計測されていましたし、持ち込む荷物は一人二十キロまで、一グラムたりとも超過を許されないという厳しさでした。乗組員やエッケナー博士本人といえども、もちろんこれらの重量規制に従っていました。エッケナー博士は、誰にも注目されない形で船内に持ち込みました。

夏紀さんなら、六グラムの金属サンプルを目立たない形で持ち歩くとしたら、どうしますか？」

「ええと……硬貨とか？　あとはアクセサリーくらいしか思いつかないです」

「即答で言い当てられましたね」

いや、マンガやアニメの趣味のある人間なら、わりとすぐに考えつきます。

「その通りです。エッケナー博士が左手の小指につけていた、一見伝統的な印章つきの指輪がそれでした」

ソ連はそこまでスパイして知ってたってことですよね。

「サンプルはまだ未完成のものでしたが、グラーフ・ツェッペリン号の爆発に巻き込まれたことで特殊な化学反応が起こり、ヤコヴレフ合金の原型となるものができあがったのです。それをもとにソ連とアメリカが独自に開発したのが、今のハチソン機関を可能にした技術です」

ありゃりゃ。グラム数や指輪の形状まではやけに具体的だったけど、化学反応のところとか、それを入手した経緯とかは急に濁すのね。まあ、都合の悪いこともさぞかしあるでしょうとも。

「ですから私も一度は土浦に来てみたいと思っておりました……それに……」

スラヴァはさんざん大事そうなところを端折(はしょ)ったあげく、何かそれ以上のことを言いたげな目で夏紀を見た。何となく気まずくなり、夏紀は目をそらした。

な、何、この雰囲気……。謎の動揺が走るのとほぼ同時に、天井の蛍光灯がまたたいて消えた。無難なBGMも消えた。数組のまばらな客たちが口々に停電だと言い、紺のワンピースに白いエプロンという制服のウエイトレスたちも、仕事の笑みから素の驚きを見せた。

うわっ。またやってしまったか。夏紀は反射的に思った。相変わらず機械に嫌われている。でも自分じゃコントロールできないんだよね……。夏紀がそう思って少し縮こまるのとほぼ同時に、また蛍光灯がつき、無難なムード音楽が流れ始めた。

あんまり見ないで欲しい。夏紀は、終わった停電の様子をまだ気にしてあたりを見回し、スラヴァの視線を避けた。まるで、彼が夏紀の機械との相性の悪さを見抜いているかのようだ。

いや、何というか、周りにいる人みんなが夏紀のことに気づいているような気さえしてしまう。そういうのを被害妄想というのかもしれないが、どうしても。

それからスラヴァは、急に話を切り上げると、あと七分で特急が着くからと言って夏紀と別れて駅に向かった。何か不自然な気がして、夏紀は家に帰ってから常磐線の時刻表を確認した。何が不自然なのかはその時にやっと分かった。話が長すぎたのだ。特急は二人が話している間に一本取り逃がしている。もしチトフ博士が特急に乗って土浦に来るのだとしたら、その一本もチェックしなければならないはずだ。

まるで夏紀と話をすることが目的であったかのような……いやどうだろう、夏紀と話をしているところを誰かに目撃させるとか、何か他の目的があったような気がしてならなかった。実はスラヴァさんはＫＧＢのスパイとかで、命を狙われてるとか？　私と一緒にいればその間は命を狙われな……いや、だとしたらなんで一人で駅に行ったのかって話になるか。

「何か」があったのだ。何か、夏紀の知らない何かが。

昼ごはんに遅れたので母には文句を言われたが、帰りがけに友達と話しこんでいたことにして何とか乗り切った。話しこんでいたのは事実だし、友達というのはちょっとおかしいかもしれないが、いや、世界は一家、人類はみな兄弟姉妹だ。スラヴァさんも、ものすごーく広義の友達だ。

スラヴァさんでさえ友達なら、だったら、グレース先生はどうだろう？　友達どころか、もっともっともっと近い何かだ。

そう思うと、その夜は目がさえてなかなか眠れない……かと思ったが、夏紀はあっさりと眠ってしまった。むしろ、夕方から抗(あらが)いがたい眠気に襲われていた。

もう三十日を超えた。周期からいっても、生理が近いのだろう。

8　登志夫のメタバース

連休明けの火曜日。林田梨華は軽く驚いた顔を見せ、登志夫と、登志夫から差し出されたUSBメモリを交互に見た。

登志夫はそれを寄木のテーブルの上に置いた。どうということもない、ただの四角く黒いUSBメモリだが、イタリア製らしいテーブルの上では、どことなく高級品のように見える。梨華はオフホワイトのブラウスを着て、車椅子の足元までを覆う冷房対策用の膝掛けも白っぽい色なので、この部屋では花嫁のようにも見えた。

「ドット絵かあ」

「ドット絵?」

「はい。正確に言うと、数字を使った絵です」

「AA（アスキーアート）のちょっと豪華版みたいなやつね。文字を素材として使って『モナ・リザ』を描くような」

　梨華は即座に意味を理解したようだ。

「そうです。それで、いろいろ試してみたのですが、先週いただいたデータをタテ1500、ヨコ1500で配置した場合、少し意味のありそうな形が認識できました」

「って、データ渡したの、紙だよね？　それ全部パソコンに手打ちし直したの？　OCR？」

「スキャンする機材を持っていないので手打ちです。二万字程度しかありませんでしたから、時間だけはかかりましたが、特に問題はありませんでした」

「って、土日も祝日も、誰かしらセンターにいるんだし、言ってくれればデータ送ったのに……」

　そう言われてみれば、そうかもしれない。しかし、昨日はそれには気がつかなかった。むしろ、自分の思いつきに夢中になっていて、センターのことさえすっかり忘れていたのだった。

　梨華は登志夫のUSBメモリを一台のラップトップに差し込むと、いちおうウイルスチェックをかけ、それからデータを読み出した。

「あー、確かに、鼻の頭と……うーん、そう思って見れば耳のあたりに見えるかな」

「そうなんです。写真を帯状に切り出した状態だと思うんです」

「だよね。じゃ、例のデータをちょっといじってみるか」

ラップトップのまわりに、直樹と数人の研究員たちが集まってきた。処理はごく簡単なものなので、結果はエンターキーを押すのとほぼ同時に画面上に現れた。

皆からおおという声が漏れる。

登志夫の心臓が一つ大きくどきりと打つ。

「ほんとだ。女の子の顔だよね、これ」

その通りだった。まだ十代と思われる、ショートボブの女の子の顔だった。

「すごい」

「まじかー」

「こんな単純な話だったとは」

「でもよく気がつきましたね」

「すごいよ」

みなが口々に感想を述べた。褒められるのは苦手だ。何か不当に利益を得ているような、申し訳ない気持ちになってしまう。

「ただ、その、たまたま昔のゲームのキャラクターの絵を目にする機会があって、その色つきドットで出来た絵を見ていて思いついただけです」

「そういや昔のマリオもＦＦも、みんなドット絵だったよね」

「私くらいおばさんになると、実際、ドット絵のＦＦやったことありますよ」

「懐(なつ)！　超懐(ちょうなつ)！」

　また口々に感想を述べあいながら、皆が改めて画面を覗きこむ。

「でもこれ、誰？」

　直樹が、言っても仕方のない疑問を口にする。

　ナツキだ。

　登志夫は、絵が表示された次の瞬間にはそう思っていた。

　これはナツキだ。間違いなくナツキだ。子供の頃のではなく、おそらく「今」の。登志夫と同世代だとすると、高校生だろうか。鼓動が早くなり、血圧が上がるのを感じる。普段から感情があまり表に出ないことが幸いした。誰にもこの動揺は気づかれていないだろうと思われる。

　簡略化した写真にも見えるし、最初から絵として描かれたものにも見える。「普通の」女の子だ。女の子の普通がよく分かっていない登志夫が偉そうに言えることではないが、ぱっと見、「普通」という印象を与える。

「それに、誰なのかはともかく、なんでこの絵がノイズとしてはさまってきたのかって話よね」

梨華はデータを読みこませたUSBメモリを登志夫に返し、画像をプリントアウトすると、また改めてしげしげとそれを眺めた。縮小してプリントアウトすると、ますますはっきりと顔の特徴が分かった。沈黙が訪れる。

「これって絵だと思う？　写真？」

「アバターじゃないの？」

直樹が応えた。

「メタバースにいるやつみたいな」

メタバースのアバター。正確に言えばメタヴァースのアヴァターと言うべきなのだろうが、いちいち慣用表記に逆らって意識高い系と笑われたくはない。インターネット内の三次元空間。利用者は、アバターと呼ばれる3Dキャラクターを自分の分身として用いる。PCやスマートフォンのモニタで2D画面として見ることもできるが、3Dゴーグルと手に付けるタッチコントローラを使えば、多少なりとも現実に近い立体空間を体感することができる。

SF作品の中では、まさに現実と見紛うばかりのリアルな世界で、触覚をも兼ね備えた3Dアバターが動き回ったりするが、今のところそこまでの技術は存在しない。しかし、何百人もが同時にプレイできるゲームや、個々のユーザーが独自の空間を作り上げるサービスがあり、有名アーティストがメタバースの中でコンサートを行うなどのイベントも増えてきている。メタバースに対する投資もかなり盛んであり、今後、開発が爆発的に進むことも考えられる。

「アバターねえ。なるほど。MMOのキャラ感はないか。でも、アバターにしても、目の大きさとか、顔のラインとか、ものすごく現実的じゃない？　アバターはもうちょっとこう、何て言うか、美化した感じにするじゃない？　ここまでフツーな感じのアバター、わざわざ作るかな？」

梨華がプリントアウトをつつきながら直樹に言った。

「まあねえ。欧米じゃ現実の自分に近いアバターを作る人のほうが多くて、日本じゃ自分と違うキャラ化したアバターを作る人が多いとはいうけど、逆に、こういうリアルっぽい女子高生を使うおっさんとか、実は結構いそうな気もするけどね」

「中身おっさんの女子高生キャラハッカーが、自分のアバターのデータを量子コンピュータに送りつけてきた、とか？　……うーん、なんか変な感じだけど、一種のハッキング能力のデモンストレーションとしては、無くはないか」

「もしそうなら、このアバターをメタバースで捕まえたら、犯人にたどり着くってことですか？」

誰かがそう言うと、また沈黙が訪れた。

「今、クローズド・メタバースのサービスって、何件くらいあるんだっけ？」

梨華がそう訊ねると、直樹が少し考えこんだ。

クローズド・メタバースというのは、ある会社が提供しているサービスの中で完結しているメタバースだ。A社のメタバースとB社のメタバースは連携していないので、利用者は、メタバースAではメタバースAのアバターを、メタバースBではメタバースBのアバターを使い、それぞれのメタバースの中でしか活動できない。これに対し、今はまだ存在しないオープン・メタバースは、複数の運営母体のメタバースが連携していて、利用者は一つのアバターでどこのメタバースにも出入りできる。インターネットのようなものだ。

クローズド・メタバースの場合、例えばサービスを提供するA社が破綻したり、サーバなどのハードウェアが何らかの形で破壊されたりすれば、そのメタバースAも消滅するが、オープン・メタバースが実現すれば、運営母体各社の栄枯盛衰によって行ける場所や受けられるサービスは変化するかもしれないが、メタバース自体は消滅しない。

「どうだろう。日本国内では四、五十くらいじゃなかったっけ？　世界レベルになると…
…どのくらいあるのやら」

直樹の答えに梨華がうなずく。

「フォートナイトとか、利用者は何千万人もいるよね。もちろん複数のメタバースに登録してる利用者が多いだろうし、何らかのメタバースにアバターを持っている人の延べ人数って、確か正確な統計ってないよね？　あったとしても日々変わってるだろうし。何にしても、その中から一体だけ探すのって、さすがに無理じゃないかな？」

「これがアバターだとすると、いかにもキャラっぽい出来合いのパーツの組み合わせじゃなくて、オリジナルのデザインじゃないかな。そんなことできる人は、少なくとも多数派ではないと思うけど」

「でも全世界のアバター自体が億の単位だと思うよ。フレンド同士なら待ち合わせも可能だけど、どのメタバースにいるのかも分からないアバター一体だけピックアップするのは、さすがにねえ。そもそもアバターかっていうのも仮説にすぎないしなあ」

「何もかも雲を摑むようなってやつか。クラウドなだけに」

梨華と直樹は同時にため息をついた。

「もし、それぞれのクローズド・メタバースがつながっててオープン・メタバースだったら、少しは探しやすくなるでしょうか？」

一人の研究員がそう言うと、梨華はスーパーで買い物に迷うおばさんのように、右手を頬に当てた。

「もしオープン・メタバースだったら、複数のアバターを持ってる人も減るだろうし、あちこちにいちいちアバター作ったりログインし直したりしなくて済む分、理論上探しやすくはなるだろうけど、あくまでも理論上ね。逆に、一つのオープン・メタバースに億のオーダーでアバターがいるとなると、ぜんぜん探しやすくなる気はしないけどね」

「それだったら逆に、小さい世界に少数のアバターがいる方が探しやすいかもしれませんね」

直樹が誰かの問いに少し茶化すように応えると、皆がてんでに喋りはじめた。

「クローズド・メタバースを複数ハッキングして、自分だけオープン・メタバースみたいに動けたらラクだけどさ」

「てか、これがSFだったら、実はもうオープン・メタバースが自然発生的に出来上がっちゃってて、インターネット上にもう一つの『世界』があったりするかもですね」

「あー、コンピュータの内部世界とかのやつね。映画の『トロン』みたいな」

「『トロン』！　懐(なつ)！　てか古いよ！」

「あるいは誰かの頭の中にメタバースがつながってるとか」

「『マトリックス』みたいな？」

「ちょっと、いや、だいぶ違う」

「それも映画ですか？　私、そういう古い映画、知らないんですけど……」

「ごめんなー、おっさんおばはんの昔話で」

「あの、もしかしたら、の話なんですが……」

登志夫はおずおずと皆の話に割って入った。このタイミングでよかっただろうか。

全員が登志夫を見る。登志夫の中で、緊張が高まる。

「情報というのは、それが行き来すれば、必ず情報の痕跡が残ります」

誰かが、えっ、何の話？　とつぶやく。やはり話し時を間違ったかもしれない。でももう止められない。

「その画像が、アバターであるにしろある種のAAであるにしろ、それがここに来たということは、それ相応の『経路』というものがあるはずです。そこには必ず、何らかの形で痕跡が残っているはずです。もちろん、犯罪現場の足跡みたいにはっきりしたものではないですが、何らかの、ごくわずかな痕跡です」

誰かが、犯罪現場にもそういつもいつも明確な足跡が残ってるわけじゃないと思うけどとつぶやく。

「そのごくわずかな痕跡を辿ってゆくんです。いわば逆(リバース)エンジニアリングの一種です。ネットには、もう削除されてしまった書き込みや、機械の問題で消えてしまった情報、廃止されたサーバ、理由もよく分からないまま消えてしまったいろいろなものが、人間にも機械にも把握しきれないほどたくさんありますよね。ある、というか、かつてあった、というか。だけどそれらはみんな、ただ消えてしまったわけじゃなくて、どこかにわずかな痕跡を残しているものです。サーバの交換には、その交換の過程で情報をやりとりした痕跡が、書き込みを削除しても、どこかにそれのコピーや、それに対する反応、その反応に対する反応、それを読んだり見聞きした人に無意識的に残る影響と、その影響のもとに書きこまれた情報……いわば、もやもやした、漠然とした、ゆるいビッグデータのようなものと言えるでしょう。

僕たちの日常生活にも、そういうことはありますよね？　例えばその、棚の上から、置きっぱなしのお土産の置物をどかした後、台座の形に埃(ほこり)が積もっていないところができるみたいな……。その跡にぴったりの置物は限られてきますし、その家の中に存在するものも限られてきます。そこに置けるものも限られてくる。そうやって詰めていくと、唯一無二の情報が浮かび上がってきます。街の中に残った、埋め立てられた川の欄干(らんかん)だった石や、歩道のタイルを工事で動かした後に敷き直した時の痕跡や、取り壊された建物の陰になっていた木の年輪とか、そういうものがひっそりと残っているみたいなのとか。そういうものをたどってゆくと、埋もれてしまったのがどういうようなものだったのか、少しは分かったりしますよね」

沈黙。

「ああ、なるほど。そういう漠然とした情報はカサンドラとヘレノスと亀くんを総動員すれば、けっこうたどれるかも」

梨華がその沈黙を破った。

「一昨日からうちの双子はネットとつなげてないんだよね。利用者がいないから、やろうと思えばいつでもできるよ」

再び沈黙があった。この沈黙はどういう意味なのだろう?

「まあ後は、誰がやるのかっちゅう話ね」

直樹が誰に言うともなく、いや多分、登志夫に説明するために言った。

「僕が行きます」

登志夫はそう言ってしまってから決意した。

何にしても、他の誰かに行かせたくない。

もしかしたら、ナツキを見つけられるかもしれないのだ。

「僕はフォートナイトとプロムナードにアバターを持ってますし、VRコントローラもゲーミングキーボードも扱いにもそれなりに慣れています。チーム行動はしたことはないですが……。単独だとけっこうランク戦で高いところまで行ったことがあります。実を言うと、勝手にオープン・メタバース化のコードも考えているんです。僕のPCではスペックが足りないので実行したことはないのですが」

一気にまくし立てた。他の誰にも行かせたくない。

他の誰にも行かせたくない。

誰にも。

「でも、う～ん、どうだろう？　メタバースで動くだけじゃなくて、コンピュータを操作しながらってことでしょ？　作業としては、なかなかにマルチタスクな気がするけど……」

梨華が言いにくそうにしながらも言った。分かっている。登志夫のような特性の人間に、マルチタスクが務まるのかという疑問だ。

「いえ、それ自体が一つの作業なので大丈夫です。これをやりながら誰かと話すとかだと無理だと思いますが」

皆が互いに顔を見合わせた。梨華はまた買い物おばさんのポーズをして、こくりとうなずいた。

「分かった。まあ確かに、こういうのは若い子のほうがいろんな意味で、いいかもしれない。ただ……」

梨華は少し言い淀んだ。

「いきなり今すぐってわけにも、その、どうかと。法的にもやばいところを行きそうだし。ちょっと一日、相談させて」

「僕とですか？　何を相談すればいいですか？　教えてください」

「いやいや、そうじゃなくて、こっちで」

梨華は軽く両手を広げて、センターのスタッフたちを漠然と指し示した。

「で、ゴーグルは？　持ってきてる？」

直樹がなぜか少し嬉しそうに訊ねてきた。

「いいえ。東京に置いてきてしまいました。いずれにしても、そんなに高価なものでもないので、たいした性能はないです」

「分かった。じゃ、僕の使って。けっこうガチなやつだから。明日持ってくる」

一通り意見が募られたが、他の誰も反対や疑問を口にしなかった。

そうだ、それでいい。

他の誰にも行かせたくない。

ナッキに会いたかった。

何がどうなるのか、まだまったく見当もつかなかったが、このうっすらとした細い小道をたどって行けば、きっとナッキに会える。

きっと。いや、必ず。

＊

グラーフ・ツェッペリン号の目撃談は、確かにネット上で複数存在した。どれもが特に落ちのない話で、横腹に描かれたグラーフ・ツェッペリンの文字を見分けていない、それが飛行船ということに気づいていない目撃談も、登志夫の検索にかかってこないだけで、おそらくいくつもあるのだろう。一つ一つの話のどれも、特に結末らしい結末もない漫然としたもので、その特に目的も落ちもないさまが、作り話ではない生々しさを感じさせた。

そして登志夫の記憶力がある事実を導き出した。ツェッペリンが目撃された日付と、世界規模で震源が不明の比較的大きな地震や、太陽が原因かどうかさえ把握されていない磁気嵐様（よう）の現象、あるいは原因不明の大規模通信障害が起こった日付が一致しているのだった。まるで両者が関連しているかのように、だ……

登志夫はそこまで考え、いったんそれを棚上げにした。まずはメタバースにナツキの手がかりがあるのかどうかを確かめなければならない。

＊

登志夫がテレンス・タオの事例を知ったのは、中学に入学してからだった。テレンス・タオ、そう、中国系オーストラリア人の数学者で、十三歳の史上最年少で数学オリンピックの金メダルを取り、二十四歳の時にカリフォルニア大学ロサンゼルス校の正教授に就任し、三十一歳でフィールズ賞を受賞した、天才の中の天才だ。グリーン＝タオの定理、弱いゴールドバッハ予想、王立協会ロイヤル・メダル、クレイ研究賞、等々。四十代半ばで、彼の業績と賞のリストは長大だ。そのタオは九歳で大学の数学の授業を受け始めたが、両親はそれ以外の科目では、彼を「普通の」学年のクラスに通わせたという。結果としてタオは、数学では神童でありながら、「普通の」社会生活が送れ、同学年の子供たちの中で孤立しなかった。

登志夫はもちろん、自分がタオと比べられるほどの天才ではないことを、知りすぎるほどよく知っている。そうでありながら、同年代の少年少女と、屈託なく笑い合うこともできていない。大学の教官や仲間たちは分け隔てなく接してくれているが、彼らの中にいて、自分ばかりが幼い、経験が足りていない人間だということも感じている。そう、感じている。自分はどちらかというと鈍感な人間だが、こういうことばかりはしっかりと「感じている」のだから、始末におえない。

二十歳過ぎればただの人。この言葉は、陰でも、面と向かってふざけ半分にも、さんざん言われてきた。二十歳まであと三年。もう何も感じない。

いつだったか、教授の研究室で、物理学科出身で純文学の作家になったという若い男と会ったことがある。彼はこう言うのだった。「みんなは『優れたもの』なんか求めていない。みんなが求めているのは、読みやすくて分かりやすいものだ。分かりやすいストーリーの中で、自分の普段の考えの中で理解できる範囲の登場人物たちが分かりやすく行動してくれて、そしてところどころに分かりやすい警句めいたものがちりばめられていれば、それでいいのだ」と。

登志夫はその男に嫌悪感を持った。傲慢だからではない。彼が言ったことが事実かどうかも分からない。何しろ登志夫は、小説を読まないからだ。そうではなく、その言葉が登志夫自身のコンプレックスを浮き彫りにしたからだ。僕は、みんなに理解できないほどの

「優れたもの」ではない。しかし同時に、みんなが求めるような何かでもない。

登志夫は自分が何になりたいのか、何になればいいのか、いまだによく分からない。一つだけ分かっているのは、「役に立つ」人間になりたいということだ。これはあまり主張し過ぎると、では「役に立たない」人間は存在してはいけないのか、という議論にもなりかねないので、誰かとこの件を突き詰めて話したことはない。ただ、進学の時にも、進級の時にも、自分になにがしかの能力があるのなら、それを社会の役に立てられるよう努力したいという、とても優等生的な受け答えをしてきた。

役に立つって、何をどうするのか。今のところ、光量子コンピュータのジャンルに貢献できればと思っている。そこまでの能力がなかったら？　自分が死ぬことで世界を救えるとしたら、自分の命を差し出すだろう。そんな中二病のようなことも考える。

「ちょっとかぶってみて。パッドは新しいのと取り換えた」

直樹はそう言いながら、見慣れないロゴの入った白いVRゴーグルを差し出してきた。水曜日。直樹はゴーグルとお揃いのロゴの入った白いTシャツを着ている。

「おー、いいね。俺よりフィットするくらいか。これさあ、ヨーロッパ規格なんだけど、俺みたいな大頭にはちと厳しいのよね。登志夫くん、ほんと小顔だよなあ」

どう答えたらいいのか分からないので、黙ってストラップを調節する。確かにゴーグルはよくフィットした。目の周りを覆うパッドも、登志夫が持っている安物とは比べ物にならないほど上質で、当たりが柔らかい。

画面は、人気のメタバース・プラットホームの「クラスター」内の、ルームと呼ばれる、自分のアバターだけの場所だった。直樹のアバターは、クリーム色のワンピースを着た女の子だった。

画質はものすごくいい。そして、ゴーグルはとても軽かった。

「これどこのメーカーですか？」

「スイスの新興メーカーだよ。まだ知ってる人はほとんどいないと思う」

「あっ、ちょっと待ってください。何してるんですか？」

登志夫の見えないところで、左手に何かが被せられる感触があった。

「あーこれ、タッチコントローラだよ。グローブ型だけど」

「こんなの初めてです。すごいですね」

「すごいんだよ。福沢先生十四人とさようならしたよ」

それはすごい値段だ。

登志夫は両腕をのばし、コントローラを設定した。

「このグローブはさ、さすがにまだメタバースでの触感を感知したりしないけど、って、グローブの性能の問題じゃなくて、まだメタバースがそこまで進化してないってだけの話ね。こうやって」

直樹は登志夫の両手を取って、胃あたりの位置で揃えさせた。

「ポジションをキメると、キーボードとして機能する。設定するから、自分の一番よさげな位置で止まって」

登志夫は言われた通りに手のポジションを決めると、指先がキーボードに触れたような感触が生じ、ゴーグルの中の映像の手元にキーボードが現れた。メタバース会議で手元のキーボードを表示させる時よりも使いやすいのは一瞬で分かった。

「キーボードの映像を消してタッチタイピングにもできるよ」

「タッチタイピングのほうがいいかもしれません」

直樹に言われた通りに操作すると、キーボードの映像は消すことができた。その他、いろいろな設定をする。

「まず、僕の『プロムナード』でのアバターで入ります。あの画像がメタバースのアバターということ自体まだ仮説なので、メタバース以外のネットでも痕跡を探します」

登志夫はプロムナードと呼ばれるメタバース・プラットホームに入ると、自分のアバターを呼び出した。白シャツに濃いインディゴのデニムという、普段の自分と同じ格好をした、特に特徴のない青年のアバターだ。

「結局はね」例の純文学作家はこうも言っていた。「棲み分けるしかないんだよ。見る目のある者と、そうでない者とで。昔のアメリカの白人専用公園みたいな。そう言って悪ければ、『ゾーニング』だよ。大衆だって、ごく少数の見る目のある者たちに見下されなくて済む」

嫌な気持ちだ。実に嫌な気持ちだ。

その作家先生も、コンビニでアルバイトをしながら生活をしていると、後になって教授がこっそりと教えてくれたが。

そんなことで内心溜飲を下げた自分も嫌だった。

なぜいちいちそんなこと思い出す？

「どうした？」

直樹に訊ねられ、登志夫はどきりとした。

「緊張してる？」

「えっと……ええ、まあ……」

「あ、そうだ、ＢＧＭとか要る？　僕はエレポップ系のものとかよく聴いてるけど。タンジェリン・ドリームとか、ジャン＝ミシェル・ジャールとか」

「ええと……」

「まあいいや。ま、何にしても、しょせんヴァーチャルなんだしさ、しんどいと思ったらゴーグル取っちゃえばいいだけだし。気楽にいこ」

「はい」

「何か他にも言いたいことがありそうだけど、遠慮しないで言って」

「ええと、その……できれば、僕一人にしてくれませんか？　なんか、まわりに人がいると、何だか……」

「分かった。私が機を織っている間は、この障子を開けてはいけませんってやつね。分かる。ゴーグルとタッチコントローラで動いてる人を外から見ると、なんか間抜けに見えちゃうしな」

直樹がそう言うと、皆が部屋から出て行き、ドアが閉まる音がした。

登志夫は一度だけゴーグルを外し、本当に誰もいないことを確認して、もう一度ゴーグルをきちんと装着し直した。

プロムナードの入り口はギャラリーと呼ばれる、真ん中の円形の広場とそこから四方に通じる通路でできていた。広場は恐ろしく広いようにも見えるが、それはメタバースの画像にありがちなおかしなパースがついているからかもしれない。印象としては、野球場の内野よりいくらか狭いくらいだろうか（野球などしない自分のたとえは説得力も何もないが）。

薄い抹茶色をした床に、十二本の暗い朱色の円柱が立ち並び、天井の高いビルの三階分くらいの吹き抜けになっている。円柱の柱頭飾りの上にドームがあり、アラベスク模様の、あれは何と呼べばいいのだろうか、透かし格子というのか、とにかく、繊細なアラベスク模様を透かして青空が見えている。現実には（まだ）こんなドームは作れないだろう。あんな華奢（きゃしゃ）なアラベスクで天井の重さを支えられるわけがない。しかしそれができてしまう。それがメタバースだ。ウェルカム・トゥ・ザ・マシーン。これは誰の曲だったか。

円柱の間の壁は濃いめの象牙色で、少しだけ濃淡がついている。造りは洋風だが、床や壁の色合いも、空の色も、何となく和風だった。十二本の柱の間は、四つは通路のために開けられ、残りの八つのうち何枚かには、近いうちに行われる大掛かりなライブイベントの予告が掲げられている。登志夫の目は思わずそれらに引きつけられる。が、興味の持てそうなものは（幸い今のところは）なかった。

ここに来るといつも、ちょっと何か甘いような、カラメルかカスタードか、何かそんな匂いがする気がしてしまう。もちろん、今時のメタバースにそんな機能はない。自分の感覚がおかしいのだ。おかしいと言って悪ければ……いや、いい、今はそんなことを考えている場合ではない。

広場にはところどころに白いベンチのようなものがあり、中央には「プロムナード」のロゴを立体化した彫刻がそびえ立っている。少し邪魔な気もするが、これがないと広間の見た目が間抜けなのも事実だった。そこかしこに、様々な姿のアバターがいた。当然かもしれないが、誰もがなりたがるような、美しくかわいい容姿の、足の長い美男美女が多い。有料のオプションなのだろう、凝った衣装のアバターもいる。

登志夫はヴァーチャル・キーボードを操作して、パソコンの画面を左上にオーバーレイさせた。ごく軽くハッキングをして、「プロムナード」のデータを集積してゆく。「フォートナイト」から入らなかったのは言うまでもなく正解だ。あっちのほうがコードがややこしい。

登志夫は四方に伸びる通路を見渡し、コードを見渡した。通路はどれもかなり長かったが、無限ではない。両側に十いくつもの扉のない入り口があり、それぞれが「今オススメのアトリエ」に通じている。それぞれのアトリエの中で展開されているのはNFTアートであったり、CGのパフォーマンスであったり、自分で作った音楽や、ボーカロイドの超絶技巧だ。この通路でお勧めされるのはよほどの人気アーティストか、何らかの理由で瞬間的に人気が出た誰か——往々にして一発屋——か、運よくランダムで選ばれた寵児だ。

この通路を経なくても、「プロムナード」の「散策する」の機能を使って一覧から気になった アトリエに次から次へと飛び移ってゆくこともできる。

登志夫は一本の通路を選び、そちらに向かって歩き始めようとした。が、その一瞬前、まるで登志夫の動きを予想していたかのように、猫耳の少女が立ち止まって話しかけてきた。

「こんにちは！」

明るくまろやかな、アニメーションのような声。ここまできれいな声の持ち主は、本職の声優くらいだろう。あるいはアプリで変換された声だけだ。

「お散歩ですか？　よかったら、私と一緒に散策しませんか？」

登志夫が、戦わないメタバースを苦手としている最大の理由がこれだった。メタバースの中では、パフォーマンスをしない登志夫は、特に目的があって行動するということはない。特定のアーティストのVRライヴを見に行くというようなことでもない限り、目的など無いのが普通だ。ただ何となくそれぞれのアトリエを渡りあるくだけという利用者も多い。が、中にはこうして、お友達を作りに来ている人がいる。登志夫はログインするたびに誰かから話しかけられるので、ただゆっくり「プロムナード」を見て歩くことがあまりできていない。

「ええと、僕は……」

ほっといて欲しい。その一言だ。

「僕は……」

いや、ほっといて欲しいなら何も言わずに通り過ぎればそれでいい。相手も無視されればそうと分かって去ってゆく。しかし、きっととても気分を害しているだろうとか、失礼なことをしてしまっているのではないかと考えると、無視はとてもしづらい。何かいい言い訳もオフライン時にいろいろ考えたが、いつもとっさには出てこなかった。研究室の仲間たちは、そんなのはまったく気にしなくていいと言うが、登志夫にはどうしても判断がつかないのだった。

「僕は……」

口ごもっていると、猫耳の少女はくるりと向きを変えて去って行ってしまった。はっきり言って放っておいてくれてありがたい限りなのだが、まともな会話もせずに放り捨てられると、今度は登志夫が傷ついたような気持ちになる。失礼なことを先にしたのは自分かもしれないのに、だ。

ある助教は、こうした散策型のメタバース・プラットホームにいる時は、常に走っているると言っていた。走ってさえいれば誰にも話しかけられないよ、と。そもそも、メタバースにいて話しかけられたことなどないという者も多い。

登志夫のアバターがそれほど魅力的かというと、そんなことはないはずだ。「プロナード」での登志夫は、ただの、無料利用者が使えるパーツで出来た、平々凡々たるヒトガタに過ぎない。が、男の子のアバターで入れば女の子のアバターに、女の子のアバターで入れば男の子のアバターに話しかけられ、ロボットや動物になれば奇妙なクリーチャーたちに話しかけられてしまう。繰り返すが、登志夫のアバターにこれといって魅力的なところはない。購入したパーツは一つもなく、ただ無料利用者が利用できる最低限のものにすぎない。話しかけてくる方と同じようなパーツを使っているただのその他大勢の一人なのに、なぜわざわざ話しかけてくるのだろう？　不思議でならない。

登志夫は声をかけられるたびに、口ごもっているうちに相手に無視されることを繰り返していた。そう、ただ割り切ってこちらも無視すればいいだけなのだが、本当にそれでいいのかどうか、その加減が分からない。

登志夫はとりあえず通路の一本に向かって歩きながら、データを集積してゆく。

今まで考えるだけは考えてきたが、ハッキングに倫理的抵抗感があってやっていなかったあるプログラムを試すことにした。抵抗感があったこと自体が、今は不思議な気がする。そもそも、ダメだと言われているからダメだと思っているというだけの話で、自分には倫理観などというものは本当はないのかもしれない。

ナツキに会いたい。

ただそれだけだ。

そのためなら何でもする。

登志夫は用意していた透明人間モードのプログラムを走らせた。一瞬前、また別な女性のアバターがコーヒーカップを二つ持って、片方を登志夫に差し出しながら話しかけてきたが、登志夫のアバターが透明人間化するほうが一瞬早かった。彼女（その向こうにいるのが本当に女性かどうかは別）からしたら、登志夫はログアウトしたか、自分のスペースに引っ込んでしまったか、何にしても、「ここにはいない」ことになった。

女性のアバターはコーヒーカップを二つ持ったまま遠ざかっていった。

うまく機能した。都合の良いことに、その女性のおかげでプログラムが機能していることが分かった。

登志夫は誰にも邪魔されることなく、通路の一つに向かった。

通路の両側には、わざと狭めに設定されているらしいアーチ状の入り口がいくつも並んでいる。それを覗きこむようにして中を見ると、そこには今お薦めのアトリエになっている。ほとんどが自作の静止画のアートを並べているが、動く作品や、ショートフィルム、ボーカロイド作品を展示している作者もいる。NFTアートは購入することもできる。多いのは、液晶タブレットで描かれた萌え絵の少女たち、アニメーション的な動物、技巧を誇示した絵画ふうのものだ。わざと稚拙に描かれたドット絵や、ヘタウマを目指したイラスト（果たしてヘタウマは目指して達成できるものなのかどうか）、写真を加工したものもよく見かける。子供のクリエイターのたどたどしい絵が何万円もの値段で買われてゆくこともあるというが、少なくとも登志夫が今までに散策した限りでは、購入したいと思うほどの作品を作る人はそう多くはない。もっとも、登志夫の見る目の問題はあるだろうが。

登志夫はさらにコードをいじった。ここからは大型コンピュータ亀くんにも活躍してもらわなければならない。登志夫は透明人間のまま、いくつものメタバースにアクセスした。白亜のロビー、戦闘の行われる島の上空、色とりどりのブロックが積み上げられた場所、交差点、照明が煌めく暗闇の舞台、のどかな牧草地……さまざまなものが重なり、重なり、重なり合って、登志夫がいるところはやがて、漠とした紫がかった無限の白い空間になる。

ナツキを探さなくては。

ナツキに会いたい。

ナツキに会いたい。

ただそれだけだ。

ネットにかすかに残るあの画像の痕跡があった。熱い砂の中から細い糸を探り出し、それをたどってゆくイメージだ。糸は細く、切れやすい。それを切らないように、傷めないように、たぐってゆく。こっちだよ、とカサンドラが告げた気がした。こっちだ、とヘレノスも。それが「どっち」なのかも分からないまま、登志夫はかすかな痕跡の、さらにかすかな痕跡を探り出し、たどってゆく。それこそが「こっち」なのだ。それがどこであるにしても。その先にナツキがいるという直感。

足元にはもう地面らしきものは何もない。ふわり、あるいは、ふらりと漂ってゆくばかりだ。空間には、無数のアバターたちが浮いている。上下左右、ありとあらゆるところに。その彼方に、何となく、ナツキの姿かたちのようなものが漠然と感じられるのだ。

何かいい匂いがする。青みのあるような、花のような、さわやかでいて、何かとてつもなく切ない、懐かしいような、どこかで嗅いだような、思い出せない。

やがて空間は、アバターだけではなく、ありとあらゆるもので満たされていることに気がついた。いつの間にそうなったのかは分からない。いや、最初からそうだったのだろうか。馬、けん玉、巡洋艦みょうこう、諸葛孔明、グレープフルーツジュース、スマートフォン、アルデバラン、テトラポッド、シーズー、ジェーン・オースティン、鰹節、ターディス、新聞紙、クッキー缶、ブラジャー、硝酸アンモニウム、テディベア、子泣き爺、ペルー国旗、名前の分からない金属の器具、タガログ語のマニュアル、ジャンベ、ガチャガチャのカプセル、絵筆、サーフボード、毛皮の帽子、恐竜の歯、ピストバイク、兎、何かの干物、花札、ターコイズ、飛行船。

飛行船。

そう、飛行船だ。横腹に書かれている名称や船体番号までは見えないが、あの形は間違いなくLZ－127、グラーフ・ツェッペリン号だ。

登志夫はその方向に向かった。間違いない、こっちにナツキがいるはず。

ツェッペリンはゆっくりと、しかし登志夫にはなかなか追いつけない速度で飛んでいる。登志夫は必死にその後を追った。三人がけのソファをよけ、今話題の芸能人たちをよけ、雪玉をよけて、見失わないよう、ツェッペリンの後を追った。どのくらいの時間そうしていただろう、自分が追っているのか、ツェッペリンに引っ張られているのか、どちらなのだろう。ツェッペリンはまだ遠くにあるが、それでも、手を伸ばせば届くような気がして、登志夫は両手を思いきりその船尾の方へ伸ばす。もちろん、届くはずもない。

ツェッペリンの窓から、何かが落ちた。それはひらりひらりと舞いながら、登志夫の方にやってくる。

手紙だ。登志夫は直感した。ツェッペリンは郵便船でもある。手紙を運んでいても何の不思議もない。

あれを捕まえなければ。

手紙は頼りなくふわふわと漂っていたが、やがて登志夫のもとに近づいてきた。必死に手を伸ばして摑もうとする。幾度か失敗したが、登志夫の左手に触れ、その手の中に納まった。

それは不思議な感触の、さらさらとした薄い紙だった。広げたとたん、その紙は風をはらみ、舞い上がるのを押さえなければならなかった。

トシオへ。幼稚園の頃、亀城公園で一緒にツェッペリン見たよね？　誰に言っても信じてくれないから、もう誰にも言わないけど。トシオは覚えてるよね？

夏紀より

ナツキだ！　ナツキ、そう、夏紀。

もう一枚の手紙がひらひらと舞い、登志夫は慌てて二通目を摑みに行く。

心拍が上がり、首筋から背中にかけて、不自然に汗が湧きあがった。

二通目を摑み取る。

トシオへ。実はね、私、この間また亀城公園でツェッペリン見た気がするのよね。でも、いつどんな風にして見たのかがどうしても思い出せない。すごくヘンな感じ。トシオはどう？　あれからツェッペリン見たことある？

夏紀より

間違いない。やっぱりあの夏紀だ。そう、ツェッペリンは確かに見た。間違いない。登志夫は慌ててキーボードを呼び出し、返事をタイプした。

夏紀へ。「夏紀」って書くんだね。そう、グラーフ・ツェッペリン号は確かにあの時、見た。幼稚園生の頃、亀城公園で、祖母の葬儀の後だった。僕は誰にも言っていない。だけど確かに見た。でもその後は一度も見ていない。夏紀は見たんだね。その話が聞けるといいんだけど。

登志夫

夏紀。夏紀に会いたい。会いたい。こんなにも誰かに会いたいと思ったことがあるだろうか。小学生の頃、学者の先生たちに引率され親と離れて外国に行った時にも、この気持ちの何十分の一にもならなかった。それどころではない。突き上げるような、飲みこまれるような、引き裂かれるような、強い強い思い。

夏紀に会いたい。

手紙の返事に気を取られて、危うくツェッペリンを見失うところだった。登志夫はこれまで以上に必死にツェッペリンを追った。夢の中で走る時のような、進まない身体をただもどかしく引きずってゆくような、ままならない重さと、恐ろしいほどのスピードと、不安。それ以上の期待。

手の感覚も足の感覚もどこかに行ってしまった。視界の左半分を占めていたレイオーバーもどこへ行ったのだろうか。自分は何を頼りに、どこへ向かっているのか。

夏紀がいる。いるはず。こっちに。そう、こっちに。

その時、重い畏怖のようなものが胸に迫ってきた。太古から神聖とされる場所にずかずか踏み込んでしまい、奥まで行って突然それに気づいたような、いや、どう言えばいいのだろう？　自分一人では手に負えない何か、大き過ぎる感情。自分にそれほどの感情など、あったのだろうかと思うような。

薬が切れかけている時のような感じでもある。でもそんなはずはない。薬は分単位で気にしてきっちり飲んでいる。しかし、それは毎日のあまりにも無意識化した習慣なので、時々自信がなくなることがあるのも事実だった。今朝の朝食は何だっただろう。前日に最寄りのコンビニエンスストアで買ったパンとヨーグルトだ。その後薬を……飲んだ。飲んだはず。飲んだと思う。

ごく一瞬の間にそんな思考が駆け巡ったが、いずれにしても、その何とも言い難い、圧迫感とも解放感ともつかない大きな力が、登志夫の心を持ち上げた。平衡感覚が失われる。登志夫はたまらずぎゅっと目をつぶった。が、ツェッペリンを見失ってはいけない。目を開けなければ。追跡を続けなければ。

登志夫は右手を目に当てると、強風の中で目を開ける時のように、顔をしかめながら指の隙間から外界を見やった。その登志夫の目に飛び込んできたのは、ドットの粗いモノクロのモニタ画面上の一文だった。

登志夫へ。変な質問でごめん。登志夫は今、どこにいるの？

9 夏紀の夏祭り

「えっ？　お父さん、土日いないの？　お母さんも？　大子（だいご）の新盆……って、えっ？　二人で泊まりってこと？　何それ聞いてない」

夏紀が少し抵抗するようにそう言うと、母美々子（みみこ）は半笑いであきれた顔をした。

「おおやだ。この間言ったでしょうよ」

テレビっ子育ちで東京の音大に行った母は、「だっぺ」とか「んだ」とかは言わないが、こういうちょっとあきれたり怒ったりするような時は、イントネーションが完全に茨城弁になる。新盆。そう言えば……そうだったような。そうでないような。いや、聞いたような気がしてきた。

「うそ？　いつ？」

「何回も言ったでしょ？　一食くらいはファミレスに行ってもいいように、お小遣いも渡したでしょうよ」

あっ……。夏紀がはっとした顔をしたので、美々子も分かったようだ。

そうだった。ここのところ、ちょっと考えることが多すぎて脳の容量がいっぱいいっぱいだ。大子町の藤沢家は、土浦の藤沢の家にとってはいわゆる「本家」に当たる。別にこの一族はそういうことにはうるさくはないのだが（普段はどこの家が本家に近いかなどということは忘れていて、儀式の時になってみんなで慌てて思い出すくらいだ）、去年亡くなったのは大子の本家の当主だし、夏紀の叔母、つまり母の妹の嫁ぎ先なので、さすがに夏紀の両親が顔を出さないわけにはいかない。同じ県内ではあるが、茨城は南北に長く、電車やバスの乗り継ぎのことを考えるとさすがに日帰りはできないのだった。新幹線やリニアモーターカーならもちろん可能だろうが、乗り物がハイテク化するかどうかという問題じゃなく、茨城にそんなものが敷設されるわけがない。

そういえば去年のお葬式の時も二人は泊まりで行ったんだった。あの時も夏紀は普通に留守番をして、学校にも行った。それを考えたらどうということもない。

今日は、ええと、今日は金曜日。八月十三日の金曜日。夏休みは曜日の感覚が狂ってしまう。昨日の木曜日で英会話教室が最後だったので、今日は間違いなく金曜日だ。つまり、親が泊まりなのはもう明日だ。

「戸締りと火の始末だけはちゃんとしてれば大丈夫だから。あと、夜は出歩かない。戸締りと火の始末、戸締りと火の始末だかんね」

母がどんどん茨城弁寄りになってゆく。何だかんだ言って心配なのだろう。だが、心配されればされるほど、心配された側は白けてこようというものだ。

「へいへい、言われなくたってしますけどね。去年だってちゃんとやったじゃん。ていうか、夏、夜に窓開けっ放しで蚊取り線香焚いてるの、お母さんじゃん。私は夜には窓閉めたがるよね？」

「ならちゃんとやっといてよ。夜は出歩かない。いいね？」

「あーはいはい」

「はいは一回！」

「はーーいーー」

何この昭和のマンガみたいな親子の会話。

夏紀は歯を磨くと、蚊取り線香の香りが漂う居間を出て、少しはハイテクな除虫スプレーを施した二階の四畳半に引き上げた。だるい。今日は昼間にそれなりに勉強したから、夜はしない。押し入れから三つ折りマットレスとタオルケットを出して広げると、夏紀はすぐそこに横になった。

だるい。肌は全体的に何となくざらざらしていて、額にニキビもできている。薬は塗っているけど、一つ潰してしまった。コンディション的には、もうお月様——生理のことだ——が来ていてもおかしくない感じだが、今日は「決壊」しなかった。お月様はわりと順調なほうだが、開始日は二、三日は前後する。

今日は本当はクラスの子たち何人かと亀城公園の市営プールに行こうという話をしていたのだが、ぎりぎりで断ってしまった（もちろん、お月様については仕方ないことなので、誰も責めてはこなかった）。運動部の子たちみたいにタンポンを使えばいいのかもしれないけれど、まだちょっとタンポンには抵抗がある。すでに生理用ショーツをはいていてパンティライナーは装着してあるが、もう軽い日用のナプキンにしてしまったほうがいいのだろうか。寝る前にトイレに行った時は、うっすらと血のにじんだおりものがあっただけで、まだまだ「決壊」はしなさそうだけど……。さっさと来てさっさと終わってくれるほうがいいのだが。

マンガを読むのも少し面倒だった。いやマンガは読めるか。夏紀はクラスの友達の間で貸し借りしている本の中から、流行りの少年漫画を抜き出した。小型の扇風機を机の上に置いて上を向かせて回し、枕元の電気スタンドの首を曲げて寝っ転がり読書の体勢を作り、漫然とマンガを読み始めた。読むのはもう三回目くらいだが、相変わらず面白い。が、間もなく軽い眠気が襲ってきた。集中もできなくなった。夏紀は枕元にマンガを放り出そうとして考え直し、起き上がって、本棚の借りもの用の臨時の場所にきちんとさし直した。

本棚には、この間グレース先生と撮ったツーショット写真が飾ってある。百円ショップで一番かわいいフレームを買ってきて、そこに入れてある。フレームにはメッセージを書いた小さな紙を入れられるスペースもあったので、夏紀は誰かに見られた時の言い訳のつもりか、取ってつけたように、なでしこ色のジェルボールペンでその欄に「英語の成績UP!」と書きこんでいた。

木曜日の最後の英会話教室は、ある意味失望だった。グレース先生は、友人だというアメリカ大使館の人を二人連れてきていた。一人はダークブロンドに少し赤ら顔の、アメリカの映画に必ず一人は出てくるような、いかにもアメリカンな青年――いや青年でいいだろう、まだおじさんというほどではない――で、もう一人は三十代くらいの日本人の女性だった。いかにもアメリカン青年は授業中まったく口を出さずに、最新鋭の機種と思われる、持ち運べるパソコンを広げて教室の後ろに座っているだけだった。何しに来たのか分からないが、いわゆる「視察」というやつなのだろうか。

夏紀にとって何となくうっとうしかったのは、そのアメリカン青年ではなく、女性の方だった。目鼻立ちがはっきりしていてきれいな二重瞼（ふたえまぶた）、グレース先生同様に完全に矯正された白い歯、仕立てのいい夏用のスーツ、いかにも外国相手に働いていそうなはきはきした言葉遣い。いわゆる「才媛（さいえん）」というやつだ。マリナさんというその女性は、生徒たちにも分かりやすい英語でグレース先生と会話をした。夏紀には、グレース先生と変わらないネイティブの英語のように聞こえる。文句を言うべきところは一つもない。ないはずなのだが……夏紀は何となく、今日はマリナさんには来てほしくなかった。なぜなのかは分からない。何となく、だけど。

グレース先生は、先週に予告していた課題、「将来の夢を英語で話す」を一人ずつ聞いていった。夏紀はできれば宇宙の研究をしたい、と言ってしまった。まあ言うだけだったらタダやしね。少なくとも、何らかの形で宇宙開発の役に立てるような仕事がしたい、と。もちろん、今の成績は宇宙の研究ができるような大学はB判定だ（CやDじゃないのに驚いたくらいだ）。父の勧める宇宙飛行士アカデミーも、身長規定が最低一五八センチなので、実に五センチも足りない。なれるとしたら宇宙開発機構や関連会社の普通のOLだろうか？　いや、まだ受験まで間がある高校生の夢くらい、多少広がっていても罰（ばち）は当たるまい。というか、このクラスでは夢は大きく、自己肯定感は高く、というのが推奨される雰囲気になっていた。他の子だって、画家だの外交官だのと言い出している。普段の土浦二高ではなかなかない光景だ。

夏紀が緊張しながら特に上達したとも思えない英語を喋っている間、後ろのアメリカン青年が小さく「Oh」とつぶやいた。パソコン、壊しましたかね、私？　教室は明るくて電気もついていなかったので、また「やった」のか否か、夏紀には分からなかった。とりあえずアメリカン青年には心の中でわびておく。ごめん。機械に嫌われてて、私。これ英語でちゃんと伝わるように言うとしたら、どうなるんだろう？

マリナさんとグレース先生はニコニコしながら生徒たちのスピーチを聞いた。そして最後にマリナさんが日本語で、国際社会における英語の重要性や、最近世界中で頻発している異変や、国際協力の大切さなど、けっこうお固い話をした。そして、生徒たちの夢のいくつかを取り上げ、その夢にとって英語の勉強がどれほど有用かということを付け加える。夏紀の宇宙の夢には言及されなかった。まあ、宇宙関係では英語が大事なのは当たり前なので、言うまでもない、というところだろうか。

英会話教室はそんな感じで終わってしまった。最後にグレース先生に拍手をして、マリナさんとアメリカン青年とグレース先生が職員室へ向かう。ただそれだけだった。

何がどう不満なのか、夏紀は自分でも分からない。

夜。四畳半の部屋。小さい本棚と勉強机。布団を敷いたらいっぱいな感じ。押し入れの下の段が布団スペース。上の段はクローゼットハンガーを入れて服をしまっている。コートのような長い服は親の部屋。大きい方の本棚は、地震が来たら危ないからという理由で、短い廊下（幸いそこそこ幅はある）に置かれている。部屋に置いてあるのは主にお気に入りの宇宙の本と、あんまり親に見られたくない月刊アトランティスなどだ。月刊アトランティスは毎号は買えないので冊数は少ないし、存在自体は一応親も知っているが、何となくちょっとひっこめておきたかった。そんな部屋だ。

夏紀は布団を出て、めまいがしないようゆっくりと立ち上がると、勉強机の前のカーテンの端をめくって空を見た。

三日月だった月はもう沈んでしまった。星がやけに明るく見える。空だけ見ると、なんか冬みたいだ。

何か大きな生暖かいものに飲みこまれるような感じがし始める。気持ち悪くもあり、心地よくもあるあの感じ。夏紀は鼻から小さくため息をついた。

グレース先生とのツーショット写真を本棚から取り上げ、机の上に伏せる。

夏紀はカーテンを元に戻すと、また布団に横になった。タオルケットはお腹にだけかける。飲みこまれる感じはどんどん強くなってゆく。変な気分だ。そう、この感じになる時は、多分、まちがいなく、次の展開が読める。

未来って、どうなってるんだろう？　まだ何もない空っぽの状態で、「今」が作ってるのだろうか。では過去は？　過去ももう無くて、からっぽなのだろうか。「今」しか無いのだろうか。でももし過去も今も未来も「ある」なら、未来ももう「決まって」いるのだろうか。だとしたら、今自分が自分の意志で考えてると思っていることも本当は自分の意志じゃなくて、もう決まっている過去から未来の流れの上の現象でしかないのだろうか？既視感ってなんであるの？　人生って、もしかして終わったら最初から同じことのやり直しじゃないよね？　でもどうせこんなのは新しい考えでも何でもなくて、今までに誰かが考えついてると思う。きっとその人は天才だけど頭がおかしくて、友人の芸術家たちにいろいろ心配されるような人に違いない。根拠のない決めつけだけどさ。

ちょっと考えをそらしてみたが、やっぱりあの感じはなくならない。夏紀はまた一つ、ため息をつく。誰かにあきれかえって吐き捨てるようなため息だ。

夏紀は左下にして横向きに寝ると、小声で「やっぱり暑い」とつぶやいて――いったい何の言い訳をしているのやら――着古した夏のパジャマのズボンをひざ下あたりまで引き下ろした。右手で左の内腿に触れる。胸には触らない。胸は変な感じがするばかりで、あんまり気持ちよくはない。むしろ何だか集中できなくなる。

特に何も考えはしない。ただ感覚に集中するだけだ。

だんだん、その時が近づいてきたのが分かる。うつぶせになって、生理用ショーツと薄いパンティライナーの上から、両手を重ねて押さえる。こするのではなく、もむ感じ。その後は、なんか勝手に腰が動く。

小学六年の秋ごろだったか、きっかけは覚えていないけれど、性的なことだと知らずに覚えたことだった。セックスとか、異性とか、そんなこととは関係なくしていたことなので、変な罪悪感めいたものはなかった。体育の授業の時の漠然とした話と、ティーン向けの雑誌のより「啓発的」な記事で、それが何なのか分かったが、今でも夏紀にはこの気持ちよさと、この世のどこかにあるセックスなるものは結びついていなかった。気持ちよさはある時から急激に高まり、ぱっと広がって、股の間のどこか（多分、膣）がひくひくして、終わり。女性は慣れるととっても長く気持ちよくなれる、と、ちょっと過激な体験談なども載せている雑誌には書いてあったが、本当にそうなのかどうか、夏紀にはとうてい分からない。

終わると、夏紀はまたパジャマのズボンを引き上げ、また左下にして横たわった。ちょっとプールから上がった時にも似た気だるさと、安堵感、他の何かと比べたり喩えたりできない独特の解放感がある。

その後には思いきり気持ちのいい眠気がやってくる。もしパンティライナーがねちょっとしていたら取り換えてから眠らないといけないが、今日はそれほどではない。それに、今夜の眠気は格別だった。もし必要だったとしても、いちいちトイレに行ってから眠ることなどできない。

夏紀は深くて気持ちのよい眠りに落ちた。

＊

夏紀が少し遅く起きてゆくと、親はもう出かける支度をしていた。見送って、午前中は高校野球を見ながら宿題をして、お昼はソース焼きそばを作って食べた。茨城代表はもうとっくに負けてしまっている。

本当は部室に行ってパソコンを立ち上げたかった。ただ、お盆はいわゆる「完全学校閉庁」というやつで、学校には入れない。家にあるのは、親が二人で使っているのと、親のお下がりで夏紀が使っているのと、計二台のワープロだけだ。確か親のワープロはパソコン通信ができる機種だったと思う。しかし、そもそもプロバイダと契約しないとどうにもならない。

ああ、パソコン。

夏紀は午後にふと思いついて、自分のワープロを立ち上げた。

　登志夫へ

そこまで書いて、長い間フリーズする。

近所のどこかの開け放した窓から、甲子園中継の金属バットの音がかすかに聞こえてくる。ほとんど同時に、アナウンサーが「いい当たり！」と叫んで、歓声が上がる。

登志夫へ……

書きたいことはたくさんあった。たくさん、たくさんあった。薬局のこと、ツェッペリンのこと、亀城公園のこと、電子メールのこと、それに、そもそも登志夫って誰？　どこにいて、どうやって私に返事を出したの？　ハッカー？

　登志夫へ。変な質問でごめん。登志夫は今、どこにいるの？

ああ、やっぱり変な質問だ。

窓から外を見上げてぼんやりする。ほんとぼんやりしてる。なんでだろう？　少し眠いのかな？　お月様が来るから？　それにしても、何だろう、この感じ。

夏紀は再びワープロの画面に視線を戻した。何だろう、このぼんやり感。

登志夫が目を開けると、目の前にあったのは、古めかしいモノクロの液晶画面だった。粗いドットで表わされた文字列には、「登志夫へ。変な質問でごめん。登志夫は今、どこにいるの？」と書かれている。

それほど変な質問だとは思わない。どこにいるのか分からない相手にスマートフォンで連絡を入れる時などは、わりとよく使うフレーズではないだろうか。しかし登志夫は、今自分がどこにいるのかと問われれば、どう答えるのが最適か、確信がなかった。

「ここ」は土浦光量子コンピュータ・センターの一室のはずだ。が、しかし、なぜ目の前に、こんなに古い型式のモニタがあるのか理解できない。いつゴーグルを外したのだろう。あたりを見回したかったが、体が思うように動かない。視線はモニタからキーボード、キーボードからモニタへと、迷うように移ろっている。

変な質問だけど、どうせ変なら、もうちょっと質問してもいいだろうか。いや、自分のことを書くべきか。夏紀はもう一度キーボードをたたき始めた。

僕はここにいる。けれど、ここはどこだろう？

えっ、何これ？

夏紀はモニタを見つめた。自分が打ったのだろうか。

僕？　僕って誰、ワープロの前には自分しかいない。今、どうしたんだろう？　ぼうっとしている間に、自分の手が勝手に動いた？

文章にはまだ続きがあった。

君は誰？

「何これ？　どういうこと?!」

夏紀は思わず声をあげて叫んだ。

登志夫は愕然とした。そんなことを言うつもりではなかったのに、勝手に声が出た感じだ。しかも、自分の声ではない。それどころか、それは明らかに女性の、そう、少女の声だ。自分と同世代くらいだろうか。

「それはこっちのセリフだよ。僕だってどういうことか分からない」

夏紀の頭の中で誰かが言った。……ような気がした。実際には何も聞こえてはいない。

けれどでも聞こえた。聞こえたというか、何だろう、これ。

テレパシーみたいなやつ?!

夏紀は思わず部屋を見回した。椅子から立ち上がり、ウォールポケットに差してあった直径十五センチほどの、少し大きめの手鏡を覗きこんだ。何か背後霊のようなものが見えたりはしていない。

登志夫ははっとして息を呑んだ。

夏紀だ！　あのデータで見た少女そのものだ。子供の頃の夏紀ではない。

「……夏紀？　夏紀なんだ……ね？」

恐る恐る呼びかける。夏紀はまたあたりを見回した。誰もいない。だけど頭の中で声が聴こえる。身体も……何だろう、なんか少し、いつもと違う感じがする。

夏紀は立っていると少し平衡感覚が狂うような気がして、もう一度勉強机の前の椅子に座り直し、ワープロのモニタ画面を見た。

「登志夫……？」

「そう。僕は登志夫だ。何が起こってるのかは説明できないけど……」

夏紀のぼうっとした感じが突然パリンと割れ、頭の中で小さな爆発みたいなものが二度起こった。

これは……

アトランティス民としては是非、ここはパニックにならず、真相の究明に努めたい。心臓が激しく打った。どきどきなんてものじゃない。バクバクだ。国語の教科書ふうにいうと、「早鐘のように打つ」というやつかもしれない。ところで、今の日本で本当に早鐘なんていうものを聞いたことのある人って、どれだけいるんだろう？

夏紀は左手側に置いていた猫柄のマグカップを手に取ると、すっかり冷めきったインスタントコーヒーを一口飲んだ。口の中がからからになっている。少しは落ち着いている……はずだ。と、信じたい。

猫柄のマグカップ。高校二年用の参考書。小さな和室。登志夫は視界に入るものを吟味するように観察した。色付きのゲルインクボールペン、百合の花の描かれたラベルのついたガラス瓶、「英語の成績UP！」というポップのついた外国人女性とのツーショット写真。もう片方は明らかに、あのデータの少女、つまりこの夏紀だ。少なくともここは日本で間違いない。目の前にあるのは……これはやはりワードプロセッサ専用機で間違いない。実物を見たのは初めてだが。

タイムスリップ。そんな言葉が登志夫の脳裏をよぎった。三・五インチフロッピー使用のモノクロ画面のワードプロセッサ専用機。少なくとも昭和でこそないが、まだ二十一世紀でもないかもしれない。

その時、体の主が視線をワープロから本棚へと移した。月刊アトランティス「最新UFO研究！」、「解明！　超古代文明の碑文！」、「総力特集！　秘密結社の超科学！」

アトランティス？　こういうのは「ムー」ではないのだろうか。

しかしそれを気にしている場合ではなかった。次の瞬間に登志夫の目に飛び込んできたのは、その怪しげな雑誌群の隣に差してあった一冊の本だった。

「写真集　月基地から見た宇宙」

月基地……？

何がどうなっているのか。今は一九九〇年代末くらいではないのか。頭を抱えたかったが、体は登志夫の意志では動かなかった。心臓が激しく鼓動し、頭に血液が昇ってゆく。自分の心臓のようであり、自分の頭のようであり、そうではない気もする。

「登志夫なの？」

夏紀はもう一度、恐る恐る頭の中で呼びかけた。反応はない。でも「いる」のは分かる。もう一度呼びかけるが、やはり返事はない。夏紀は思い切って口に出して聞いてみた。はたから見ると変な独り言を言う人みたいになるけど。

「君は……登志夫……なの？　私はそうだよ、夏紀。夏紀だよ！」

「やっぱりそうなんだね。そう、ここにいる……っていうのは変な言い方かもしれないけど、僕は登志夫だ」

　改めて互いに名乗り合う。

「でもこれ何？　なんで私の頭の中に話しかけてこられるの？　登志夫って……まさか、ゆ、幽霊とかだったり……しないよ……ね？」

「幽霊じゃないよ。僕だって、なぜ夏紀にこうやって接触できてるか分からないんだ。ただ、僕は、ある特殊なコンピュータの開発に関わってる……んだけど」実際はただのバイト君だが。「その過程で、何か予想外のことが起こったんだ」

　夏紀のデータがノイズとして混入してきていることは故意に言い落とした。夏紀を責めるような発言と誤解されてはいけない。そこは配慮をすべきだろう。

　しかし、これは、こんな配慮は、僕の能力ではできないことだ。それが分かっただけでもすごいことだ。

「何そのコンピュータ！　すごくない?!　どういう原理なの？」

「すごいと言えばすごいコンピュータではあるんだけど、こんな変な現象を起こすほどすごいものじゃないんだ。だけど、僕はその……量子コンピュータにアクセスしている時、夏紀に会いたいと思っていた……」

素直にそんな言葉が出た。そう、これは僕の能力ではない。

「漁師コンピュータ?!」

なわけがない。

量子……その瞬間、夏紀の頭の中で何かが像を結んだ。数式もいくつか思い浮かぶ。それが何なのか、少なくとも科学雑誌を読むくらいの理解は得られた。量子コンピュータ。ああ、これ、私の能力じゃない。これってもしかして、何だか頭がよさそうな登志夫の力が私にも働いているみたいな感じ？

だけど、そんなコンピュータが本当にあるなんて信じられない。そんなSFな。科学関係の、特にコンピュータ関係の情報は雑誌や新聞で可能な限り仕入れているが、量子コンピュータなんて聞いたこともない。量子力学は今世紀でこそ異端の科学ではなくなったが、それを実際に使えるなんて、本当に信じられない。

登志夫はどこから来た人なのだろうか？　本当は宇宙の人？　それとも未来人……そう、未来人だ。きっとそうに違いない。

登志夫は、まずは今、つまり夏紀の時間がいつなのかを知りたいと思った。二〇〇〇年代なのか、その十年くらいは前なのか。月基地云々の本はフィクションのアート画集かもしれないのだし。

夏紀は、なぜそうしたのかは自分でも分からないが、本棚の上の猫日めくりに目をやった。

登志夫はその年月日を見て愕然とした。自分と同じ「今」だ。それどころか、八月十四日ということは、むしろ「ここ」は三日後の「未来」だ。

どうしてか、カレンダーを見てちょっと驚いている感覚があった。夏紀は不意に、登志夫が今、自分がいつ、どこにいるのか分かっていないことに気づいた。

もう一度ワープロを見る。今度は文章は消えていない。夏紀は絶対に操作を間違わないよう気をつけながら、その文章に今日の日付のタイトルをつけてフロッピーに保存した。

とりあえず、スマホさえあれば、夏紀に一つ一つ質問しなくてもこの世界のことはある程度分かる。さっきは登志夫の意志でワープロに入力できたのだ。何らかの形で夏紀のコントロールを緩めてもらえれば、検索くらいはできるだろう。

「とりあえず、スマホを僕に使わせてもらえないかな？」

「すまほ？　え、な、何？　すま……ほ……？」

おかしい。わずかながらでも未来なはずだ。ここでわざわざスマートフォンの説明を試みるべきなのだろうか。

「ええと……え、何？　コンピュータが使える携帯電話みたいなのって……そんなＳＦな……」

ますますSFだ。

夏紀には登志夫のイメージがいくらかでも伝わるらしい。

「携帯電話なら、東京なんかだとお金持ちのビジネスマンの人とかが持ってるよ。あのテレビのリモコンにちっちゃい液晶の画面がついたみたいな電話でしょ？　インターネットは図書館とか学校に行けば……って、あ、今、どこもお盆休みか」

「じゃ、まず一つだけ教えてほしい。その本、その写真集って書いてあるやつ、変な質問だったらごめん、それは本物？　それともフィクションのアート作品？」

「何言ってるの？　本物に決まってるじゃん」

夏紀が広げて見せた写真集は、アメリカの月基地から撮った天体写真だという。リアルアートやCGに見えなくもないが、それにしてもよくできている。

本当に本物……なのだろうか。

すごく変な気分だ。自分が見ているものを登志夫も見ているのだろうか。登志夫は人類が月に基地を作っているなんて信じられないと言う。

「登志夫って、どこから来たの？　すごくSFみたいなことを言ったり、月基地のことを疑ったり、なんかすごく変」

　それはこっちのセリフだ。世界が狂ってるようにさえ感じる。登志夫はそう思ってから、慌ててその考えを打ち消した。が、幸いなことに夏紀には伝わらなかったようだ。どうやら、夏紀とは体も体感も共有していて、思考や気分も通じ合うものがあるようではあったが、よほど相手に伝えるという意思がない限りコミュニケーションは取れないようだった。面倒ではあったが、考えがだだ洩れになるよりはいい。

　少し暑いが、夏紀は窓を閉めた。登志夫に話しかけるには、口に出して言うのが一番伝わりやすい。家の外にまで聞こえるほどの声は出していないけれど、何となく、変な独り言を言う人みたいになっている自分がちょっと恥ずかしかった。

　いや、それより、もっと大きな問題があった。

　さっきトイレに行った時、お月様が始まっていた。「決壊」はした。まだ量は少ないから軽い日用をつけているが……

　これは何だろう。登志夫も夏紀の漠然とした腹痛には気づいていた。もしかしたら、夏紀はお腹を壊しているのだろうか。しかし、この痛みは胃腸炎などとはだいぶ違う。身体の奥底に鈍痛を感じるような感覚だ。深いところ……そう、言ってみれば、もう背骨や骨盤を通り過ぎてもっともっと深いところのような。

　夏紀は焦りを感じた。ああ、来た。ナプキンに経血が溢れる、毎月来るいつもの感じ。

登志夫はどきりとして——自分の感覚の中で——息を呑んだ。これは何だろう？　登志夫は尿意は感じていないが、夏紀はもしかしたら尿を我慢していて限界が来てしまったのかもしれない。睾丸（こうがん）や陰茎があるべき場所に何もないことを改めて感じ取った。

「夏紀、あの……」

早く夏紀から出ていなくては。消えることができるのなら消えてしまいたい。

「すごく変なことを言ってたらごめん。トイレに……行かなくていいかな？」

「別に！」

夏紀は思わず叫び返した。窓を閉めておいてよかった。

「ほっといて」

「でも、その……その、ええと……お、おしっこ……が……漏れてたりしないかな……
……？」

最後の方は、小声というか、夏紀に伝わらないかもしれない弱々しいメッセージになった。

「しないよ！　何それ！　これは違うの！　これは……」

突然、目頭がかっと熱くなり、不意に涙がこぼれ始めた。

「これは……違う……せーり……だから……」

生理！

そうだった！　女の子にはその問題があったか。まったく考えが及んでいなかった。登志夫は慌てて叫んだ。

「だったらなおさらトイレに行かないと！　僕は」

性欲とかほとんどない人間だしと言いかけて、すんでのところで口をつぐむ。少しコツは摑んできた。今のは夏紀には伝わっていないはずだ。いかに気遣うためとはいえ、今そういうワードは使うべきではない。

この気遣いは僕の能力ではない。

「僕は、その、口は挟まないし、可能な限り気配は消すつもりだから！　早く！」

「だから！　今はトイレなんか行きたくないってば！」

「でもその……あふれて……」

夏紀は突然、あることに思い当たった。

頭に血が上る。夏紀は一気に叫んだ。

「あのさっ！　生理は、トイレに行っておしっこみたいに意識してじゃーって出すものじゃないの！　生理はね！　生理は……た、垂れ流しなのっ！　だからナプキンをつけるの！　男のこういう誤解の話って、話としては聞いたことあったけど、ほんとにそう思ってるやつがいるって信じられない！」

悔しい？　恥ずかしい？　怒り？　この奔流は何だろう。もう何が何だか分からない。どうして涙が出るのか分からないが、夏紀は号泣した。こんな泣き方をしたのは小学生の頃以来かもしれない。頭のどこかが変に冷静で、最後に爆泣きしたのは六年の冬休み明けに薫と喧嘩した時だったなあと考える。

消えてしまいたい。登志夫は、本当に消えることができるのなら消えてしまいたかった。泣いたせいか、また経血があふれた。これはまずいかもしれない。多い日用に取り換えないとだめかもしれない。

登志夫は沈黙を通した。もしかしたら自分の中から登志夫が消えたかもしれないと夏紀が安心してくれればいい。

夏紀は屈みこんで、畳の上に直置きしていたティッシュを無造作に数枚引っ張り出し、鼻をかんだ。涙も鼻水も、無尽蔵に出てくる。

一通り泣いて落ち着きがやってくると、夏紀は震える横隔膜をなだめるように胃の上に右手を当て、しばらくの間呼吸を整えた。登志夫はいなくなった感じはしないけど、もう本当にトイレに行かなくては。やっぱり多い日用に取り換えないと。

登志夫は可能な限り気配よ消えろと念じ続けた。そうか、人に配慮するのって、こういう感じなのか。知らなかった数式が突然分かった時のような、あの見える景色が変わる感じがした。

もっとも、夏紀と離れたらまた分からなくなるのかもしれないが。

＊

「登志夫、まだいる？」

夏紀は居間に冷房をかけて畳の上にタオルケットを敷きながら、心の中で登志夫に呼びかけた。夏紀もだんだんコツを摑んできて、口に出さなくても登志夫に話しかけることができるようになってきていた。

「ごめん。いるよ」

言われなくっても分かっていた。登志夫はまだいる。

敷くのはタオルケット程度だが、上にかける毛布は春秋用の、少し毛足の長い、暖かい毛布だ。

「ちょっと寝る。大丈夫だから。別に具合悪いとかじゃないから。お月様……生理の時は、時々変に眠くなることがあってね」

「そうなんだね。分かった。僕もなんだか眠いな」

タオルケットと毛布の間にもぐりこむ。

「でもさ、夏紀、こんな分厚い毛布かけるくらいだったら、エアコンはつけないで何もかけないで寝たほうが良くない？　なんか、その……僕のいる世界では、そういう電気のムダに罪悪感を感じるんだよね」

「それはこっちの世界でも同じだよ。だけど、お腹は冷やしたくないし……」

「エアコンはつけなければお腹は冷えないんじゃない？」

「冷えるよ！　夏のお月様は冬のより辛いの！　冬は厚着したりカイロ入れたりこたつに入ったりできるけど、夏はお腹温めたら暑いし、クーラーつければ冷えるし！」

「でも、女の子は寒さには強いでしょう？」

「何それ！」

夏紀は思わず怒鳴り返した。

「だって、冬でも膝上のスカートをはいていたりするし……」

「そういう子もいるけど！　いるけどさ！　彼女たちだって、寒くないとかじゃなくて、ファッションのために寒いのガマンしてるだけだよ！　バカじゃないの！　少なくとも女が寒さに強いとか、絶対ないから！」

「ごめん。本当に……ごめん」

頭には来たが、眠気がそれを圧倒し始めた。夏紀は目を閉じる。さっきあれほど怒ったのに、眠気とともに急激に気持ちが落ち着いていった。

「私もごめん。ちょっと言い過ぎたかも。かも、じゃなくて言い過ぎたね。なんか混乱してて……。でもこれって、何なの？　登志夫はどこから来たの？　ドラえもんみたいに未来から来たの？」

「僕にも説明は難しい。少なくとも、未来じゃない。さっき見た日めくりカレンダーの日付は、僕の世界とほぼ同じだった」

むしろこっちの世界のほうが少しだけ未来だ。

「でも量子コンピュータなんて、あるんでしょう？　こっちの世界じゃ、そんなすごいコンピュータは無いよ」

「それを言ったら、僕の世界では月や火星に基地は無いよ。そういう意味では、君の世界のほうが未来っぽく感じる」

「何だろう……あれかな、並行世界っていうやつ？　私たち、もしかしてパラレル・コンタクティ？　アトランティス民としてはそのくらいは仮説を立ててみたいけど」

「パラレル・コンタクティか。オカルト用語だね。そう言えばさっき雑誌をちらっと見たけど、アトランティスなの、なんか変だよ。そういう雑誌はムーでは？」

「そっちはムーなんだ？　なんか変な感じ」

「何にしても、並行世界説は僕も考えている」

「え、意外。登志夫、意外とオカルト？」

「オカルトとは思ってないよ。最先端の物理学者ほど、並行世界みたいなことはあっても不思議じゃないと言うよ。僕もそれには反対しない」

「並行世界だったとしても、そうじゃなくても、もしかして、私たち、ずっとこのままだったりしない……よね？」

「僕にもそれは全然分からない」

何とかして自分だけ消える方法はないだろうか。登志夫は、もし自分の命を差し出してこの事態を終わらせることができるのなら、躊躇せずそうするだろう。

「登志夫は私の顔、見たよね？　でもなんで私は登志夫の顔を見られないの？　なんかずるくない？」

「そう言われても、僕には……」

「あっ！　私、登志夫の顔見てるよ！　あのほら、中城(なかじょう)町の高架道の前に薬局があるじゃない？　ナニ薬局だっけ？　先週、登志夫、あそこにいたよね？　私のこと、呼んでなかった？」

「中城町？　そんな町名は土浦にはないよ。確かに、高架道の前の薬局には行ったことがある。だけど、夏紀は見ていない」

「うそー。私に向かって手を振ってた。何か言いたそうだった」

おかしい。話がかみ合わない。

「その人の顔を見た時、ああ、これはあの時の子だ、トシオだ、って、思ったんだけどな……」

眠い。夏紀の身体が眠いと、登志夫も眠かった。相変わらず身体の奥の奥底のもっと深部に鈍痛がある。

「おかしいところはいろいろあるみたいだ。だけど夏紀、そもそもこの事態そのものがおかしいんだ。話を整合させようというほうが無理なのかもしれない」

夏紀は半ば眠りながら、曖昧な返事をした。もはや意識が失われるレベルで眠い。

夏紀……。あれから何度か鏡を見る機会があり、本来見てはいけない——あるいは、男どもこそ知るべき——秘密にまで立ち会ってしまったが、この小さな、か弱くもありたくましくもある女の子が、登志夫は愛しいと痛切に思った。確かに夏紀は誰もが振り返るような美人ではない。むしろ平凡、少なくともヒロインではないタイプだ。だが、登志夫はそんな彼女が自分にとって、今までどれほど大切だったか、そして今、これまで以上に大切で……ああ、どう言えばいいのだろう。僕にはそれを表す表現力がない。夏紀のおかげで、今は世界が広がっているが、それでも、この気持ちを、この感覚を、この僕の中にあるすべてを、的確に表現する力はない。何もかもがもどかしかった。

そして、この状態がいつまで続くか分からないが、それまでの間——場合によっては夏紀の一生——の間、夏紀を傷つけず、辛い思いをさせないために、一体何ができるだろうか。

眠い。

夏紀はとうにまぶたを閉じている。

二人は眠りに落ちた。

眠りの中で夏紀は、少し年上に見える少年に話しかけられた。年上？　どうだろう。少年というより、青年といったほうがいいのかな？　背の高い、白いシャツとジーンズという無難を極めた服を着ているけど、何となく、他の人たちとは違うようなオーラを感じる。あの時の、あのツェッペリンを指さした子の未来の姿だとすぐに分かった。そしてやはり、あの時、薬局の窓から見た人だ。懐かしいような、ずっと探していたものを見つけたような、ずっとそばにありながら気がつかなかったことに気がついたような……そう、欲しかった世界の開け口に触れたような、不思議な気持ち。

しかし、やはり登志夫は必死に夏紀に何かを訴えているが、その声はどうしても聞こえないのだった。

＊

目が覚めると、相変わらず生理痛はあったが、あのどろどろにとろけるような重い眠気はきれいさっぱりとなくなっていた。登志夫はまだいる。話さなくても分かる。でもさすがに今夜は何か作って食べるのは面倒だった。親もそのつもりでお小遣いを渡してくれたのだから、一食くらいコンビニで買っても罰は当たらないはずだ。少しマシな服に着替えて、佃煮屋の横の路地から表通りに出たが、そこで浴衣を着た親子連れとすれ違った。

「あっ、そうか！　今日は亀城公園で盆踊りやってるんだった。そっか、お母さんが夜出歩くなって言ったの、これか」

亀城公園の盆踊りは、中学生の時に町内会づてに打診があって、浴衣を着て櫓(やぐら)の上で踊る役のうちの一人をやったことがある。その時に撮った写真の一枚は、何を思ったかバルカン星人の挨拶の手をしていて、今考えると「私の恥ずかしい写真」になってしまったんじゃないかと思っているが、まあそれはともかく。

夏紀は財布の入ったポシェットを握り直して、家に戻った。

「どうしたの？　ご飯買いに行くんじゃなかったの？」

「うん……ちょっとね。……ちょっとだけ行ったらダメかなあ？」

「行くって？　どこに？」

「盆踊りだってば。あ、別に踊らないよ？　お祭り見に行くだけ」

「そんな身勝手な！　親は心配するよ！」

「大丈夫。夕方ちょっとだけだもん」

もし登志夫に行こうとそそのかされたらむしろ行かなかっただろう。しかし、止められると行く気満々になってしまう。

もうすぐ六時になる。が、盆踊りだって、九時前にはいつも撤収している。それまで、いや、遅くとも八時くらいには家に帰っていれば、「夜出歩く」には該当しないんじゃないだろうか。今までに部活で七時過ぎたことだってあったが、特に問題にはならなかった。夏至の頃に比べればそれなりに日は短くなったが、亀城公園から駅前商店街の間は、歩道の屋根に電灯がついている。盆踊りがあるからこそ人通りも多い。

どうせ行くなら、浴衣も着たい。来週末、虫掛（むしかけ）の母の実家に泊まりに行って花火をすることになっているので、浴衣はもう出してあって、納戸（なんど）の衣紋（えもん）掛けに下げて風通しをしてある。多少皺がついても、着付けの練習をしたと言えば通るだろう。着付けの練習なんて、逆に褒められたりするかもしれない。

　それに、登志夫もついている。ついているとは言っても、物理的についているわけではないが、しかし、何かあった時の判断力は頼りにできる……はずだ。

　登志夫はまだ心配していたが、夏紀の身体はもう、浴衣の下に着る襟ぐりの広いTシャツに着替えはじめていた。生理用ショーツの上には、ひざ下まである、何と呼ぶのか分からない短いワイドパンツのような下着をはく。

　浴衣はもうすでにお端折りを縫い付けてあり。中学二年の頃から一センチしか背の伸びていない夏紀はそのまま着ればよかった。半幅帯の前に伊達締めを締める。半幅帯は一番簡単な文庫に結ぶが、去年の夏休み以来なので三回やり直した。手と垂れの長さがキマると急に結びがきれいになる。帯の腹側には帯板を入れる。これでいい。

　登志夫は戸惑いながら、なす術もなくその工程を見守った。夏紀は浴衣は簡単と言っていたが、それは事実とは言い難かった。女性の服はこれほど大変なものなのか。本式の着物など、いったいどうなってしまうのか。想像を絶する。

　紺地にろうけつ染めでカラフルな雪輪の模様——登志夫は雪輪文様というもの自体、初めて知った——を染め抜いた浴衣は、高校生には少し子供っぽいかもしれない。色がもっと少なかったら大人っぽいのかもしれないが、夏紀はこの柄を気に入っていた。

登志夫も正直に言えば、この世界の亀城公園に行ってみたかった。

夏紀は鍵と千円札二枚を入れた小銭入れ、そして多い日用のナプキン一枚だけを帯板の内側のポケットにしまうと、わざとらしいほど慎重に戸締りを確認して亀城公園に向かった。

まだ夕方。夕方だから！　夜出歩くには該当してないから！

亀城公園の盆踊りは、十月の花火大会の次に大きなイベントだった。とはいえ、花火大会のように全国から見物人が来るほどのものではない。せいぜい土浦とその近隣の自治体から人が来る程度だ。公園の北側を占める本丸跡に櫓が組まれ、その上では六人ほどの見目のいい女の子たちが交代で踊り、その輪の中に置かれた和太鼓を、これまた格好のいい男の子二人が叩いている。拡声器から流される音楽は、東京音頭やドラえもん音頭は分かったが、ほとんどが登志夫の知らない曲だった。夏紀にはおなじみのご当地音頭ばかりだが、子供の頃からこの音の割れた拡声器で聴いているせいで、実は夏紀も歌詞は知らなかった。ところどころに土浦や霞ケ浦、筑波、わかさぎなどの言葉が聞いて取れるばかりだ。

櫓から四方の広葉樹や松にワイヤーが渡され、ＬＥＤ灯の入ったぼんぼりの明かりがともされていた。ぼんぼりは明るい黄色やピンク、黄緑の紙でできていて、スポンサーになった近隣の企業や店舗の名前が入っている。このぼんぼりがシックな無地だったら祭りももっと大人っぽい感じになるのかもしれないが、夏紀はこのチープな雰囲気も嫌いではなかった。

浴衣を着た二人連れも多い。登志夫が観察した限りでは、男子が女子をエスコートし、女子は男子についてゆくカップルが多いように見えた。櫓の上で踊っているのも、容姿のいい女の子ばかりで、太鼓を叩くのも見た目のいい男子だ。そういう雰囲気はレトロ感がある。昭和の記録映像でしか見たことのないプラスチックのお面やポン菓子を売る屋台の光景とも相まって、過去にタイムスリップしたような気持ちを登志夫は再び味わった。

「小学生の頃はさ、遊具とか市営プールとかがある二の丸のほうが公園としては『本体』みたいに思ってたけど、本当はこっちの本丸址のほうが広いし、いろんな意味でメインなんだよね。ここは秋には菊祭りもやるし、時々、あれ何て言ったっけ、薪能？　なんかそういうのもやるし、前には江戸時代の砲術のデモンストレーションとかもやったみたい。あ、もちろん、空砲を撃つやつだけど。小さい頃はここでどんぐり拾ったりもしたなあ。でも、モックンのママにドングリは持って帰っちゃだめだって言われたんだよね」

「ああ、自然のものは持ち帰らないっていう考え方があるよね。自然保護というか」

「それがね、そうじゃないのよ」

「ドングリを引き出しとかに入れっぱなしにして何か月も経つと、虫が……虫がわいたりすることがあるって」

「え？」

「あっ、そっちか！」

「そう、男子でやられたやつがいるって。それ石浜じゃなかったかなあ、確か。あいつは虫関係いろいろやらかしてたし。虫関係では頼りになるやつと思ってたけど、親にしたら大変だよね」

登志夫は正直、虫は苦手だ。

「小さい頃ってみんな虫好きだけど、いつから苦手になるんだろうね。私も今はトンボもなんか怖くて触れない」

「僕は、実を言うと、小さい頃から虫が苦手なんだ。あの何か集団でたくらんでいそうなところとか、メカっぽいところとか、どうしてもダメで。正直、自分から触ろうとしたことは一度もなくて……。男子でこんなこと言ってると情けないと思われるかもしれないけど」

「そうかな？　別に男子とか女子と関係なくない？　別に変じゃないよ」

この世界を少し「遅れた」雰囲気があると思ったばかりだが、夏紀は案外、僕なんかよりずっと男女がどうこうという考え方に縛られていないのかもしれない。少なくとも……

「夏紀ちゃん！」

突然誰かが後ろから肩を叩いてきた。登志夫はどきりとし、夏紀は思わず、ひゃっと間抜けな声をあげてしまった。反射的に振り返る。しまった。浴衣を着ている時はもう少し動作をゆっくりとするべきだった。着崩れの原因になる。

「一人でなにぼーっとしてるの？」

「……ゆなりん」

本当はそんなふうにあだ名呼びするほど親しい子じゃない。が、彼女自身がアイドルのような呼び方をしてほしいと皆に言っているのだった。美しく、私立の子たちのような華やかな存在感のある、クラスの最上位的存在。大輪の花々があしらわれた白い浴衣に、大きな作り帯をつけ、やはり派手めの浴衣を着た女子数人を連れている。

ゆなは嫌味のない、きれいな笑みを見せた。

「どうかしたの？　何か困ってることがあったら、助けられる？」

彼女はそういう子だ。本当に優しいのか、嫌味なのか、誰にも見抜けない。しかし夏紀は、どうしてもゆなに心を許すことができなかった。野生の直感というか、地味女の保身の極意というか。

「別に。ただ……待ち合わせなんだ」

どうにかその一言をひねり出す。引きつった笑顔。いずれにせよ、夏紀はどんなにキメ顔をしても、ゆなのようにきれいには微笑めない。

「ふうん」

ゆなは一瞬関心を失ったように見えたが、次の瞬間、刀をすらりと返してきた。

「男の子と？」

「うん」

その問いには、ごく自然に答えられた。ただ、心臓が少し波立つ。このどきどきは何のどきどきだろう？

「へえ……」

女子たちはくすくす笑いながら互いを小突き合う。

そう、本当はもう待ち合わせは終わっている。一緒にいるのは男子だ。そういう意味では嘘じゃない。

「でも、さっきからずーっとそこにいるよね？　すっぽかされた？」

一人がそう言う。よそのクラスの、名前を知らない子だ。

何かが頭の中で働く。別に気の利いた台詞じゃなくていい。

「そうじゃないといいけど……って、えと、こっちって、二の丸だよね？」

わざと間違えて言う。

「え、そんなことも知らないの？　こっち、本丸だよ？」

別な一人が言う。夏紀のクラスの、頭はいいけど、ちょっと意地悪な子。

「そうだっけ？　うわ、まずいな。それじゃ、ごめん！　またね！」

足早に本丸から二の丸に通じる櫓門に向かう。最後にちらりと見た彼女たちががっかりしたように見えたのは、自分の願望がそう見せただけかもしれない。が、少なくとも、最低限のダメージで抜け出すことができた。

「ありがとう登志夫。やっぱり頭いいね。その手があったか」

「いや、僕はピンチを切り抜ける返しなんてできないよ。夏紀が考えたんだ。誰も傷つけない、もめ事を起こさない、いいセリフだったたと思うよ」

そう、僕は後からならそう評論できる。対人関係のことはいつだって後知恵だ。

「って、でもこの後、またあの子たちに二の丸で会っちゃったらやだなあ」

「大丈夫。彼女たちは目立つから、気をつけて見ていれば大丈夫だよ。……あ、でも、夏紀が帰りたかったらいつ帰ってもいいんだよ」

などと登志夫が偉そうに言える立場ではないが。

「うーん、もうちょっと見てきたいかな。屋台とかはこっちのほうが出てるんだよね」

櫓門をくぐると、二の丸址に出る。相変わらず拡声器で音楽が流されているが、こちらでは射的や金魚すくいなどの、大きめの屋台も出ていた。カラフルな綿菓子を持った子供たちがはしゃぎ声をあげる。水風船釣り。発電機のうなり。お好み焼きとベビーカステラの香り。何かきらきらしたものが空から降ってくるような光景だ。

登志夫はずっとタイムスリップしたような気分でありつづけた。そう、本当に、こんなお祭りの光景は、数十年前の記録映像で見たことがあるだけだ。もちろん登志夫の世界の東京にも屋台はあるが、それはもっと、何と言ったらいいのだろう、管理され、整然とした、ビジネスを思わせる何かだ。

夏紀はあのグループにかち合わないよう気をつけながらも、登志夫と何となく感想を言い合いながら屋台の間を歩いた。

登志夫に気づかれないよう、心の奥底でこっそり思う。そう、ここに来たかったのは、一人でも来たかったわけじゃない。

登志夫と来たかった？

え、何それ……

「あっ、見て見てー！　あれ、タガメ占いだよ！　マジかー！　まだあったとは！」

夏紀は登志夫に悟られないよう、いや、自分をごまかすように、ちょっと大げさに驚いて見せる。

「タガメ占い？　タガメって、水棲の昆虫だよね？」

「そう。タガメ占い、知らない？　私もいつだったか忘れたけど小さい頃に見たっきりだよ。あれねえ、丸い水槽っていうかタライがあるでしょ。真ん中は空いてて、周りが区切られてるじゃない？　あそこの真ん中にタガメを放して、区切りのどこかに行ったら、そこがその人の運勢ってわけ。大吉とか凶とか書いてあるんだよね」

「それは知らなかった。……見に行かないよね？」

「行かない行かない。登志夫、虫苦手だもんね」

夏紀はタガメ占いが視界に入らないように背を向ける。しかしそうすると、どうしてもチョコバナナが目に入ってしまう。

「ねえ登志夫、チョコバナナ、買っちゃう？」

「いいね！　僕も好きだよ」

登志夫も選ぶとすれば、りんご飴よりチョコバナナだ。最後に食べたのはいつだっただろう。中学生の頃かもしれない。ということは、年齢的には小学生くらいの頃だ。

夏紀はレインボーのチョコスプレーがついた、少しだけお高い一本を買う。チョコレートのいい匂いがする。その場で食べてもいいのだが、ゆなの一群を警戒して、例の二の丸の丘に上る。ここにはぼんぼりもないし、地味なので、人は少ない。

カップルでもいるかと思ったベンチは奇跡的に空いていた。

チョコバナナは、よく考えれば単に安いチョコレートと普通のバナナなのだが、どうしてこれを美味しく感じるのだろうか。夏紀はゆっくりとチョコバナナを味わうと、残った棒をもてあそんだ。

二の丸の丘。そう、ここはかつて、登志夫とツェッペリンを見た場所だ。

丘の上には拡声器が向けられていないので、少し静かだ。

「登志夫、覚えてる？」

夏紀はそれだけしか言わなかったが、登志夫にはすぐに通じた。

「もちろん。忘れたことはない」

「ほんとに見た……よね？」

「見た。GRAF ZEPPELIN L Z127。間違いなく、見たよ。夏紀は黒か紺のワンピースを着ていた。衿が白いやつ。その衿の下に、模造真珠みたいなボタンが縦に二つついていた」

心に空いていた隙間みたいなものが埋まってゆく。温かく、優しい手をつないでもらったような感触がした。

「すごい。よく覚えてるね。私は何着てたかなんて忘れてた。でも、そういうワンピース、確かに昔の写真に写ってた。登志夫は何着てたか覚えてないや。ごめん」

「いや、僕のことを覚えていてくれただけで充分だ」

他の誰でもなく、夏紀が覚えていてくれた。夏紀は僕のことを覚えていた。もうそれだけで充分だった。

「でもツェッペリンってさ、海軍基地で爆発しちゃうんだよね。もしかして飛んでる最後の姿を見てたのかなって思うと、なんか切ないけど」

「えっ、ツェッペリンは落ちていないよ！　その後アメリカに向かって、世界一周を……」

しかし登志夫のどこかに、確かにツェッペリンが落ちたという記憶がある。

「うそ！　マジで？　登志夫の世界ではそうなの?!　でも私もつい最近、先生からツェッペリンが落ちた話を聞くまで、ツェッペリンって落ちなかったとばかり思ってた！」

「僕はツェッペリンが落ちたと思っていた。合理的に考えれば、ヒンデンブルクと混同してるだけかもしれないけど、何故だかずっとそう思っていた」

二人とも、それ以上言葉が続かなかった。不思議だ。まるで、二人の記憶が交差しているみたいだ。

夏紀と登志夫は空を見上げた。日は落ち、天頂はもう夜空といっていい暗さだが、薄雲がかかっているような色合いで、星は見えない。ずっとその空を見つめていると、縁日のざわめきも、音の割れた音頭も遠ざかってゆくような気がする。

何かが感じられる気がする。何だろう。ずっとそこにあって、ずっと夏紀と登志夫を待っていた何かだ。今にも焦点が合って、それが見えそうな気がする。

「あ……」

夏紀は思わず小さな声をあげた。

何かが周りに漂っている。

ポテトサラダ、戦闘機のコクピットから見たUAP、岩だらけのビーチに打ち上げられた空き缶、サファイア、原子核モデル、動くNFTアート、無響室用のパネル、ハリネズミ、花柄の皿。

ウサギの耳をつけた少女がにっこりと微笑む。

「な、何、これ……？」

「メタバースだよ。何て言ったらいいのか……インターネットの中のいろんな世界の、その中にあるものの断片が見えてるんだ」

「これが、登志夫のいた世界？」

「そのネットワーク上の世界というか……」

もう上下も分からない。夜空の中にいるのか、明るい球体の中に閉じ込められているのか、自分の内面を覗きこんでいるのか。

二の丸の丘の上では、夏紀と登志夫のすぐそばに、土浦一中の冬服を着た男女混合のグループがいた。男の子の一人が空を指さす。

「ここだよ。マジで」

「何それ、信じらんない」

「いやマジで見たって」

「見た見た。超見た。あれロケットかな？」

「つくばから飛ばすの？」

「んなわけないじゃん。だけど、マジで横にしたロケットみたいなやつが、ゆっくり飛んでったんだよな」

「そう。超でかかった。一中の校庭じゃ入んないんじゃね？」

「うそー。何それ」

夏紀と登志夫は顔を見合わせた……のだろうか。

中学生のグループはどんどん近づいてきて、ぶつかりそうになり、夏紀と登志夫は思わず目を閉じた。が、目を閉じても様々なものが飛び交う世界は消えなかった。ランニングの途中で立ち止まって上を見上げる青年。ベンチに座って空を見ながらあんぐりと口を開けているおばあちゃんたち二人。持ち合わせたノートに手早くスケッチをする子供。何人もがここでグラーフ・ツェッペリン号を見ている。

「登志夫！　見て！　あれ！」

夏紀はある方向を指さしたが、その手は白くて分厚い手袋に覆われた男性のもののような気がした。

「どこ？　何のこと？」

登志夫はあたりを見回した。ネジ、毛皮のコート、ホラー映画のお面、緑色のパンケーキ、メガネ。違う。いや、そう、そうだ。見える……気がする。

鈍い銀色の気嚢。五つのマイバッハ・エンジンの音……

見えた……！

そう思った瞬間、バンと大きな音がして、夏紀ははっとして目を覚ましたようになった。二の丸の丘のベンチで、チョコレートとバナナの匂いが残った棒を持ったまま、夏紀は空を見上げている。

あちこちから悲鳴が上がる。夏紀はたっぷり三十秒ほどもぼうっとした後、事態を少しずつ理解した。大きな音がしたのではない。今までうるさいほど鳴っていた音頭が止まり、ぼんぼりの電気が消えたのだ。

明かりがついているのは、発電機で電気を起こしている屋台だけだった。

「停電だ！　停電したんだ。見てごらん夏紀、あっちに見えるビルなんかも、今、電気がついていない」

「ほんとだ……」

立ち上がったとたん、ナプキンに経血が沁みこむ感触があった。

「夏紀、たこ焼きでも買ってもう帰ろう。公園のトイレより家のトイレのほうが安心だし」

「そうだね。ありがとう」

そう答えたが、夏紀はまだ少しぼうっとしてあたりを眺めていた。本当に停電している。公園だけではなかった。一二五号線や亀城プラザの方向も、丘から東の方向に見える市街も、どこも真っ暗だ。

「ちょっと中二病っぽい発言だけど、もしかして、私、またやっちゃったかも」

「えっ？　何を？」

「私、機械に嫌われてるんだよね」

非科学的、と言われるだろうか。しかし、登志夫はその言葉を信じずにはいられなかった。

やはり、光量子コンピュータを止めたのは、夏紀なのかもしれない。

＊

日曜の朝に目を覚ますと、登志夫がまだそこにいるのが感じられた。夏紀は目覚ましを止めると、あまり頭を高くしないよう気をつけながら机のほうに這ってゆき、ゆっくりと立ち上がってカーテンを開けた。天気はいい。暑くなりそうで、そこは嬉しくないが。

また布団に戻って仰向けになり、大きくのびをする。いつもは起きた後にはすぐ布団から出るようにしている。布団でだらだらしていると二度寝してしまうし、二度寝すると後で頭が痛くなったりしがちだからだ。

でも今朝は、会話する相手がいる。

「おはよう登志夫」

「おはよう。なんか変な感じだよね」

「なんか慣れてきた。もしかしたら、このままずっと一緒なのかもしれないし。あっ、でもそしたら、私、どんな大学でも受け放題かも」

「その時は協力するよ。でも、私立の文系は全滅になるかもしれないけどね」

夏紀は少し声をあげて笑う。

「ねえ登志夫、だけどさ、私たちの世界ってどのくらい違うんだろうね。なんで違うんだろう?」

「僕も考えてた。共通点も多いし、以前は一つだった世界が二つに分かれたような気もするよね。科学的根拠はないけど。何百年も前に二つに分かれたってことはないんじゃないかなあ」

「どうしたら分かるかな?」

「そうだな……」

登志夫はしばらく考えた。

「分裂の決定的な瞬間までは同定できないだろうけど、だいたいいつぐらいかは分かると思うよ」

「マジで?! どうやって?」

「歴史についての記録をブラウズすれば、近現代なら、僕の世界との違いが分かる」

「世界史の年表あるよ! 大学受験くらいまで使えるようなやつ」

夏紀は大急ぎとめまいがしないくらいの中間の速さで起きると、本棚から横長の本を取り出した。少しこつは要ったが、登志夫に任せる。登志夫は夏紀の手を使って年表をめくると、二十一世紀からさかのぼって見てゆく。

二十一世紀も、二十世紀も、戦争や国際紛争の類の大きな出来事は登志夫の世界と一致していた。違いとして目を引くのは宇宙関係だ。ソ連による人類初の宇宙飛行は一九六一年ではなく、一九五六年になっている。アメリカによる月着陸は一九六二年だ。十九世紀の記述に違いはない。

しかし、一致も相違も、あくまで高校参考書としての年表レベルでしか分からない。

「必ずしもネットが頼りになるわけではないけど、こういう時こそ、せめてスマホがあったらと思ってしまうな」

「インターネットかー。今、学校もお盆休み……あっ！」

夏紀は思わず声をあげた。

「どうした？」

「ある！　パソコンある！　筑波大の図書館に行けばいいんだ！　私、今年は何回か筑波大でパソコンの講習を受けたんだ。その時、年内有効の利用証をもらってるんだ。筑波大の図書館は夏休み中ずっと開いてるって聞いてるし、つくば往復くらいの交通費なら持ってるよ」

臨時のお小遣いも、チョコバナナとたこ焼きにしか使っていない。

「筑波大か。いいね。夏紀の身体が大丈夫だったら、是非行きたいね」

大学図書館なら、英語で新聞のマイクロフィルムや百科事典を閲覧することもできる。

「今日は二日目だけど、昨日より大丈夫な気がする。ロケットスタートだった時は二日目三日目は案外大丈夫なんだ」

夏紀は手早く朝食と着替えを済ませると、九時前に家を出た。親は多分午後遅くにならないと帰ってこないだろうが、いちおう、筑波大の図書館に行くと書き置きをして、図書館の電話番号も記しておく。土浦駅前から出るバスに乗れば、乗り換えなしで筑波大まで行ける。

筑波大学は広い。構内には移動用の循環バスが走るくらい広い。夏紀は総面積は覚えていなかったが、確か東京ドーム五十数個分というのは記憶していた。学生たちはバスよりも自由に動ける自転車を使う。最近ではキックボードに乗る学生もいるようだ。ローラースケートを愛用する留学生もいる。筑波大は女子高である土浦二高からは年に数人進学するが、夏紀にとってはまだ高望みのお相手だった。

つくば市にはその他にも、高エネルギー物理学研究所や宇宙開発事業団、宇宙アカデミーなど、敷地面積の恐ろしく広い研究機関がいくつもあるが、つくばの土地は痩せていて作物が作れないから研究学園都市を作ったんだと地元の人が言い合うネタにされている。登志夫からすれば、高エネルギー物理学研究所や宇宙開発事業団は高エネルギー加速器研究機構や宇宙航空研究開発機構の前身の名称ではないかと思うのだが、夏紀の世界では今でもこの名称が使われているようだ。

「図書館、けっこう面倒な場所にあるんだよね。路線バスが大学病院までしか行かないから、そこから一キロぐらい歩くんだ。循環バス待ってる間に歩いて着いちゃったりするし」

「アメリカの大学みたいだよね。緑も多いし」

「一般の敷地とも入り混じってるから、コンビニとか、普通のおうちとか、こじゃれたパン屋さんとかもあるんだよね。いいなあ。このまま登志夫と一緒だったら現役で受かるよね」

「でも、僕は二十歳過ぎたらただの人になっちゃうかもしれないよ?」

広大な駐車場と広大な駐車場の間のやたらと広い並木道で、夏紀は足を止めた。

「そういや登志夫って、今いくつ?」

「十七だよ。夏紀と一緒だ」

「それでもう量子コンピュータの研究をしてるんでしょ？」

「正確に言うと、まだ大学生だし、研究は手伝い程度だよ。勉強してる途中」

「でも十七で大学生かあ。いわゆる神童ってやつ？」

「そう言われることもあったよ。でも大学まで来ると、さすがにそれは通用しない。できればこのまま研究の道に進みたいけどね。何て言うか、役に立ちたいんだ。そうでないと、自分の存在意義が失われるような気がして、不安なんだ」

登志夫は、素直にそう言った自分に驚いた。自分の「気持ち」を表現するのは、いろいろな意味で苦手だった。言葉を見つけるのも苦手だし、そもそも「自分を表現する」なんて考えられない。

「そっか。能力がある人って、それはそれで大変なんだね。ロイヤル・ギルティってやつ？」

「違う。ロイヤル・デューティだ。ギルティは有罪」

「うわっ、まず。英語の勉強ちょっと強化したばっかりなのに。私は……うーん、進学とかは自分のためのことしか考えてないや」

「でも親の負担にならないように国立とか、そのくらいは考えるでしょう？」

「……考えたことなかった」

「身勝手だなあ」

ちょっと待て。夏紀ははっとして歩き始めた。このままでは何もないところで突然立止まって空を見つめている人になってしまう。無駄に日焼けするばかりだ。

中央図書館は、二十世紀後半の大学建築らしい、地味で機能的な建物だった。ただ、外壁がレンガ色で、隣の人類学・社会学系棟とデザイン的に統一感があるため、とても広々として見える。実際、図書館単体でも広いのだが、例によって何もかもが広大なつくばではどうということもない、むしろささやかな建物にも見えるのだった。

登志夫は一瞬、紙の利用証を想像したが、さすがに磁気カード式だった。夏紀は臨時とはいえ正式に許可の出た利用者だが、ゲートを通る時にどうしても緊張してしまう。何となく、居ちゃいけない人のような気持ちがなくならない。

図書館の内部は、開架書庫には三階に達する吹き抜けと天窓のある、開放感を感じられる造りになっている。個室の視聴覚室や、パソコンが使える席もある。夏紀は受付で簡単な手続きをすると、コンピュータの一つを借りた。二高のパソコン部のそれとは格段に性能が違うやつだ。

登志夫は時々ネットの記述も参考にしながら、主に宇宙開発関係の歴史を調べていった。英語の主要な科学雑誌は電子版――というより、マイクロフィルム版だ――があり、ＰＣ

でどんどんブラウズしてゆける。夏紀にとってはスピードも内容もついて行けないが、登志夫の考えはうっすらと伝わって来た。

重力制御装置のハチソン機関……。その名は登志夫も聞いたことはあったが、あれは結局、再現性のないインチキ科学だったはずだ。それが夏紀の世界では実装されている。月基地。火星基地。ソ連の存在。その一方で、量子力学はようやく登志夫の世界の一九八〇年代くらいのレベルになったばかりのようだった。言わば、宇宙開発に全振りした科学史とでも言えばいいだろうか。

「信じられない……。夏紀の世界では、月どころか、火星にまで基地があるなんて」

「こっちはそれが信じらんない。登志夫の世界って、月に一個の基地もないとか、江戸時代かって思うよ」

「そもそもハチソン機関なんて、僕の世界じゃ一部の好事家（こうずか）しか知らない似非（えせ）科学事件か、せいぜいオカルトの案件だ」

「でもそれで普通に人工重力作ってるよ？　LEDはそう作られてるから電気を通せば光が出るし、パソコンはそう作られてるから電気を通せば計算ができるし、ハチソン機関はそう作られてるから電気を通せば重力を産むだけで」

だから……そう言いかけて、登志夫はやめた。何か議論が堂々巡りになりそうだ。こっちだって、光量子コンピュータはそう作られているから場合によってはスーパーコンピュータを超える性能を生み出すとしか言いようがない。

登志夫は歴史チェックの作業に戻った。歴史は二十世紀前半まで遡ると、相違点が少なくなってゆくという。夏紀は登志夫の世界の歴史は知らないし、知っていたとしても登志夫ほどいろいろ記憶はできないだろう。慣れれば閲覧を登志夫に任せるのは楽になった。自分であって自分ではない不思議な感触だ。

「一九二〇年代以前の歴史はまったく違いがないな」

「本当？　じゃ、三〇年代に何かあったのかな？」

「それより前かもしれない。一九二九年十月の、世界恐慌の発端となったニューヨーク株式市場での株価の大暴落の日付が違う。こっちの、つまり夏紀の世界のほうが二週間早い」

「十月かあ。九月とかどう？」

「さすがに僕もそれ以上細かい歴史は記憶していない」

「だよねえ。もし、世界の分裂の原因が地方新聞の三面記事レベルの事件に由来していたとしたら、よっぽど綿密に両方の世界の新聞記事をチェックしないと見つからないよね」

「あるいは、地方新聞の三面記事にもならないような出来事が引き金だったとすれば、文献資料を完璧に照合できたとしてもどうしようもない。歴史というのはせいぜい、記録されて、それなりの人数の人間が共有している情報にすぎない」

「そういや正式な歴史には載ってないけど、ハチソン機関って、ツェッペリンと関係があるんだって」

夏紀はスラヴァから聞いた話をした。ハチソン機関の実装に用いられた特殊金属の件だ。

「ちょっと待った夏紀、それは月刊アトランティスのネタでは？」

「っぽいけど、実は、ソ連の科学者の人から聞いたんだよね」

「いったいどこで？　どういうシチュエーション？」

「うーん、何て言うか、この間、つくばの学会に来てた科学者の秘書さんで、本人も科学者っていう人とちょっと立ち話する機会があって。土浦関係の話の一環として」

登志夫には、知らない男の人と二人きりでお茶をしたとは知られたくなかった。

……いやちょっと待て。なんで？

登志夫は何かを疑っている様子だった。

「何かおかしな気もするね」

「ほんとだって。ほんとに……」

ただちょっと話をしただけで……

「なぜソ連の科学者がわざわざ市井の女子高生にそんな話をしたっていうんだろう？」

「だから、何て言うか、土浦関係の話題として……」

「それが奇妙な気がするんだ。なぜかいろんなことがツェッペリンに結びついてゆく。歴史も、少なくとも年表レベルで見る限り、ツェッペリンあたりに転換点がある」

ああ、疑うって、そっちの意味ね。

しかし、確かにそう言われてみればその通りな気がする。

ふと冷静になると、夏紀は周囲が気になった。夏休み期間中であるせいか利用者はそう多くはなかったが、夏紀は傍から見れば、ものすごい勢いで横文字の資料を閲覧しては時々ぼうっとする人に見えるだろう。

「登志夫、仮説でしかないけどさ、確認できないって言われちゃうかもしれないけど、もしかして、その世界が分裂した原因がツェッペリンだったりしないかな？」

「そう考えたくなるのも分かるよ。しかし……」

「でもさ、どうせこれ以上細かい歴史は比較できないんだったら、とりあえずツェッペリンのこと調べてみない？　ここならなんかそういう本もあったりしないかな？」

「そうだね。検索してみると、閉架書庫に、九〇年代にドイツで書かれたツェッペリンとヒンデンブルクについての本の英語版がある。これの閲覧請求をしてみよう」

届いた本は恐ろしく分厚いハードカバーの本だった。いわゆる「鈍器本」というやつだ。夏紀はひるんだが、あとは登志夫に任せるしかない。

今度は夏紀は、傍から見れば外国語の文献に速読で目を通し、時々放心する人になった。

本は三名の著者による共著で、一人はジャーナリストで、あとの二人は航空力学と歴史の専門家だった。真面目な研究書だ。全体をざっと読んでから事故原因についての部分を精読する。その本の結論では、ヒンデンブルクの爆発事故は不明な部分も多い、陰謀論含みの推論も出るものだが、グラーフ・ツェッペリンの墜落原因は、どの角度から精査しても着陸操作時の静電気が引火したものと見て間違いがない、ということになっていた。

夏紀は登志夫の指示通り、ツェッペリンの墜落事故についての章のコピーをもらいに行った。登志夫がまたタイムスリップ気分を味わったのは、この時の手続きが紙へ手書きで記入したからだ。利用者が夏紀である以上、当然、登志夫の名前ではなく夏紀の名前を書く。藤沢夏紀、所属・土浦第二高等学校。

「えっ、夏紀、姓は藤沢なの？」

「ちょっと今は黙ってて！」

そうだった。夏紀は今、手続きのために司書とやりとりをしているところだ。

登志夫はそれが終わるまで待つ。コピー機の調子が悪く司書に謝られたが、夏紀は例によって自分が謝らないといけないと思わずにはいられない。

時間は一時を過ぎたくらいだった。さすがにお腹が空く。夏紀の身体のためにも、ここは無理をしない方がいい。

「ねえ登志夫、さっきちらっと見たけどさ、この図書館、スタバがあるよ。ちょっとゼイタクしない？」

「いいね。キッシュとかサンドイッチくらい食べよう」

本当にささやかな贅沢だが、夏紀のお小遣いの負担にならないといいが。

天気は晴れだったが、意外にも湿度が低く、日陰のテラス席は快適だった。

洋書のコピーは、母のお下がりの籠バッグにしまってある。自分一人ではとても読み切れないが、登志夫と一緒なら、また読み返すことができる。

「ねえ登志夫、私思うんだけど、やっぱりさ、私たちって、並行世界の何かなのかなあ」

「多世界、並行世界は、物理学でも——少なくとも、僕の世界での物理学では——真面目に議論されている。極端な論者になると、宇宙は特に原因というものがなくても常に分裂し続けていると計算する人もいる」

登志夫はそこで数値をあげておくのはやめた。あまりに非現実的な数過ぎて、かえってイメージできなくなりかねない。もっとも、数値などなくても非現実的過ぎてイメージしづらい話ではあるが。

「えぇ……なんか、変なプレッシャーを感じる……。宇宙って、そんなに分裂してどこに入り切れるの？　なんか宇宙で宇宙が埋まる感じがして怖いんだけど」

「学者たちだってイメージはしきれてないよ。計算はしてるけど」

「ってことは、私たちの原因探索とかも本当は意味がないのかもね」

「いや、宇宙が限りなく無限に近く分裂しているというのも、説の一つでしかない。それに、こうやって夏紀と僕が接触したように、よりによってこの二つの世界だけが干渉しあっているのも疑問だ。本当にすべてが偶然とは考えにくくないかな？」

「それはそうかも」

グラーフ・ツェッペリン号が落ちた世界と、落ちなかった世界。

夏紀はふと、世界では奇怪な現象が起こる率がどんどん高くなっているという話を思い出した。二十世紀に入って三十年ほど経った頃からという説もあると。登志夫は統計上の罠だと反論するかと思っていたが、意外にも肯定的な返事が返って来た。登志夫の世界でも同じだと。

「ちょっとアトランティスネタっぽいけどさ、これってもしかして、ツェッペリンで二つに分裂した世界が、時間が経つにつれてどっちもおかしくなってきた、なんてこと、ないかな？」

「それは……」

夏紀は否定されるかと思った。非科学的だと。

「考えられる。実を言うと、僕の世界では、ツェッペリンの目撃談と大規模な異変が、時間的に連動している様子があるんだ。まるでツェッペリンの目撃が、大異変の凶兆みたいに」

登志夫はふと、光の二重スリット実験を連想した。一つの光源を二つに分けてスクリーンに投影すると、その両方が干渉しあって干渉縞ができる。光が粒子であるだけではなく波でもある性質を表す実験だ。

二つの世界が干渉しあって、均質でない何かを作り出す。それは双方の世界にとって負担になっているのではないだろうか。

夏紀はもっと単純なものを想像した。二つに分かれたしなやかな枝を振り回すと、根元の方は触れ合わないが、先端にいくにつれて互いにぶつかり合い、双方に傷がつく。最後には……どうなるんだろう？

「でもあんな大きなものの運命が二つに分かれるってことは、何かものすごく大きな力が働いたのかな。宇宙からすごいエネルギーの電磁波みたいなものが降ってきて、とか」

「それなんだけど、僕は逆のことを考えている。仮説の上に仮説を立てるのは本当はよくないんだけど、一つ考えていることがある。ツェッペリンの事故原因が本当に静電気なら、もしかしたら、電子数個、いや、たった一つの電子の量子的ふるまいが、事故が起こるか起こらないかを決定したのかもしれない」

量子的ふるまい……。夏紀は意識を集中して、登志夫の考えを自分に呼びこんだ。シュレーディンガーの猫みたいなやつだ。たった一つの電子の、他の物質と干渉しあわない限り決定しない位置が、スピンが、何かが決定され、水素の気嚢が炎上するかしないかの決め手になってしまう……

僕はまだ光量子コンピュータともスーパーコンピュータともつながっている。登志夫は感じた。キーボード入力や音声入力の比ではない濃度でつながっている。それどころか、世界中のコンピュータのリソースに割りこめるような気がする。どこか僕の奥底で、ものすごい勢いで計算が行われているのを感じる。

それはあり得る。それらの計算の結果が告げている。

原子の動き一つ一つ、素粒子の動き一つ一つをシミュレーションしたコンピュータたちが叫ぶ。

それはあり得る、と。

それはあり得る。むしろ、その可能性が一番高い、と。

「それだったら、私もちょっと考えたんだけど、いやその、登志夫みたいに物理学とか分かってるわけじゃないからこそ考えたやつで、話半分に聞いといて欲しいんだけど、もしかして……もしかして、ツェッペリンが落ちるか落ちないか、まだ決まってないんじゃ……」

言ってからしまったと思った。登志夫から流れ込んできた「量子的重ね合わせ」の状態というのが頭のどこかにあったから考えたことだったが、もちろん、そんなのはSF、いや、月刊アトランティス的オカルトネタだと分かってはいた。当然時間は流れているわけだし、過去のことは過去のこと、もう爆発にしろ着陸にしろ世界の分裂にしろ、起こったことは起こったのに違いない。でもなぜか、そんな考えが夏紀の頭の中に浮かんできたのだった。

「でも……いや、絶対にないとは言い切れない」

あり得る。あり得る。登志夫の後ろで、コンピュータたちの計算がそう告げる。

「ある種の先鋭的な物理学者たちは、実は『時間』というものが存在しない可能性をさえ論じている。少なくとも時間は、僕たちが普段漫然と思っているように、過去から未来に『流れて』ゆく性質のものではない可能性は高い」

「混乱してきた。もし、もしもよ？　もしもそうだったとして、でも、なんで私と登志夫がこうやって接触してるの？　それとも世界中でランダムにこういうことが起こってるのかな？」

「それなんだけど、夏紀、さっきコピー申請の用紙を書いている時に気がついたんだけど、夏紀の姓って、藤沢っていうんだよね？」

「そうだけど。なんか変かな？」

「実は、僕は北田登志夫なんだけど、母の旧姓が藤沢なんだ」

「えっ、本当?!　うち、お父さんが土浦に婿養子に来てくれたんだけど、旧姓、北田だよ！」

二人は心の中で顔を見合わせた。

父は北田千久（ちひさ）。母は藤沢美々子。

「ちょっと待って、それ、どういうこと？　登志夫、誕生日っていつ？」

「二〇〇四年六月十四日、午前十時三十五分だ」

「私も……まったく一緒！　場所は？　どこで生まれたの？　まさか私たち、生き別れの双子?!」

「生まれたのは東京の病院で、ええと、なんて言ったっけかな」

「私は亀城公園のすぐ隣の土浦病院」

もう一度、心の中で顔を見合わせる。

長い沈黙。

双子というより……

「登志夫って、何？ もしかして、そっちの世界の私？」

返事がない。

「登志夫！ 絶句しちゃった？」

返事だけではない。気配がない。

「登志夫！」

いない。登志夫はもういない。

「と……！」

夏紀ははっとして口をつぐんだ。危うくスターバックスのテラス席で虚空に向かって男の名前を呼び捨てで叫ぶ少女になりかけた。

衝撃とともに、悲しいとも虚しいともつかないものがやってきて、何か大きな感情に飲みこまれるようだった。

これを喪失感と呼ぶのだろうか。

もう登志夫はいない。いない。どうしてなのかは分からないけれど、もういない。ずっとこのままだったら困るのは確かだけれど、こんなに早く、どうしてかも分からないままいなくなってしまうなんて。

夏紀はそれから一時間近くもそのテラス席で呆然と登志夫を待った。しかし、登志夫はもう二度と現れることはなかった。私はどうすればよかったのだろう？　いや、どうって、何がどうなったらよかったっていうの？　登志夫がずっといればよかった？　このままずっと？　一生？　どうして？　面倒なだけじゃない？　面倒ごとがなくなってよかったんじゃない？　でもこの、ぽっかりと穴が開いた感じは何？　どうしてこんな気持ちになるんだろう……

夏紀はまだしばらく、空になったマグカップをもてあそびながら待った。やがてあきらめてカップや皿を片付けると、帰りのバス停に向かった。

10　グラーフ・ツェッペリン飛来

その日と翌日はどう過ごしたのか、夏紀は覚えていなかった。消滅するように過ぎた気もするし、逆に、一週間くらい何もせずに過ごしたような気もする。また強い既視感があった。生理は順調に終盤を迎えている。

火曜日の午後にはまたつくばへと向かった。大学図書館に行くわけではない。そもそも、夏紀一人で大学図書館に行っても猫に小判だ。そんないいものではない。豚に真珠のほうが近いかもしれない。いずれにせよ、今日つくばに行くのは、リューイチこと坂本ありさのピアノ発表会のためだ。午後三時くらいからやっている小さい子たちの演奏にまで付き合うほどの度量もないので、六時くらいからの、中高生の上手い子たちの演奏から聴く。ありさはいわゆるトリだ。来年の音大受験生を除けば「教室の一番上手い子」だ。

会場のノバホールは、ヨーロッパのクラシックコンサート会場にも匹敵する音響だという、その筋では有名なホールらしい。ホールのあるつくばセンタービルエリアに着いた瞬間、夏紀はかなり強い既視感を感じた。が、それは例の奇妙な既視感ではなかった。そう、このホールの前あたりは、戦隊ものの撮影でよく使われている場所なのだ。岩場のような噴水や、幅広の大きな階段、レトロな近未来といった趣の（建てた当時には本当に近未来的だったのかもしれないが）ホールの三角窓の外観などが、戦隊ものの舞台にはうってつけなのである。毎シーズンに必ず一、二回はここで戦っている。子供の頃によく見た風景なのだった。

クラシックのコンサートはあまり行ったことがないので少し緊張はしたが、夏紀と同世代の子たちの弾くピアノはとても楽しく聴けた。ドビュッシー、ブラームス、メンデルスゾーン、そしてショパン。自分で思っていたのより音大卒の母の影響を受けているのだと自覚した。ありさが最後に弾く「英雄ポロネーズ」はさすがに知っている。うるさい通人しか知らないような曲を弾くのも大変だろうが、通でなくても知られている曲を弾くのは、きっとまた別な大変さがあるはずだ。知られている曲は、有名な演奏家と比較されやすい。通でも何でもない人からも、上手いとか下手とか言われてしまう。

ありさの演奏は鮮烈だった。今や自宅の電子ピアノか、実家の古いピアノしか弾かなくなった母、美々子よりはるかに上だろう。技術的なことは夏紀には分からないが、ただ身を任せて心地のよい音楽だった。日ごろから「演奏の前後の態度も音楽のうち」と言うありさは、まるで一流の演奏家のようにピアノの前に立ち、控えめな笑顔を見せてきれいにお辞儀をした。その完璧さは、親友が少し遠いところに行ってしまうような、かすかな寂しさのようなものを感じさせはしたが。

演奏が終わってホールの外に出ると——出演者も家族も多いので、楽屋まで会いに行くのはかえって迷惑になるかもしれないからだ——あたりは真っ暗だった。確かに七時過ぎで日没から三十分以上は経っているが、いくら何でも暗すぎる。夏紀は出口を一歩出たところで思わず立ちすくんだ。さすがに暗すぎる。暗いのは、空が暗いからだけではなかった。街灯がぽつりぽつりとついているだけで、飲食店の灯りもないのだ。

そして肌寒い。冷たい風が夏紀の半袖の腕を吹き抜けた。適度に冷房の効いたホールからまだ暑さの残る外に出たのだから、多少は暑く感じるはずだが、それどころかうっすらと寒い。あたりには誰もいなかった。確かに、聴きに来ていた人はそれほど多かったわけではない。まだ楽屋に残っている人たちもいるだろう。しかし、つい今しがた発表会が終わったばかりで、誰一人姿がないほど素早く人がはけたとは、とても考えられない。

「うわー、何これ。ちょっと怖いんだけど……」

夏紀はつい独り言を言い、存在しない上着をかき寄せる動作をして、無駄だと気づいてやめた。おかしい。さすがにおかしい。あたりを見回すが、戦隊もので見慣れた光景も、こんなに暗い中で見ると、本当に怪人に襲われそうな気がしてくる。

足元に段差がないかどうか爪先で探りながら、バス停のほうに向かう。センタービルの端まで行って階段を下りればもうバス停のはずだ。しかしやはりおかしい。追い詰められたように鼓動が速くなる。おかしいが、しかし、立ち尽くしているわけにはいかない。とりあえずバス停に向かわなければ。無駄なような予感はあるが。

突然、後ろでかすかな物音がした。何かがこすれるような、足音のような、ごく微かな物音だ。普段なら絶対に気づかなかっただろう。しかしこの、あまりに静かな、異常に静かな中では、その物音は少しぼんやりしたところのある夏紀の神経をさえ反応させた。

夏紀ははっと息をのんだ。振り返って怪人がいたら嫌だなと思ったのとほとんど同時に、誰かの腕が夏紀の頸を捉えた。

心臓が縮むような驚きが夏紀をすくませる。

甘い香りがする。

これは……！

夏紀はぎゅっと目を閉じた。

次の瞬間、男性の声が前方から響いてきた。聞き取れない。英語でもない。その声には聞き覚えがあった。頸元に回された腕は緩まず、もう一方の腕が夏紀の腹にもかかった。が、何かがあったらしく、腕は突然放されると、夏紀はバランスを失って前によろけ、膝と手を突いた。驚きと恐怖とその痛みで、頭が真っ白になる。声も出ない。斜めがけにしていたポシェットが肩にぶつかる。

「夏紀さん！　大丈夫ですか⁈　こちらに！」

声は聞き覚えがある……そうだ、スラヴァだ。

「大丈夫ですか？　ここは危険です。早くこちらに」

右腕をとってもらい、夏紀はどうにか立ちあがった。すべてが一瞬の出来事でありすぎ、感想も何も感じる間もなく通り過ぎてゆく。何がどうなったのか分からないまま、気がつくと、夏紀は左ハンドル車の助手席にいた。

「大丈夫でしたか？　お怪我はありませんか？」

ハンドルを握ってるのはスラヴァだ。ふと見ると、後部座席には、海外ドラマの中でしか見たことのないような、いかにもそれらしい暗視装置のようなものが無造作に放り出されている。

「多分大丈夫です」

夏紀は自分の声がかすれているのにびっくりした。

「ちょっと右膝をすりむいてるくらいだと思います。でも……」

車の窓から外を見る。ここはどこだろう？　街灯もまばらな、いや、全然ない、田舎道のようでもある。が、いかんせん暗すぎて外の様子は分からない。

「まさか彼らがここまでするとは思いませんでした」

スラヴァの横顔と声は、先週会った時とは比べ物にならないほど厳しかった。

「あまりにも暴力的です。このような横暴は許されてはならないものです」

あの香り。あの瞬間に感じた微かな香り。

あれは間違いなく、グレース先生がつけていた香水の香りだ。

夏紀は小声で言った。

「彼ら……って、誰ですか？」

聞きたいことは山ほどあり、まだ頭はぐるぐる回っているように混乱していて、何をどう聞いたらいいのか分からない。

「夏紀さんはご存じないでしょうね。善良な一般市民にここまで知らせるべきかどうか分かりませんが、これからのことを考えると知っておいた方がいいでしょう。アメリカ政府です」

は？

ただでさえほぼフリーズ状態だった夏紀は、今度こそ本当にフリーズした。

「え、ええと……」

「信じがたいでしょう。その驚きはもちろん理解できます。日本の方々にとって、アメリカは今、もっとも信頼する同盟国でしょうから」

「ええと、その、あの、そうじゃなくてって言うか……何て言うか……あの、私、田舎のフツーの高校生に過ぎなくて……」

スラヴァは前を見ながらも、小さくうなずいた。

夏紀はまだ何か言おうとしたが、何を言おうとしたのか自分でも分からない。

「夏紀さんはご自分ではお分かりでないのかもしれませんが、そうですね、正直に言うべきでしょう。夏紀さんは、ある特殊な能力を持っていらっしゃいます」

ますますわけが分からない。

私の……能力？　理科は少しだけ得意なこと？　パソコンが多少使えること？　方向感覚は意外とあること？　地理は勉強量に比べれば成績がいいこと？　年に一度くらいしかやらなくても半幅の文庫結びができること？

どれを取っても、国レベルで注目されるような、いや、町内レベルでさえ注目されるような能力ではない。

「ちょっと何言ってるか分かんないですけど……」

「夏紀さんは、ある種の電磁気的変異を引き起こす能力を持っています」

スラヴァは、言葉の意味が夏紀にしみ込むのを待つように、しばらく沈黙した。

「心当たりはありませんか？　先週お目にかかった時、停電が起きましたよね？　あれもその現象の一つです」

「あっ……！　機械に嫌われてるやつ……ですか？」

「ユニークな表現ですね。今そういう表われ方をしていますが、その力のことです」

「でも……」

「もともと、電磁気的な異常が東アジア、おそらく日本の近辺にあることは十年ほど前から知られていました。そしてごく最近、電磁気異常の極めて細密な観測が可能になったことによって、夏紀さんがその発生源であることが特定されたのです。アメリカも何らかの形によって、もしかしたら我々に対する諜報活動の結果として、夏紀さんのことに気づいたようです」

スパイと言えばソ連のイメージなので、逆である可能性もあるかもしれない。アトランティス民としては、非常事態で頭がぼんやりしている時でもそのくらいのことは考える。

最近、誰かに見られているような気がしたことも、英会話教室も、スラヴァが不自然に夏紀とお茶をしたことも、何もかもみなつながっていたのだろうか。そう言えば、あの英会話教室、パソコン部——事実上、夏紀一人——には、主催者側から強く参加の要請があった。パソコン部だからだと思っていたが、あれは夏紀を狙い撃ちにしていたのだろうか。

「先日私が夏紀さんをお茶にお誘いしたのは、私がある程度時間を稼いで、その間に私の仲間たちが特殊な計測を行うためでした。停電が起こったこともあって、やはり能力の持ち主は夏紀さんであることが確認されました」

「でも……単に機械がちょこっと不調になるだけで、能力ってほどじゃないと思います。そんなにすごいことでもないというか、単に個人的にちょっと不便なだけで」

「能力というのは、訓練をしていないうちはそのようなものです」

スラヴァはちらりと夏紀を見、また車の前方へと注意を戻した。

「考えてもみてください。その力を訓練し、研ぎ澄まして、意のままに操れるようになったらどうなるでしょうか？」

まさか……。薫やありさと冗談で言っていたやつか。

「それは兵器にも匹敵する、いえ、兵器そのものと言える力を持ちます。アメリカは夏紀さんを同意なく誘拐するか、あるいは……恐ろしい話ですが、命を狙った可能性さえあります」

頭の上から全身に冷たいものが走り、夏紀は息を詰まらせた。シートベルトの上から自分の身体を抱きしめるように腕を組む。手が冷たい。そして震えている。

「我々ソ連政府は、夏紀さんをお守りし、ご本人の同意のもとで協力を要請する考えです。何よりも、夏紀さんの安全が第一です」

やめて！　聞きたくない。私だって、好きでそんな「能力」とやらを持っているわけじゃない。何かの治療をして治せるというのなら、その治療がけっこう辛いものだったとしても、失くしてしまいたい。こんな風に誰かから狙われるとか何とかされるくらいなら、そのほうがずっといい。

「夏紀さん……？　大丈夫ですか？　あまりに急な話なので、すぐには納得されないとは思いますが」

どれだけ時間が経っても、お婆ちゃんになるくらい待ってもらっても、納得などできるわけがない。

手はどんどん冷たくなっていった。心臓がどきどきしているわりに、身体はひんやりとしていた。

時間だけが流れてゆく。

時間？

そういえば……

何かがおかしかった。つくばセンタービルから土浦駅までは、高架道に乗らなくても二十分もあれば着くはずだ。夏紀は時計を見たかったが、街灯もない真っ暗な道では、自分の腕時計さえ見えない。でもおかしい。もう少なくとも三十分以上は経っていないだろうか。

車はいつの間にか、地面の上を走っているのか、止まっているのか、あるいは漂っているのかも分からなくなっていた。外は相変わらず暗いままだ。夏紀自身も、座っているのか、立っているのか、あるいはふわふわと漂ってゆこうとしているのか、それとも高いところから落ちようとしているのか、分からない。

「夏紀さん」

スラヴァの声が遠くから聞こえる。

「夏紀……さん……」

とてもとても遠いところから。

夏紀は走り出した。家に帰りたい。あたりはうっすらと明るくなってきている。少し見える。地面が、土浦駅が。夏紀は駅前商店街まで帰ってきていた。しかし何かがおかしい。

振り返ると、新聞の代理店やめがね屋、古い手芸店の看板建築が見える。

ということは、ここは自宅の、夏紀の家に間借りしている佃煮屋の店の前のはずだ。

しかしそこに広がっていたのは、広大な更地だった。不自然にどんどん明るくなってゆく中で、桜町の酒屋や洋菓子店まで見える。

夏紀の家ばかりではなく、数ブロックがまるまる更地になっている。そして歩道から数メートル行ったところに。大きな看板が掲げられていた。

土浦駅前再開発予定地。

おかしい！　そんなのおかしい！　なにこれ?!　何なのこれ?!　耳がキーンと鳴り、今度こそ本当に頭の中が真っ白になりきった。手足の感覚ももうない。

何かおかしなことが起こっても、とりあえず家に帰れれば何とかなる気がしていた。少なくとも、考えこんだり悩んだりする場所はある。しかし……

「登志夫……！」

夏紀は思わず、登志夫の名を口にしていた。

「登志夫……。どうすればいい？　どうすればいいの？　どうなってるの？　どうしてこんな時にはいてくれないの！」

なぜ今に限っていてくれないの？

来てくれないの？

どこにいるの？

そっちの世界？

登志夫！

登志夫！

誰かに呼ばれたような気がして、登志夫ははっと目を開けた。

「あっ、気がついた？　よかった！」

「救急車ちょっと待った！」

いくつもの聞き覚えのある声がする。

登志夫は反射的に開けてしまった目がまぶしく、もう一度ぎゅっと閉じた。が、顔をしかめながらもまた何とか目を開ける。

「よかった！　大丈夫？」

何人かの顔が見下ろしている。皆は口々に登志夫に声をかけ、安堵したような表情を見せた。

「あ……」

声が出ない。

「いいよいいよ、無理しないで。今、救急車呼ぼうとしちゃった。よかった、気がついて」

「調子的には、どんな感じ？　やっぱり病院は行った方がよさそうな感じ？」

「いや、すぐに答えようとしなくていい。落ち着いてからで」

それはもう見慣れた土浦光量子コンピュータ・センターの面々だった。

僕は……ああ、そうだった。光量子コンピュータ経由でメタバースにアクセスしていたのだった。今はどうやら、ソファに寝かされているようだった。

梨華はまだ心配そうな顔で言った。

「君は一人にして欲しいって言ってたけど、やっぱり心配だったから、こっそり室内をモニタしてたんだよね。そしたら、カサンドラとヘレノスと亀くんがすべて使用率一〇〇％になったかと思うと、七秒ちょっとで三台とも落ちたんだ」

「落ちたって……光量子コンピュータが、ですか……？」

「もう何がどうなってるのか全然分かんないけどね。あ、気がつかなくてごめん」

梨華はそう言うと、ソファから数歩のところにあったペットボトルの水を取りに行き、すぐに戻って来てまた登志夫の横に立った。

「喉が渇いてたらこれ飲んで。それでね、落ちたのと同時に、君が調子悪そうにフラフラし始めたから、あっ、これはまずいと思ってみんなで駆けつけて、倒れる前に何とか抱きとめたんだよね」

「気を失ってたからこりゃ大変だと思ったけど、よかった」

「気絶してたのは五分くらいだから、多分何ともないと思うけど」

「気分は？　大丈夫そう？」

みなが口々に言う。

何かがおかしい。

何だろう、これは。何か間違い探しのゲームのような感じがする。

登志夫はまだはっきりしない頭で、その答えを探した。

「今……今は、何時ですか？」

梨華は一歩後ろに下がって、壁にかかった可憐なデザインの時計を指した。

「午後三時四十分ちょい。今日はもう仕事はいいよ。ちょっと休んでて。やばそうだったら病院ね。大丈夫そうでも、しばらくここで様子見たらタクシーで帰りね」

登志夫ははっとして思わず上半身を起こしかけ、目眩（めまい）がしてまたクッションの上に倒れこんだ。

おかしいはずだ。林田梨華が立って歩いている。

「ちょ、どしたの？　何でそんなびっくりした顔で私を見るの？　何か変かな？」

「梨華さん、足……」

「へ？　私の足？　私の足がどうしたの？」

「梨華さんこそ大丈夫なんですか？　だって……」

梨華は自分の足元を見降ろして不思議そうにまた登志夫を見る。

「いや、その……」

何か車椅子のことは言いにくい雰囲気だった。いずれにせよ、今、梨華は立って普通に歩いている。

「それに、直樹さんは？　あっ、そうだ、直樹さんのゴーグル……僕が倒れた時、壊してませんよね？　グローブごと手をついたような気もするし、お詫びしないと……」

「ちょっと、直樹さんって誰よ？」

「誰って、梨華さんの旦那さんじゃないですか！」

「いやいやっぱり君、大丈夫じゃなさそうね。私は独身だっていう話、前にしたよね？　ちょっと記憶がいろんなものと混同されてる気がする。いいからもう休んでて。というか、君のバイトって二十五日までだったよね？　あと三日あるけど、もう終わりでもいいよ。

バイト代は満額出すから、自宅で休養したほうがいいかも」

おかしい。今日は十一日のはずだ。バイト終わりまであと三日あるということは……

「待ってください。最後にこれだけは聞かせてください。今日、何日ですか？」

「八月二十二日。覚えてない？」

「二十二日って……僕は十一日間も昏睡状態だったんですか？」

「またおかしなことを言うー。だから気絶してたのは五分くらいだってば。特に何もなかったと思うけど。君は今まで普通にバイトに来てたし、何ともなかったじゃない。私たち、ちょっとコンピュータたちの様子を見に行かなきゃいけないから、君、ゆっくりして寝てて。すぐに誰かしら様子見に来られるようにしておくし」

梨華はそう言うと、研究員たちを連れて部屋から出ていった。

何が何だか分からない。

登志夫はソファの上でいったん横寝になり、手をついて、ゆっくりと上半身を起こした。目眩はしない。大丈夫だ。しかし。

何もかもがおかしい。

ふと、夏紀と話したことを思い出した。世界はツェッペリンの無事と爆発の間で分かれ、双方とも、徐々に「おかしなこと」が増えていっている。今やそれはもしかしたら、加速度的、いや、幾何級数的なペースの速度、その最後の方の勢いで、異常が発生しているのかもしれない。それは最終的にどうなってしまうのだろう。

登志夫が寝かされていたのは、ゴーグルをつけてメタバースにアクセスした、あの部屋だった。隅の白い猫足の鏡台の上には、直樹から借りた——はずの——ゴーグルやグローブ一式が、無造作に置かれている。

夏紀は、夏紀はどうしただろう。いや、自分などいない方が彼女のためだろう。しかしどうしても登志夫は、何もするべきことをせずに夏紀を放り出してしまったような罪悪感があった。もう一人の自分……。あり得たかもしれない世界。ツェッペリンの落ちた世界。

ゆっくりと立ち上がる。何ともない。ふらふらさえしない。

登志夫は鏡台の前に歩み寄った。いつもの白シャツにジーンズ。どうということもない自分の顔が映る。しかし、今はもう、何かが、目に見えない何かが、決定的に違っている自分。

再びグローブをはめ、ゴーグルを装着する。

ほんの数分しか使っていないだけあって、バッテリーは残量がかなりあった。それどころか、何も処理していないからコンピュータへのアクセス権さえ生きている。

どうやらコンピュータたちはチェック作業中のようだった。ネットには接続できない。

しかしきっと、それは問題ではない。登志夫には不思議な確信があった。

夏紀に呼ばれているような気がする。

今はただ、その直感に従えばいい。

いや、もうゴーグルやコンピュータさえいらないのかもしれない。

登志夫はゴーグルとグローブを外し、目を閉じた。

夏紀。夏紀のもとへ。もし僕を少しでも必要としているのなら。

僕はいつだって夏紀を必要としている。だけど今、夏紀も僕を必要としてくれるのならば。どきどきしたり舞い上がったりすることとは無縁な自分だが、僕は僕なりに夏紀を希求している。もう一人の自分相手におかしいとか、結ばれるとか結ばれないとか、何もかもどうでもいい。

ぼんやりと白い空間。

夏紀のもとへ。

恐怖は一瞬だった。登志夫はその何物でもない空間に身を投じ……

投じるまでもなかった。そこは亀城公園の二の丸の丘の上だった。

「夏紀！」

たった十段ほどの石段を、夏紀が泣きながら必死の様子で駆け上がってくる。

「夏紀！」

夏紀ははっとしたように立ち止まると、涙で汚れた顔を上げた。

「と……登志夫……？」

夏紀は呆然とその場に立ちすくみ、しばらくの間、ただ涙を流した。機械的にポシェットに手を伸ばしてレモン色のタオルハンカチを出すと、涙と鼻水を拭く。

登志夫は歩み寄ると、夏紀の両肩に手を置いた。夏紀は何の抵抗もなく登志夫の胸に顔をうずめる。

何の抵抗もなく、その温かい腕と胸に身を任せた。

その身体の重みを通して、伝わってくる。夏紀の身に何があったのかが。

夏紀は登志夫がどうしていたのかを知った。

二人の間に流れる力は、互いの気持ちと記憶を共有させた。

「大変だったんだね」

「登志夫もね」

グレース先生の香水を思い出して、また少し泣く。が、魔法のように昂（たかぶ）った気持ちがしだいに和らいでゆく。夏紀は改めて涙を拭くと、自分でも不可解なことだと自覚していたが、素直に言った。

「登志夫、もうすぐツェッペリンが来るよ」

「分かる。僕も感じる。今日は八月十九日だね」

「もう夕方だね。六時くらいになるよ。登志夫は時間を遡って来たの？」

「いや、多分違う。僕には、いや、人類にはまだ分かっていないけれど、時間は過去から未来に一方的に流れるものではないみたいなんだ」

「不思議だね」

「だけど、僕も不思議に思ってる。ツェッペリンが来る日付や時間に意味があるのだろうか」

「意味はあるんじゃないかな。私はあると思う。少なくとも私たちは、その日その時間ここにツェッペリンが来ることを知ってる。もっと言うと、どっちの世界でもそれなりの数の人が知ってる。それって大事だと思う」

「そうだね。『情報』の持つ力は大きい。情報自体に物理量があって、それが時空に、宇宙に影響力を持っているという説もある。何にしても、今からツェッペリンが来る。けど、それでどうする？」

夏紀は少し考えた。いや、考えるまでもなく分かっていることだった。

「もしかして、どっちの世界も終わっちゃうのかな？　対消滅みたいなやつ？」

世界が終わる……。そうかもしれない。この状況で最後に何かが起きるとすれば、それ以外にあるだろうか。

何より直感が、どこかからやってくる「情報」の力が、二人にそれを告げている。

「だったらさ、登志夫、二人で世界の終わりを見に行かない？」

「えっ？」

「ツェッペリンの後をついて行って、世界の終わりを見に行こう」

「そんな身勝手な！　第一、僕らだってどうなるか分からないのに！」

「だからこそじゃない？　もう世界が終わるなら、私たちにできるのはそれを見届けることだけじゃないかな？」

そうかもしれない。登志夫は少し考え、想いをこめてゆっくりとうなずき、右手を夏紀に差し出した。

夏紀はその手を取りかけて、ふと動きを止めた。

「あっ、ちょっと待って。ねえ、興味本位で聞くんだけど、そっちの世界の土浦二高に、坂本ありさと福富薫って、いる？」

「そこまでは僕は知らないよ」

「だからさー、ちゃちゃっと二高の名簿とかハッキングしてさー」

「身勝手だなあ。そんなこと聞いてどうするんだよ」

「ただ知りたいだけ。お願いー」

登志夫はため息をついた。

「結局自分のことしか考えてないのか君は。しょうがないな……。こっちの土浦二高は男女共学だ。福富薫という子は土浦一高にいる。坂本ありさは二高にいる」

「そっか。よかった。ありがとう。じゃ、行こうか」

夏紀は右手を差し出し、登志夫の手のひらに重ねた。

溶け合ってゆく。何もかもが。二人のこれまでの来し方と、考えと、気持ちを融合させた。夏紀は登志夫の全てを共有し、登志夫は夏紀のほぼ全てを自分に合体させた。

そして二人は、夏紀でも登志夫でもない、〈私〉になった。

一陣の風が通り過ぎたのか、かすかな音を耳にしたのか……。今のはいったい何だったんだろう？　いや、もしかしたら……

私は頭上を見上げた。

来た！

うっすらと黄昏の茜色を帯びた、いぶし銀の巨大な流線形が見える。その先端が今、手入れの行き届かないまばらな松の木々の間に、静かに姿を現したのだ。飛行船は夕陽を右舷寄りの斜め下から浴びるような格好になっており、LZ127とGRAF ZEPPELINの文字がはっきりと見て取れた。尾翼に夕陽がきらりと反射する。

私にとって、それは初めて見る眺めではなかった。かつてここで、この場所で、記憶に焼きつけ、大切にしてきた思い出。紛（まご）うかたなき私の原風景。懐かしさとときめきが胸を駆け抜ける。

ツェッペリンはゆっくりと移動し、東に進んでいるように見える。それなら、外丸の門をくぐって裁判所のほうに出るより、聖徳太子堂の前を通って表通り沿いに追ったほうがよさそうだ。私はそれを追うために、二の丸の小さな丘を下りた。視界が開ける。堀に沿って一二五号線のほうに向かう。

道路に近づくと、拡張現実上のタグがいくつかぽんと現れた。都心とは違って、それほど多くのタグがあるわけではない。亀城プラザや、古民家カフェ、人気の老舗（しにせ）パン屋、タクシーの営業所、角の食堂。私は道路を亀城プラザ側に渡る。ツェッペリンは進路をやや南向きに変え、これならしばらくは一二五号線で追うことができそうだった。

ふと足元を見て、私は恐怖のあまり叫び声をあげそうになった。川だ！　道路だとばかり思っていたが、川……いや違う、それは道路にオーバーレイされた昔の川を示す地図だった。一二五号線は昔、霞ケ浦までつながる河川だったのだ。タグがはじけて川口川（かわぐちがわ）という表示が出る。
パン屋や学習塾、年季の入った床屋の前を通り過ぎて、銀行の本店であるとても昭和っぽいビルの前に出る。銀行の前に幾つか画像が立ち上がった。
それは一瞬、何の画像か分からなかった。ただわけもなく赤や緑のひらひらが宙を舞っているだけに見える。カラフルすぎて頭が痛くなるような色の洪水だった。やがてそれは、私の中で意味を持った。それは仙台の七夕祭りの映像などで見た記憶がある。七夕飾りの吹き流しだ。

ピンクの造花で作った大きなボールから、赤や白のプラスチックの細い帯の束が垂れ下がっている。隣には青と白の帯束（おびたば）が宙に舞い、その上には、胴体にしっかりとＬＺ１２７と書かれた飛行船の模型が揺れていた。

今はもうとうに失われてしまった、土浦の七夕祭りの映像だった。高度成長期やバブル時代だからこそ成り立った、派手でお金のかかる七夕飾り。

私は本物のツェッペリンの方向を見定め、いったんはまっすぐ銀行の前の横道に向かったが、思い直してまた表通りに戻った。ツェッペリンは旋回中のようなのだ。また少し船首を南に向けるような様子が見えた。

下から見ても、客船部分のゴンドラはあるのかないのかさえよく分からなかった。空気抵抗を減らすためなのだろう、前方の操縦室と展望可能な客室以外の後ろ半分は、気球部分と一体化した設計となっていた。操縦室と客室は、空を飛ぶ大きな獣の喉元につけられた小籠のようだ。

五基のマイバッハ・エンジンがプロペラを回す。ツェッペリンが向かうのは霞ヶ浦海軍航空隊の基地、今の陸上自衛隊土浦駐屯地だ。もう着陸準備に入っているのだろう。

進路をもっと南に変えそうでもあるが、まだかもしれない。不意に触れてしまったいくつものタグが七夕飾りに姿を変えた。映像が立ち上がり、タグを蹴散らす。古めかしい写真ではなく、鮮明な動画……いや、これは動画でさえない。私は七夕飾りに取り囲まれた。風と共に赤い吹き流しと金色のぼんぼりとみどりのキラキラした何かが舞い上がり、私はバランスを崩して倒れかける。気づかず触ってしまったタグが次々と開く。チェーン店の寿司屋。小さな喫茶店。スポーツ用品店。地元では大きなほうだった本屋。今は無い商店や、誰かの卒業式の思い出の写真、ヤンキーがしゃがみこんだ写真、楽器店。七〇年代の七夕とバブル時代の小学校の鼓笛隊。私はタグから生まれたそれらの写真が鮮明な画像になり、立体になり、動き、現実となってゆくのを見た。

ツェッペリンは？　老舗の呉服屋についての歴史マニアたちの書き込みがじゃまでツェッペリンが見えない！

私はひときわ大きくて邪魔なタグをなぎ払った。水玉の吹き流しが腕にからみつく。タグはなかなか動かなかった。邪魔だった。頼むからどいて！

今もある古い木造の天ぷら屋にへばりついたタグは最後の抵抗をしたが、ぱんとはじけて歴史になった。

保立(ほたて)食堂。戦前戦中の海軍の兵士と下士官の指定食堂。兵士たちは休暇になると、この土間に並んだすすけたテーブルについて、仲間や訪ねてきた家族と談笑した。漬物とわかさぎの佃煮。うどんの入ったけんちん汁。

いや、ツェッペリンを追わなければ。しかしそのためには、タグやオーバーレイの群れに飲みこまれないよう、気をつけなければならない。

保立食堂と瀬戸物屋の間の川口川には小さな平底船が味噌や米を運んでいた。川岸に屋台よりいくらか大きい木造の小屋がずらりと並び、川岸にいる人々に小間物を売っている。それにオーバーレイして昭和のアーケード街が連なった。

このあたりに来ると商店街も公園のそばよりにぎやかだ。二階建ての屋根より高い竹竿がしなり、一つの竿に三つ、四つと大きな吹き流しがかかっている。いかにもハリボテなツェッペリンも、銀色に光ってきれいに形を作ったツェッペリンも、造花のくす玉やメタリックカラーのモールや、手作りの犬や、店名を大きく書いたのぼりの中で、吹き流しの束と一緒に揺れる。

いつの間にか、ミス七夕のタグを開いてしまったらしい。往年の聖子ちゃんカットの女子学生や太眉の花嫁修業嬢が、もっさりとした木綿の浴衣を着て、選挙カーのような車の上から手を振る。車の上に立つのは今考えると危ないが、昔は今より破天荒なところがあったのだろう。アーケードにくくりつけられたスピーカーからは、島倉千代子が歌う土浦小唄と水前寺清子が歌う土浦かっぱ音頭が、何度も何度も繰り返し流される。

木造のデパートは年に一度だけ生糸繭（きいとまゆ）の取引所になって、川口川にはたくさんの平底船が浮かぶ。

イカ焼きやチョコバナナの匂いが漂い、屋台で子供たちが歓声をあげる。チョコバナナ。懐かしいチョコバナナ……。あれは何だろう？　大きな金だらいの真ん中に小さなハシゴを立てたやつだ。

ヤドカリを売っている。十脚目ヤドカリ上科。

たらいごとにサイズが違うヤドカリが売られている。中には手のひら大の大物までいた。ヤドカリ売りが縁日に出たのは昭和までだ。

いや、ヤドカリを見ている場合ではない。

ツェッペリンはなかなか南に進路を向けようとしなかった。

地元のローカルデパートが景気よく出した恐竜のハリボテの飾り物が邪魔だ。これは消せないのかと思って手を振ると、幾つかのタグをさらに開けてしまった。

祇園祭の巨大な山車が二台、喧嘩囃子の対決を始めた。要するにただひたすら自分のところのお囃子を演奏し続けるだけで、つられて間違えたりすれば負け認定なのかもしれないが、実際の勝ち負けは定かではなかった。気の荒い川口一丁目の山車は無敵であるらしい。

ああ、ツェッペリン。このまま東に直進して霞ケ浦に出てしまうのだろうか。そうなったらもう追うことはできなくなる。私は吹き流しとかっぱ音頭が猖獗を極める一二五号線を外れて川口川沿いに歩いた。高架道のオーバーレイがうっとうしい。ツェッペリンは大きいので完全に隠れてしまうことはないが、動向が摑みにくくなる。しかも、もう少し先に行けば、高架道沿いに科学万博に際して――まさにバブル時代にこれからなろうとしている頃――建てられた三階建てのショッピングモールが連なっているので、なおさら視界は悪くなる。

どうするのが一番いいかなど、分からなかった。そう思った瞬間、足元がぐらりと揺らいだ。私は何かに摑まろうとして思わず両手を伸ばしたが、タグをぷちぷちと潰し、あるのかないのかさえ定かではない石の欄干や、ペンキで描いた『スター・ウォーズ』第一作の巨大看板や、夏休みにだけどこからともなくやって来る怪しいお化け屋敷の仮小屋を引きちぎるばかりだった。

思わずぎゅっと目を閉じる。

ただ目を閉じただけとは思えない暗闇の中で、ようやく地面を感じ取る。

揚げ物や、醤油で煮しめたようなおでんかそばつゆのような匂い。

恐る恐る目を開けると、そこは道幅が二メートルもないような、狭苦しい商店街だった。

これはツェッペリンより少し後の時代だ。昭和十年、川口川が暗渠（あんきょ）になった時、その上に作られた祇園町の仲見世だ。両側に木造二階建ての商店がぎっしりと立ち並び、昼間でも陽が射さないような狭苦しさだ。が、丸いかさをかけた裸電球がいくつも下がっている。少しばかりどぶの匂いがするような気がする。暗渠の上だからだろうか。

土浦でこんなにたくさん電灯のある場所は他にはなかった。土浦町長が東電と直談判をして、特別に電気代を安くしてもらって作った、いわば土浦の最先端エレクトリカル・シティだ。

そうは言っても、明かりはどれもぼんやりと薄ら明るい程度の頼りないものだった。子供の頃、おばあちゃんの家の風呂場で見たような電灯だ。そのうす黄色い光に照らされるのは、木造の狭苦しい食堂や床屋、傘屋、そして下駄屋や、何を売っているのかよく分からない小間物屋、そんな店ばかりだった。

小さな店がぎっしり詰まった、ミニチュアのような商店街。

洋品屋。菓子屋。化粧品屋。衣紋掛けに下がった象牙色のブラウスに、格子柄のスカート。おでん。新発売のコールドクリームの壜。大きな丸い壜に詰まった量り売りの飴と金花糖、せんべい。鼻緒。糸綴じの帳面。緑軸の鉛筆。蠟紙に包んだキャラメル。腰紐。

かろうじて受信できているラジオから、ディック・ミネの「黒い瞳」が流れて来る。

電灯の上の空はもう真っ暗だ。

「今日は疲れっちったなあ」

「んだ。なんだっぺ、今日はよぐよぐ忙しかったっぺなあ」

「したっけ風呂屋さつっぺえって、寝っちまうべ」

どこもが店じまいの最中だった。商品台に布がかけられ、店先には戸板が立てかけられる。尻はしょりした若い衆も、印半纏のおやじさんも、洋髪にしたおかみさんも、今日は商売がうまくいったのか、みな笑い合いながらの仕舞い支度だ。

ツェッペリンはどこだろう。訊ねられる相手は彼らだけだ。

ラジオの音楽がゆがみ、乱れ、激しいノイズが走った。

「あの……すみません」

私は思い切って口を開いた。

「あの……ツェッペリン知りませんか？　グラーフ・ツェッペリン号……」

これでは何を聞きたいのか分からない。

「ツェッペリン？　ああ、知ってっぺよ」

うすぼんやりした電灯の明かりの中でもはっきり分かるほど日に焼けた、気のよさそうな男が答えた。

「あれだっぺ？　そこの海軍さん来たやつだっぺ？」

「ツェッペリンけ？」

「ツェッペリンはみんな知ってっぺはぁ」

「みんな屋根さのぼって見たっけよ」

「ドイツから来たっちけが、えらいえかーいので、もうぶったまげっちったっぺはあ」

みな口々に愛想よく答えてくれる。発音はほとんど「つえつぺりん」だが。

「いえ、その、そうだけどそうじゃなくて……」

どう訊ねればいいのだろう……。ラジオのノイズが激しくなって歌が途切れる。明かりが一つ、また一つと消えてゆく。エンジン音が聞こえるような気がするが、自分だけの幻聴にも思える。

「今、その、ツェッペリンは……今どっちに向かいました？」

でも「今」は昭和十年だ……。ツェッペリンが来たのは昭和四年。

何を思ったか、私は不意にこんな質問をした。

「ツェッペリンは無事ですか?! その……」

みなが顔を見合わせる。

「落ちたり……してません……か……？」

全員が、困ったような顔で互いをちらちらと見合った。うりざね顔の女が、途方に暮れたように右手でぺらりと自分の頬を撫でた。

色っぽい仕草だ。

そんなことに感心してる場合じゃない。

「さあ……どうだっぺ」

「どうなったぺな……」

「どうしたっぺ……」

「わがんねなあ……」

分からない……分からないって？ どういうこと？

私は突然、この薄暗い場所が恐ろしくなった。困惑している人々の顔を見ていられなくなり、私は次々と電灯の消えてゆく仲見世の奥へと走り出した。

こっちからエンジン音が聞こえるような気がする。いや、したような気がした。もうほとんど明かりの残っていない仲見世はどこまでも続き、私はどこまでも走り続けた。あれはエンジンの音ではないのだろうか。五基のマイバッハ・エンジン。聞こえたと思う。思うけれど……

果てしない暗闇の先のどこか、はるか遠く、見えるかどうかという視界のかなたの小さな光のほうから……

突然、私は明るい場所に出て、思わず目をつぶった。いや、でも、明るいとは言っても眩しいというほどではない。まぶた越しの光は、手で覆わないと耐えられないようなものではない。

私は恐る恐る目を開いた。

見つけた、と一瞬思った。が、それは天井から下げられた一・五メートルほどの模型だった。横腹にLZ127 GRAF ZEPPELINと几帳面な塗りで描かれており、吹き流しについているようなハリボテとは一線を画するきれいな模型だ。

周りを見回すと、あたり一面に、古い紙焼き写真のコピーを張った板や、パソコンで編集した画像をプリントアウトした、いかにも手作り感のあるパネルが並んでいる。

六畳ほどの……いや、八畳くらいはあるだろうか、最初に思ったほどには広くない部屋だった。普通の家ではない。天井だけは普通の住宅よりはだいぶ高く、柱や梁がむき出しだった。何だろう？　どうやら古めかしい蔵の中のようだった。

見慣れた家庭用の蛍光灯。型の古いエアコン。一番奥にある二メートル近い円錐は……あれは、そう、廃船になった現代の硬式飛行船のノーズコーンだ。今や観光用としても、広告用としても、日本には軟式のものさえ一隻も存在しない。飛行船。

「土浦ツェッペリン展示室にようこそ」

古い商店からもらってきたようなガラスケースの前で、紬の着物を着た小柄な初老の男性が声をかけてきた。

「これはね、うちの料亭、霞月楼って言うんですけんど、ツェッペリンのね、乗組員さんたちに、歓迎会の時出したお料理のお品書きなんですよ」

男性がガラスケースの中を指差す。それは、もうすっかり色あせた、横長の薄紙の台帳だった。

「このあたりじゃ魚なんかは、みんな川魚なんですけどね。こん時は、海軍さんの船で、海の魚をわざわざ持ってきてくれたんですねえ」

「歓迎会……ってことは、ちゃんと着陸した……んですよね？」

「急いで行ったら、まだみんな居っかもしんないねえ」

「本当ですか?! どこに……どこに行けば……」

紬の着物の男性は、ノーズコーンに手をかけると、それをドアのように引き開けた。

「まだ居っかなあ……わがんねなあ……」

「ありがとうございます！」

迷っている暇はない。何故か不安はなかった。

私はノーズコーンの向こう側に飛びこんだ。

まだ熱気の残る夏の夜だ……。板の間の廊下と、何十畳もある広い座敷。決して洗練はされていない田舎の料亭だ。明かりは一つもついていなかった。ただ、ほとんど満月の月の光だけが、縁側から廊下、そして障子を明け放した座敷を、ただぼんやりと明るませている。

私の足の下で廊下の板が少し鳴ったが、響いた音はそれだけだった。

誰も……誰もいない。

魚の煮つけのような匂いと、日本酒だかみりんのような匂い……

しかし、立派な一枚板らしい食卓の上には、皿一枚並んでいない。ふっくらとした座布団は、ただ等間隔に並べてあるだけだ。誰も座ってはいない。

それは宴席を片付けた後なのか、それとも、宴会自体がキャンセルになった後なのか……まったく分からない。

誰もいない。私は何故か足音を立ててはいけないような気がして、そっと忍び足で廊下を進んだ。隣の座敷を覗いてみる。やはり誰もいない……誰も。誰も。ただただ座布団が並んでいる。物音ひとつしないのだから、他の部屋にも誰もいないのだろう。でも……。

私は隣の座敷、そしてまた隣の座敷を覗きこみながら廊下を進んだ。

誰もいない。誰も。私は不安に駆られて早足になり、小走りになり、そして走り始めた。

誰もいない！　ただただ月だけが、夏の夜の暑気だけが、どこまでも続くばかりだった。

走り続ける。ひたすら走り続ける。もう廊下はなかった。だんだん、自分が地面の上を走っているのか、ただ移動しているだけなのか、いや移動してさえいないのか、分からなくなった。

ただただ、ぼんやりとした青白い、霞がかった月の光の満たされたどこかを、ふわりと漂う。

もう何も見えない。何も感じられない。少しばかり眠いような、落ち着き過ぎたような、不安と心地よさがあった。

時間が止まってしまったみたいだ。

いや、そもそも、時間は「流れる」のだろうか。

「時間」なんて、あるのだろうか。

実際のところ、人間はまだその答えの片鱗さえ得ていない。

時間というもの自体、人間がただ日常の経験の中から考え出した、ただの「考え」だという見方もある。

時間など、存在しない、と。

過去と現在と未来の違いは、ただ、分子の、原子の、素粒子の置かれた状態が違うだけであって、本質的な違いはない。エントロピーさえ、「秩序」と「無秩序」という、人間の考えが生み出した尺度を基準にして考えているだけのものに過ぎない。エントロピーなど存在しない。現在という特別な瞬間の前後に過去と未来があるのではなく、どれも「同じ」なのだ、という考え方だ。

もちろんそれ自体、まだ「考え方」の一つでしかないが。

人間はとりあえず今のところ——ああ、「今」と言ってしまった——人間の脳に可能な「考え」でしか考えることができない。

いわば、「人間の頭脳」という器の中でしか考えることができない。

が、少なくとも、その考えの中から一つ言えることがある。

それは、時間も宇宙も人間の考えも、この世界の物理法則という海の中で可能なことしか起こらない、ということだ。

出来事は、この世界の物理法則で満たされた海の中で泳ぐ魚のようなものだ。魚は上下左右、どこに泳いでゆくこともできる。全てが可能だ。ただ、この海の中で可能な限りで、だ。

あまり自由はないような気もしてしまう。しかし、この水の中で可能なことならなんでもできる。何でもあり得る。そして、人間はまだ、その水の性質をほんのわずかしか理解していない。理解してもいないほどの広大な自由があるとも言える。

魚にもどこかに向かって進む方向というものがあるなら、水の中にごくごくわずかでも航跡を残す。全ての魚、全ての出来事が、物理法則の中に跡を残しているのかもしれない。

それぞれの痕跡はごく僅かなものだし、物理法則自体を変えることはない。

それらは互いの痕跡とぶつかり、重なりあい、干渉しあい、影響しあって、新たな波動を生み出し、それらが影響しあったという新たな痕跡を作ってゆく。

物理法則自体は変わっていなくとも、そこには新たな何かがある。

この物理法則というもの自体を見てゆくと、量子論的には、これ以上絶対に小さくできないという時間の最小単位が存在することになる。時計で計測する日常の時間で表現すると、5.39116（13）$\times 10^{-44}$秒になる。「プランク時間」というやつだ。小数点以下にゼロが四十個以上も並ぶくらい小さい数だ。時間は連続的に流れているのではなく、この最小単位で飛び飛びに存在するという理論も、少なくとも計算上は成り立ってしまう。

もっとも、プランク時間は一般相対性理論とは矛盾する。何しろ、相対性理論では時間は伸び縮みする。しかしプランク時間は絶対的な長さが決まっている。さあ、どちらが本当だろう？　どちらもそれぞれに計算上は成り立ってしまうところが悩ましい。相対論も量子論も両立させる究極の理論を、人類は見出すことができるのだろうか。それ以前に、もしかしたら、どちらも本当ではないのかもしれない。もし人類には観測も計算もできない要素が関わってくるとしたら、お手上げだ。人類は考えつかないところに本当の答えがあるのかもしれない。

何しろ、時間どころか空間も幻だという説もある。ホログラム理論。空間も本当は存在しない。それは二次元の実態の上に浮かび出たホログラムみたいなものだという。これも計算上は成り立ってしまう。

さて、真実はいったいどこにあるのだろう。

プランク時間は理論としては魅力的だ。

この離散的な瞬間ごとに、違う「時間」が生み出されることも不可能ではないという計算結果もある。この水、つまり物理法則の中に第何次までの次元があると仮定するかによっても、「違う時間」がどのくらい、どういう理由で、あるいはランダムに、生み出され得るかが変わってくる。まだ人類が理解しきれていない水の性質次第だ……

もしかしたら、プランク時間の離散的な瞬間ごとに、無限に別な時間が生み出されていないとも限らない。人間はすぐ三次元や時間の流れのような感じで考えてしまうから、「時間が経つにつれて空間が何かで埋まってゆく」ところを想像してぞっとしてしまうけれど、時間の外で時間が流れているわけではないし、そもそも海の水、つまり物理法則がそれを許しているのなら、人間は心配しなくていいのだろう。

変な話だが。

ものすごく変な話だが。

しかし魅力的だ。

重力を伝播する力場や、観測できないダークマターのようなものが存在する以上、情報を伝播する力場があってもおかしくはない。人間の考えも、感覚も、そうした情報力場によって伝達されるものの中のごくごく一部なのかもしれない。動物や虫どころか、もしかしたら物にも、原子、素粒子の全てにも、人間が解明していないだけで、気持ちや感覚に相当するような情報の流れがあるかもしれない。

「不可逆的に流れて」いるのは時間じゃなくて、「情報」なのではないだろうか。

あるプランク時間の瞬間と、そこから派生したプランク時間の瞬間の間を情報が不可逆的に「流れて」いるから、情報の一部である私たちの思考は、「時間が流れる」という感覚から逃れられないのかもしれない。

かもしれない……かもしれない……

かもしれない……

そう、何もかもが、「かもしれない」なのだ。ただの人間の考えと、その考えの中から出てきた計算の結果と仮定ばかりだ。数式は厳密に真理を表現できているかどうかさえ分からない。

ただの考えついでに、私は考える。

生物学では、個々人の思考や記憶は遺伝子には反映されないのだから、先祖の経験が子孫に伝わることはないということになっている。しかしもし、人の記憶や意志や感覚を含んだ情報を持つ力場が不可逆的に流れているとしたらどうだろう。生物学的に結びつきが強いということ自体が情報なのだから、その関連が強いつながりの中では、情報が強めに流れていても不思議ではない気がする。つまり、直系の先祖や肉親からの情報は、私の中に流れ込んでいてもおかしくない気がする。

私には父方、母方の祖父母、そのまた父方、母方の祖父母たち……長い長い情報の伝わりが、本当にまったくないと言えるんだろうか？

生物学的なつながりがまったくない人や物事でも、波動と波動が重なり合って高い波ができるように、何かが同調して伝わりやすくなった情報もあるのかもしれない。初めて来たのに懐かしい場所、何故か惹かれる音楽、生き甲斐、愛、悲しみや心の闇も、いろんな情報との重なりの中から生まれてくるのかもしれない。

ご先祖様とか、親戚とか兄弟とか、なんだか気持ちがつながってしまうこともある。そういう力場があったとしてもいいのかもしれない……かもしれない……かもしれない……

どうだろう？

どうって……

私は宙に浮いたまま目を閉じた。

無数の時間と無数の世界。まだ発見されていない無数の力場。

過去から流れて来る情報。

先祖たちの記憶。みんなの記憶。

考えると分からなくなるが、全身で感じ取ると心地よい。

面白い。そして楽しい。

ああ……なんかいいね。

最高だ。

それはいい。

それはいいけど……

なんか……大事なこと忘れてる気がする……

ものすごく大事なことを。

そうだった！

ツェッペリン！

ツェッペリンはどこに行ったのだろう？

気がつくと、いつの間にかあたりは明るくなっていた。プランク単位まで分解されていた身体が再び実体を取り戻したように、空気抵抗や重みを取り戻す。海で波に持ち上げられた時のような浮揚感があった。私は、自分が宙に浮いているのを感じた。

怖くはなかった。むしろ、いい気分だった。

ツェッペリンはすぐそこにいる。

グラーフ・ツェッペリン号。本物だ。模型でも写真でもない、映像でもない、幻でもない、記憶でもない、しっかりとした質感と重量と、本物のオーラをまとった実物。マイバッハ・エンジンの轟音が、身体の芯に心地よく響きわたる。

視界になんかもちろん入りきらない大きさだ。いぶし銀の船体は内側からアルミニウム合金の骨格と水素の気嚢に支えられて宙に浮き、五基のエンジンがそのゆっくりとした航行を司(つかさど)る。空はもう天頂まで夕陽の色に染まっていた。船体も茜色に照り映える。繊細にして強大で重厚ではかない、愛しいばかりのレトロな乗り物。

もう聞き慣れてしまった低いエンジン音に交じって、もうすこし高い機械音が聞き取れた。浮遊しながら見回すと、百メートルほど離れたところだろうか、日の丸をつけた三機のプロペラ複葉機が飛んでいる。海軍の飛行機だ。基地にツェッペリンを導くために飛んできたのだろう。飛行機。未来の乗り物。もうすぐ空の覇権は、今はまだ飛行船の家来にしか見えないこのちっぽけな飛行機という乗り物に奪われてしまうのだ。

——はるか北方の森の上に、豆のごとく、ツェッペリンの姿が浮かび出たと叫ぶ者がありましたが、かくと知るや、入場者数千は、みないっせいに爪先立って、北方の空を眺めております。

屋根の上に持ち出された何百というラジオが叫んだ。海軍の飛行場やその周辺は、数千、いやそれどころか数十万人の見物人でごった返している。三好養魚場のほとりにも、松葉旅館の前にも、三輪銀行、瀬古沢お茶っ葉屋、武蔵屋つくだ煮店、製粉工場、共栄堂書店、イバ床屋、仁水堂薬局、図司たばこ屋、演芸場、藤田佃煮屋、冨久善食堂、新治（にいはり）病院、小松屋川魚店、お菓子の土佐屋、菊地米屋……土浦の屋根という屋根に人が登っていた。

——ツェッペリン号、進路南。ほとんど追い風で進んでおります。

白いスーツで盛装した者たちから、ステテコ一枚でラジオを握りしめて瓦の上に立つ者たちまで、全ての見物人の頭上をツェッペリンが飛んでゆく。

——先導の飛行機はもはや真上に来ました。プロペラの音はみなさんの耳にも達しましょう。……今の音はツェッペリン、前のは先導機の音。

ツェッペリンは少しばかり高度を下げた。

四枚の尾翼に気流が絡みつくのが見えるようだ。

色とりどりの吹き流しと、それ以上にカラフルなタグの群れがその流れに舞った。ポリゴンの地平も、霞ヶ浦の水面（みなも）も、全てのデータと、もうなくなってしまったデータの残り香に、テラバイトの息吹に、土浦上空の熱気に舞い上がった。

音楽が聴こえる。カール・アルベルト・ヘルマン・タイケ作曲の「グラーフ・ツェッペリン行進曲」だ。金管に支えられながら、少し不安定に上昇するようなフレーズが木管で奏される。

ああ……すごいね！　かっこいいね！

なんか……いいよね、ものすごく！

いい。最高だ！

もはや人もタグも時代も関係なかった。誰もが頭上を見上げ、空を見上げ、ツェッペリンを見上げていた。新聞記者たちが大きな写真機のシャッターを切る。男たちのカンカン帽と、女たちの日傘が揺れる。

ああ……本当に、最高だ！

ツェッペリンの操縦ゴンドラから、誰かが身を乗り出して手を振っている。目じりに深い皺の刻まれた、強面（こわもて）の大男。エッケナー博士だ！　ツェッペリン伯爵の後継者、フーゴー・エッケナー。風圧に耐えながら、誰かに合図をするように大きく腕を振り回している。

彼は私に向かって手を振っているのではないだろうか。空中でどうにか身をよじって彼のほうを向くと、エッケナー博士は何事かを叫んだ。

「君に電話だ！　取りたまえ！」

エッケナーはドイツ語でそう叫ぶと、右手に握っていた小さな銀色の物体を、空中を滑らせるように投げてよこした。

その銀色の何かは、空気の流れを無視してゆっくりと大きな放物線を描くと、私のほうに滑りこんできた。

それは折り畳み式の携帯電話だった。

私がどうにか左腕を伸ばすと、携帯電話はそれを察知したように、すっとその手の中に納まった。「ラジオスターの悲劇」の着信メロディが鳴っている。電話……いったい誰からだろう？　手の中で震えるその小さな機械を恐る恐る開いて、遠ざかるエンジン音の中でそっと耳に当てる。

「もし……もしもし……？」

「もしもし？　あんたけ？」

それは身を震わせるほど懐かしい、聞き覚えのある声だった。

おばあちゃんだ！　それは私が幼いころに亡くなった祖母、延子(のぶこ)の声だ。

「うん……そうだよ！　私だよ！」

「ケータイデンワっておもしいねえ。こうやって、いつでもあんたとお話できるんだねえ」

それは間違いなく祖母の声だった。ただ、覚えていた。幼稚園の頃に聞いたきりだが、覚えている。しかし、記憶にあるそれよりずっと年をとった声だった。まるで今生きていて——生きていたらもう九十歳くらいにはなるはずだ——そのぶん年を取ったような声だ。

「ツェッペリンはどうしたけ？」

延子さんは一呼吸おいて、再び訊ねた。

「大丈夫け？」

「え……ツェッペリン……？」

ツェッペリンは……そう、ツェッペリンは、吹き流しとタグと七夕パレードと行進曲とデータの気流を連れて、海軍飛行場へ着地しようとしている。ラジオが叫ぶ。

——ツェッペリン、今、飛行場に入りました。高さは三百メートル。だんだん下げ舵(かじ)を取っています。……通信筒が落とされた……人の波が動く……

私は言葉に窮した。何と答えればいいのだろう。

「大丈夫。ツェッペリンは落ちないから大丈夫だよ！」

夏紀ははっきりとそう答え、延子さんを安心させた。

グラーフ・ツェッペリン号は海軍基地の上で徐々に高度を下げてゆく。地面に放電用のワイヤーが投げ降ろされ、地面に接触する。

その瞬間、夏紀は持てる限りの力を使って、精密に、確実に、数個の電子のふるまいを決定した。

「夏紀！」

登志夫はバランスを失って旋回した。目眩がする。

「夏紀！　何を……」

放電用の導線が地面に着くと、水兵服を着た兵士たちが走り出す。ツェッペリンは無事に係留作業に入る。

「いいの。これでいいんだ」

「でも夏紀！　それじゃ君の世界が消えてしまう！」

しかし、ツェッペリンが無事なら、落ちた世界は生まれない。それなら、両方が干渉して世界が終わったりもしない。

登志夫……。でもいいんだ。私が世界丸ごと一つを敵に回す悪役になったとしても、私は登志夫を守りたい。なんだろうね、この気持ち。何て言ったらいいか分かんない。だけど。

登志夫、消えないで、登志夫。登志夫が消えちゃやだ。絶対嫌だ。登志夫の世界が消えませんように。登志夫の世界がきれいで、素敵で、楽しくて、面白い謎がいっぱいあって、もっと面白い解決法がいっぱい見つかる世界でありますように。登志夫が自由で、好きなことができて、誰にも邪魔されませんように。

登志夫……

「夏紀！」

しかし、登志夫にも分かった。これこそがまさに、夏紀が不思議な力を持っている理由に他ならないのだ。

夏紀が世界の在り方を決定したことにこそ、夏紀の力の源があるのだ。因の中に果があり、果の中に因がある。

「夏紀！」

返事はない。

「夏紀！　夏紀！」

もう返事はなかった。

登志夫は今さらながらに、夏紀の中に、ごくわずかに登志夫と共有されなかった部分があったことを思い知った。夏紀は最初からそのつもりだったのだ。夏紀は最初から、ただ世界の終わりを見物しに行くつもりではなかったのだ……

着陸作業のために海軍では膨大な電力が使われ、停電が起こり、土浦中の電気が消えた。駅前の小さな商店の一隅でも電気が消え、延子を身ごもっていた曾祖母タケが、停電に驚いてきゃっと声をあげてつまずいた。

登志夫は両腕をのばし、タケさんを抱きとめた。

エピローグ

土浦光量子コンピュータ・センターは、三年後、正式に廃止となった。光量子コンピュータに国からも民間からも莫大な予算がつき、つくばに新しいセンターが建てられたからだ。登志夫は研究室には残らず、民間の光学機械の会社に就職した。光量子コンピュータに未練がなかったわけではない。が、大型宇宙観測機器の開発に誘われた時、それがとてもすばらしいものに思え、めったに動かない心が動いたからだった。宇宙。なぜだろう。そこには今までにない魔法のような魅力を感じた。

あの時、あのコンピュータ群の使用率が一〇〇%をも超えようとした時、登志夫はやはり気を失った。気を失って倒れた。が、登志夫を抱きとめた研究員たちの中には林田直樹がおり、意識を取り戻した登志夫を覗きこんでいた梨華は車椅子に座っていた。日時は八月十一日の午後三時四十三分。外の気温は三十三℃を超えていた。何も変わらない。拍子抜けするほどに何も変わらなかったが。登志夫にはそれが恐ろしく異質な異世界にも思えたのだった。

完全に停止したコンピュータ群の前に、翌日からは本社と各大学から専門家が大挙して押し寄せ、一介のバイト君は片隅に追いやられた。朝から晩まで雑用が山積みになり、夜は念のためにと処方されていた眠剤を服用して夢も見ずに眠った。

誰にも理由は解明できなかったが、コンピュータ群は確かに停止し、しかし、何事もなかったかのように再起動し、それからは何の問題も起こらなかった。本当に、魔法のようにトラブルが起こらなくなったのだ。登志夫が勝手に起動したオープン・メタバースのアプリケーションについては、林田梨華と登志夫の間で少しばかり話し合いが持たれたが、外部にはいっさい知らされなかった。実際、あの程度のアプリケーションならばゲーム用の少々値の張るPCがありさえすれば問題なく動くものでしかなく、あれが土浦のコンピュータ群を停止させるはずがないのだった。

しかし実際には、土浦のセンターがフリーズした時、ほぼ同時に世界中の大型コンピュータで同じような現象が起こっていた。突然稼働率が一〇〇%に達したかと思うと、その負担に耐え切れなくなって次から次へと落ちてゆく。一時は世界経済の機能麻痺まで懸念されたが、しかし、コンピュータたちは、人間の入力したコマンドが万能の復活の呪文でもあるかのように、何事もなく再起動した。これにはむしろ、人間の側が驚かされたのである。

原因の究明はもちろん、世界中で行われた。最初は大規模なクラッキングが想定されたが、間もなくその説は尻すぼみとなった。何しろ、たかが現代のインターネット回線ごときでは、世界中のスーパーコンピュータを縦断するような大量の情報量を送受信することなどできないからだ。理由も分からずクラッシュし、しかし、どうということもなく手順通りに立ち上げられてゆくコンピュータたち。もちろんネットは騒然となった。一時期はこの怪現象の話題でSNSや掲示板が埋め尽くされた。真面目なものもふざけ半分のものも、マスメディアがそれに続いた。実はネタが尽きていることを暗に認めているオカルト雑誌は、目新しい現象で喉を潤した。

その騒ぎの中では注目はされなかったが、人知れず——と表現するのはさすがに酷だが——アメリカとイタリア、そして日本で、重力波望遠鏡がそれぞれ再稼働し始めた。最初は機器に負担がかからない程度のおっかなびっくりの試運転だったが、やがて、彼らを停止させた謎の不調はもう現れないことが分かった。登志夫はリャンヨンからふざけたテキストメッセージを受け取ったが、登志夫にはそれにふざけた返事をするような才覚はなく、いたって平凡な返信を送った。

夏紀のことは誰にも言わない。言えなかった。当然だろう。言ったからといって誰に信じてもらえるだろうか。いや、信じてもらえるかどうかが問題ではなかった。そもそも、誰にどう話すというのか。あの後、林田梨華を始めとしたセンターの皆には、プロムナードを起点にメタバースをオープン・メタバース化した後は、わけの分からない情報の波に飲みこまれただけだったと話し、皆はそれを少しも疑っていないようだった。しかしそれは、言わば登志夫の経験を別な角度から表現したものであって、決して嘘ではないのだ。

正直に言うと、登志夫は、あの後の二年ほどの記憶が曖昧だった。服薬と勉強の忙しさの力を借りてどうにか過ごした日々は、暗黒とまでは言わないが、灰色に均一で、幼少の記憶よりも遠い、ひどく昔のことのように思える。ただ一つはっきりと覚えているのは、あの小野から預かったいなみ文庫のノートのことだった。後日それを薬局に返しに行ったが、その前に改めて例のノートを見返したところ、飛行船の絵には小さく「ｍｉｍｉｃｏ」とちょっとひねった綴りのサインが入れられていた。ミミコ……。これは土浦出身の母、美々子ではないかと思ったのだが、登志夫には、意図や経緯を隠してそれを聞き出す技量はなかった。謎は謎のままになるかもしれない。しかし、本物のツェッペリンを目撃したタケさん、その時胎内にいた延子さん、ツェッペリンを救った——と言えるだろう——

―夏紀に挟まれた美々子がこの系譜に連なっていたとするなら、それはむしろ納得のいくところではないかと登志夫は思うのだった。

その後古河で教師となった小野とは何だかんだと縁はつながり、主にネットでの付き合いではあるが、彼とは今なお友人だった。彼はその後もツェッペリンの目撃談を調べているが、ツェッペリン関係のネット書きこみは増えることもなく、いつしか忘れられ、ネットの海に飲みこまれていったらしい。

それはそうだろう。もはや干渉しあうもう一つの世界もなければ、電子機器に影響を与える夏紀の力もない。一つの大きな環が閉じ、循環し、完成されたのだ。

世界丸ごと一つを敵に回す悪役になったとしても……

夏紀のためになら、僕が悪役になっても良かったのだ。今どき、名もなき少年少女が犠牲になって世界を救うなんて流行らない。小説や映画の類を苦手としている登志夫でも、そのくらいのことは知っていた。しかし、僕にはその力がなかった。

それでも、登志夫の中に残された夏紀のかけらは、とても晴れやかに微笑んでいる。いいの。これでいいんだ。そのたった一言のうちに、どれほど大きなものが詰め込まれていただろう。その小さな一言しか残さなかった夏紀の決意のうちに、繊細にして豪胆な思いがどれほど込められていたことだろう。

情緒に優れた人ならば、この感覚や気持ちを豊かに表現する言葉もあるだろう。しかし登志夫は、今さらながらに、自分がどれほどそういった方面に疎いかを思い知らされた。

ただ、それは痛みと表現するにはあまりに長すぎ、悲しみと言い表すには甘美でありすぎた。言葉を尽くして切々と感動的な心情を吐露できたら、きっと気分がいいだろう。それ自体に癒しの効果もあるだろう。しかし、どうせそんなものは感傷のポルノにすぎないという反感もあった。自分の内面に、表現こそできないが、そうした通俗的などろどろがあることを、登志夫は負け惜しみとともに受け入れた。もともと自分が高尚な人間ではないことは知っていた。しかし、実際には思った以上に俗っぽい人間なのだ。少しは自分を買いかぶっていたのだ。だが登志夫は今、そういう自分を以前より愛しいと感じている。愛しい？　そんな気持ちが自分にあったことに驚きつつ。

少なくともそれは、夏紀が世界と引き換えにしてでも守ろうとした自分なのだ。

夏紀のいない世界に生きる意味などあるのだろうかと思うこともある。しかしそれは逆なのだ。夏紀が守った世界だからこそ生きなければならないのだ。仕方なくではなく、堂々と、能動的に。

今でもあの二の丸の丘には、夏紀と自分が立っている。二人で空を見上げ、ツェッペリンを見上げ、二人で笑いあい、手を取りあっている。

今でも、そう、今この瞬間に。
永遠とも言い換えられる、今、この瞬間に。

あとがき

二〇一二年の江戸川乱歩賞受賞の後、一時期、ほとんど小説が書けなくなった。自分の甲状腺の不調の後、両親の介護と看取りが始まったからだ。両親ともに相次いで亡くなってしまったので介護期間はそれほど長くはなかったが、その分、事態に適応できないまま物事が進んでしまい、死のショックは大きく、そして当の親に対しても不充分なことばかりで、いまだに拭いきれない後悔の念に苛まれている。しかし、両親の死を経て、作家としての自分には良い変化がなかったわけではない。

私はそれまで、私小説的な作品を書くことにものすごく抵抗があった。録音された自分の声を聞くのは気恥ずかしいものだが、あの感じの何百倍もの恥ずかしさがあって、自分の個人的経験を作品に取り入れたり、ましてや自分の故郷を舞台にして自分と似たところのある人物を主人公にした作品など、絶対に書くことはないと思っていた。しかし、両親ともに亡くなった後、私がごく自然に書いたのが、親の看取りが終わった直後の自分自身が反映された作品と、故郷土浦を舞台にした作品だったのである。それが短篇の「ハンノキのある島で」(『短篇ベストコレクション　現代の小説２０１８』徳間文庫収録)と、「グラーフ・ツェッペリン　夏の飛行」(Amazon Kindle Single による電子出版及び『おうむの夢と操り人形　年刊日本ＳＦ傑作選』創元ＳＦ文庫収録)だった。

後者はタイトルからお分かりの通り、本作の前身である。本作はもともと長篇として構想したのだが、実現には相当手間取るだろうことは分かっていたし、Kindle Single から依頼が来ていたこともあって、長篇のパイロット版として短篇を執筆したのだった。書き終わった時、何やら重い扉が開いたような、別な次元に移動したような、それまで小説を書いていて感じたことのない感覚を味わったのを覚えている。この短篇ヴァージョンは思いのほか評判が良く、Kindle Single の順位でも数か月間、比較的上の方にいた。そして創元の年刊日本ＳＦ傑作選シリーズの大トリを飾らせていただいた。ありがたい限りである。そして二〇二三年の秋にはフランス語版が出版される予定となっている。フランス人はもちろん土浦なんて知らないに決まっているが、Google Map で検索する人が一人でもいてくれたら嬉しい。いやまあ、フランスの人が土浦の位置なんか知ってどうなるものでもないんですけどね。

その土浦市というのは、たいへん地味な地方都市である。季節外れな秋の花火大会以外に見どころは……皆無とまでは言わないが……言わないけど……ううん、正直、わざわざ遠方から出かけてきて見るほどのものはなかったりする。それでもかつては交通と商業の要衝であり、バブル崩壊後につくば市にお株を奪われるまではけっこう栄えていたものである。さらに昔の一九二〇年代から大戦期の間には、現在の土浦市から阿見町にかけて霞ヶ浦海軍航空隊があったため、土浦の重要度はそういう意味でも高かったらしい。同基地には飛行船グラーフ・ツェッペリン号の他、一九三一年には水上機チンミサトークで太平洋横断航路を調査中だったリンドバーグ夫妻が飛来している。

ちなみに、江戸川乱歩の一人息子である平井隆太郎は海軍少尉時代に土浦に配属されており、夫人となった岩崎静子とは土浦で出逢っている。私の母は静子夫人とは歳は離れていたが、出身の女学校が一緒で、多少の面識はあったそうだ。本作にも登場する料亭霞月(かげつ)楼(ろう)は海軍将校士官たちの御用達であり、祝い事などにも使われたらしいので、もしかしたら戦後の隆太郎・静子の結婚の折には乱歩も訪れていたかもしれない。地味な街土浦にも、発掘すれば意外なところに小説に使えるようなフロンティアがありそうだ。もういい加減オバチャンな自分の中にもフロンティアが存在したように。

意外なところに自分フロンティアがあったとはいえ、かといって、これから作品がどんどん私小説化してゆくとはさすがに思っていない。が、今までとはまた違った世界観、違ったテーマの作品も書けるようになるのだろうと思う。これからの作品にも是非、お付き合いいただければと思っている。

最後に、早川書房の、夫より付き合いの長い塩澤快浩氏と、互いに初顔合わせとは思えないくらいスムースに協働して下さった金本菜々水さんに深く御礼を申し上げたい。そして、本の編集と出版、印刷、流通、販売には想像以上に多くの人々が関わっているものだが、そのすべてと、この物語を読んでくれたあなたにも、この上ない感謝を。

また辛気臭い話で締めて申し訳ないのだが、本作の著者校の最中に、夫が亡くなった。私が作家などという常識外れの仕事をしてこられたのも、すべて夫のおかげである。本作を亡き夫、井上徹に捧げたい。

二〇二三年六月

高野史緒

本書は書き下ろし作品です。

僕が愛したすべての君へ

乙野四方字

人々が少しだけ違う並行世界間で日常的に揺れ動いていることが実証された時代――両親の離婚を経て母親と暮らす高崎暦は、地元の進学校に入学した。勉強一色の雰囲気と元からの不器用さで友人をつくれない暦だが、突然クラスメイトの瀧川和音に声をかけられる。彼女は85番目の世界から移動してきており、そこでの暦と和音は恋人同士だというが……『君を愛したひとりの僕へ』と同時刊行

ハヤカワ文庫

君を愛したひとりの僕へ

乙野四方字

人々が少しだけ違う並行世界間で日常的に揺れ動いていることが実証された時代——両親の離婚を経て父親と暮らす日高暦は、父の勤める虚質科学研究所で佐藤栞という少女に出会う。たがいにほのかな恋心を抱くふたりだったが、親同士の再婚話がすべてを一変させた。もう結ばれないと思い込んだ暦と栞は、兄妹にならない世界へと跳ぼうとするが……『僕が愛したすべての君へ』と同時刊行

ハヤカワ文庫

know

野﨑まど

超情報化対策として、人造の脳葉〈電子葉〉の移植が義務化された二〇八一年の日本・京都。情報庁で働く官僚の御野・連レルは、あるコードの中に恩師であり稀代の研究者、道終・常イチが残した暗号を発見する。その啓示に誘われた先で待っていたのは、一人の少女だった。道終の真意もわからぬまま、御野はすべてを知るため彼女と行動をともにする。それは世界が変わる四日間の始まりだった。

ハヤカワ文庫

華竜の宮（上・下）

上田早夕里

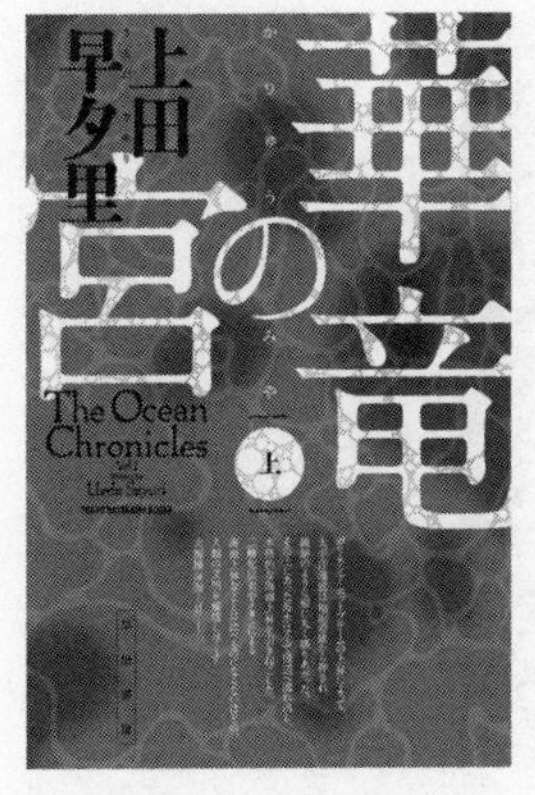

海底隆起で多くの陸地が水没した25世紀。陸上民はわずかな土地と海上都市で高度な情報社会を維持し、海上民は〈魚舟〉と呼ばれる生物船を駆り生活していた。青澄誠司は日本の外交官としてさまざまな組織と共存するために交渉を重ねてきたが、この星が近い将来再度もたらす過酷な試練は、彼の理念とあらゆる生命の運命を根底から脅かす——。第32回日本SF大賞受賞作。　解説／渡邊利道

ハヤカワ文庫

〔新版〕
虐殺器官
伊藤計劃
GENOCIDAL ORGAN
PROJECT ITOH
早川書房

虐殺器官〔新版〕

伊藤計劃

9・11以降、〝テロとの戦い〟は転機を迎えていた。先進諸国は徹底的な管理体制に移行しテロを一掃したが、後進諸国では内戦や大規模虐殺が急激に増加した。米軍大尉クラヴィス・シェパードは、混乱の陰に常に存在が囁かれる謎の男、ジョン・ポールを追ってチェコへと向かう……彼の目的とはいったい？　大量殺戮を引き起こす〝虐殺の器官〟とは？　ゼロ年代最高のフィクションついにアニメ化

ハヤカワ文庫

ハーモニー〔新版〕

二一世紀後半、人類は大規模な福祉厚生社会を築きあげていた。医療分子の発達により病気がほぼ放逐され、見せかけの優しさや倫理が横溢する〝ユートピア〟。そんな社会に倦んだ三人の少女は餓死することを選択した――それから十三年。死ねなかった少女・霧慧トァンは、世界を襲う大混乱の陰に、ただひとり死んだはずの少女の影を見る――『虐殺器官』の著者が描く、ユートピアの臨界点。

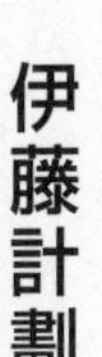

ハヤカワ文庫

Gene Mapper -full build-

藤井太洋

拡張現実技術が社会に浸透し遺伝子設計された蒸留作物が食卓の主役である近未来。遺伝子デザイナーの林田は、L&B社の黒川から、自分が遺伝子設計をした稲が遺伝子崩壊した可能性があるとの連絡を受け、原因究明にあたる。ハッカーのキタムラの協力を得た林田は、黒川と共に稲の謎を追うためホーチミンを目指すが――電子書籍の個人出版がベストセラーとなった話題作の増補改稿完全版。

ハヤカワ文庫

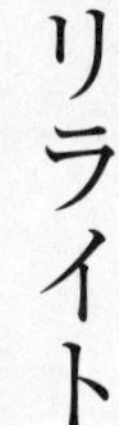

法条　遥

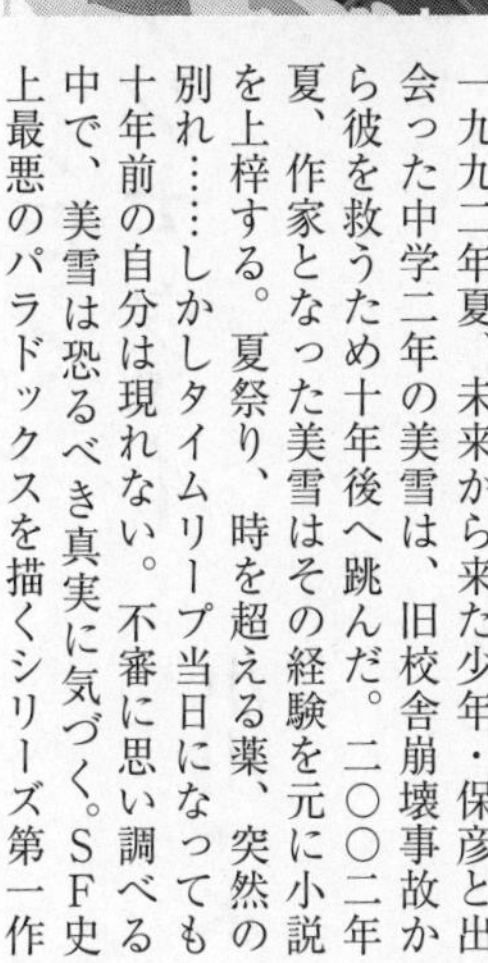

一九九二年夏、未来から来た少年・保彦と出会った中学二年の美雪は、旧校舎崩壊事故から彼を救うため十年後へ跳んだ。二〇〇二年夏、作家となった美雪はその経験を元に小説を上梓する。夏祭り、時を超える薬、突然の別れ……しかしタイムリープ当日になっても十年前の自分は現れない。不審に思い調べる中で、美雪は恐るべき真実に気づく。ＳＦ史上最悪のパラドックスを描くシリーズ第一作

ハヤカワ文庫

ツインスター・サイクロン・ランナウェイ

小川一水

人類が宇宙へ広がってから六千年。辺境の巨大ガス惑星では都市型宇宙船に住む周回者（サークス）たちが、大気を泳ぐ昏魚（ベッシュ）を捕えて暮らしていた。男女の夫婦者が漁をすると定められた社会で振られてばかりだった漁師のテラは、謎の家出少女ダイオードと出逢い、異例の女性ペアで強力な礎柱船（ピラーボート）に乗り組んで成果をあげていく——

ハヤカワ文庫

5分間SF

草上仁

あなたはこのお話のオチ、想像できますか？　宇宙に放り出され生死をさまよう男たちが取った究極の選択とは？　恐竜を探しに降り立った惑星で取材陣が出会った衝撃の真実とは？　あっと驚く結末が、じわりと心に余韻を残す、すこしふしぎなお話が盛りだくさん。1話5分で楽しめるSFショートショート作品集。

ハヤカワ文庫

著者略歴　1966年生，お茶の水女子大学大学院人文科学研究科修士課程修了，作家　著書『ムジカ・マキーナ』『アイオーン』『ラー』『赤い星』『まぜるな危険』（以上早川書房刊）『カラマーゾフの妹』『翼竜館の宝石商人』『大天使はミモザの香り』他多数

HM=Hayakawa Mystery
SF=Science Fiction
JA=Japanese Author
NV=Novel
NF=Nonfiction
FT=Fantasy

グラーフ・ツェッペリン
あの夏の飛行船

〈JA1555〉

二〇二三年七月二十五日　発行
二〇二四年七月　十五日　三刷
（定価はカバーに表示してあります）

著者　高野史緒（たかのふみお）
発行者　早川浩
印刷者　草刈明代
発行所　株式会社　早川書房
郵便番号　一〇一 - 〇〇四六
東京都千代田区神田多町二ノ二
電話　〇三 - 三二五二 - 三一一一
振替　〇〇一六〇 - 三 - 四七七九九
https://www.hayakawa-online.co.jp

乱丁・落丁本は小社制作部宛お送り下さい。
送料小社負担にてお取りかえいたします。

印刷・中央精版印刷株式会社　製本・株式会社フォーネット社
©2023 Fumio Takano　Printed and bound in Japan
ISBN978-4-15-031555-9 C0193

本書のコピー、スキャン、デジタル化等の無断複製は著作権法上の例外を除き禁じられています。

本書は活字が大きく読みやすい〈トールサイズ〉です。